蔡雨阳

著

那落迦的岔口

我到底怎么了？
我的嘴巴里发出别人的声音，
我的双手行着别人的意志。
我在说着莫名其妙的话，那一定不是我。

天津出版传媒集团

天津人民出版社

图书在版编目（ＣＩＰ）数据

那落迦的岔口 / 蔡雨阳著. -- 天津：天津人民出
版社, 2015.9
ISBN 978-7-201-09664-3

Ⅰ. ①那… Ⅱ. ①蔡… Ⅲ. ①长篇小说-中国-当代
Ⅳ. ①I247.5

中国版本图书馆 CIP 数据核字(2015)第 208124 号

天津人民出版社出版
出版人：黄　沛
（天津市西康路 35 号　邮政编码：300051）
邮购部电话：（022）23332469
网址：http://www.tjrmcbs.com
电子信箱：tjrmcbs@126.com
高教社(天津)印务有限公司印刷　　新华书店经销

2015 年 9 月第 1 版　2015 年 9 月第 1 次印刷
787×1092 毫米　16 开本　19.5 印张
字　数：300 千字
定　价：38.00 元

目 录

CONTENTS▸

引　子

承蒙福荫，在很久以前，当人类还生活在安和富足中时，大家都曾相信，这个世界的创造者是天宫的神祇。

过往的繁荣如白驹过隙，如今早已沦为史诗中的断章。人类一边沉浸在圣光庇护的理想国中膜拜神灵、向往净土；一边又在残酷的现实中谋生，和权谋结友，与卑鄙为伍。人类知道，造成当下这种堕落现实的人，正是他们自己。

自私，猜忌，歧视，压迫。

人类是一旦团结起来就能够构建巴别塔的种族，正由于此，或许，他们才被赋予了自我割裂的特性。阶级与文明同步进化，始终不变的，则是社会这一共同体之内的分化与对立。高低之分划定了社会平衡的规则，而贫贱之别则确保这样的规则不会被轻易打破。于是，即便最伟大的种族创造出了最强大的帝国，最强大的帝国孕育出了最庞大的都市，肮脏破败的贫民区与井然、繁华的市区仍旧对立于东西两侧。立场鲜明的双方在这座城市画地为牢，战争，就会不可避免地爆发。

作为被压迫者的东区人悍然发动暴乱的结果，就是迫使政府联合西区人对其展开了残酷的镇压。两边的伤亡都很惨重，但可悲的是，暴乱过后，除了指责对方，谁都不认为该由自己来承担错误的后果。

身在底层且屡遭迫害，东区人确实拥有揭竿而起的大义。可是，迫于生计也好，报复社会也好，偷盗抢劫的事件屡见不鲜，居高不下的犯罪率闹得人心惶惶，身为扰乱治安的恶徒，他们没有理由不被厌恶。

说到这里，说到贯穿始终的悲剧，究竟是谁的错呢？现在，又究竟该由谁来出面负责呢？

光是顾着相互推诿就已经耗尽了所有人的气力，无解的难题横亘于眼前，对于自身曾经缔造的成就，人类终于开始感到失望。因为他们发现越是费尽心机地想要创造神迹，越是竭尽全力地想要与神对话，所谓天国啊，圣土什么的，就越被证明根本就是一个笑话。

与人间毗邻的，只有地狱。

第一章 堕之殇

黑暗中，他听到外面似乎有利刃一样的东西砍在了门上。

沿着粗糙的木质门，那利刃如挠门的凶犬般疾速向下滑动，直至切割到某处，外面的动静就停了下来。然后，伴随着又一次的砍击声，可怖的循环，便再度开启。

咔滋滋滋滋……咔滋滋滋滋……

刺耳的切割旋律，伴着浑浊的空气一波又一波地涌向耳畔，却又在耳边停下，徘徊着，游荡着，偏偏就是不钻进去。

自己，是逃不掉的。

自身正处于绝对密室的无力现实，他很清楚，即便现在已经将门反锁，外面的人想要破门而入，也只是时间问题。

于是他抱着头，蜷缩在了角落里。

就好像这样便不会被发现似的，他默默地等待着噪音的终结，并祈祷着那名凶徒在冲进来后，还能老老实实地离去。

而大抵，唯有讲给小孩听的童话，才会通往如此美好的结局。

"昨晚，一名东区妇女在东区广场遇害。该女性30岁左右，双目被剜下后缝入了手心，胸口至腹部一带，也留有针线缝合的痕迹。据警方初步调查，根据作案手段,嫌疑人很有可能就是此前已有命案在身的杀人犯'裁匠'。目前,警方还在进一步调查之中……"

"真是惨啊。"严肃的报道从电视机里传来,熏衣将煎好的鸡蛋和培根夹进面包,放到了潮峋面前,"已经是第二起了,到底什么时候才能把他绳之以法?"

潮峋坐在桌旁安静地吃着早餐,未曾看向电视一眼。

"哎,潮峋哥,你就不说些什么?"

"说什么?"

"看了这种新闻,总该有点反应。"

"警方对这种案子提不起干劲,我们说什么都没有用吧。"

"说的是呢,因为死者是东区人。在他们眼中,那里的人就算全部灭绝,也没什么问题,反正只是城市的累赘,不仅影响治安,还为政府增加财政负担。"

"你这不是挺明白的吗?"

"才不是这回事好吧?"熏衣不满地瞥了他一眼,"听不出我在说反话?"

将妹妹托付给亲戚,独自来这里求学的潮峋,对这座城市的了解远远不及出生于此地的熏衣。可若非潮峋那天将她收留,走投无路的熏衣现在恐怕还生死未卜。

那天,应着急促的敲门声,打开门的潮峋视线沉了一沉,才看到了一个比自己矮了两头的娇小身影。

"求求你……"女孩气若游丝地哀求着,"救救我……"

此前女孩已经叩了很多住户的门,但,他们连给她说话的机会都不留,在她张口之前,他们便冷酷地将门摔上。潮峋不带丝毫防备之心地将她接进门来,除了名字,熏衣却什么都不愿意说。

只要力所能及,就该对需要帮助的人伸出援手。根据自己一贯的准则,潮峋并不会对救下这个女孩感到后悔。至少,她不会是坏人。在潮峋看来,如果女孩真的想要骗他,完全可以编造谎言。

而过了三天,潮峋终于明白,熏衣似乎并没有要搬走的意思。

不需要潮峋考虑费用的问题,女孩不仅靠打工维持自己的生活,还将打扫和做饭的工作承接了下来,潮峋想要劝她离开这里,木讷的却不知该如何开口。

这个女孩究竟有没有住处,那天她究竟又是为何出现在自己的门口,对此,潮峋仍然满腹疑窦。只是这样的困惑,随着两人关系的渐渐熟络而被埋在了心底。

"我出门了。"临走前,潮峋向熏衣打了声招呼。

如今,这已经成为了两人之间的相处模式。

潮峋闭起眼睛,深呼吸,来回活动着僵硬的颈部与手指关节。

如此反复做了三次,他才下定决心,一把推开了教室的大门。

课前的谈论声混乱嘈杂,潮峋皱起眉头,快步走向教室后排找到了偏僻的座位。

"听说了吗?"穿着红衣的女孩开口道,"昨天晚上,'裁匠'又动手了。"

"是啊……"面色苍白的女孩搭腔道,"似乎又是东区人啊……"

她眼角痉挛,嘴唇颤抖,看那副样子,活像是她自己亲眼见到那副惨状般心有余悸。

"这家伙越来越驾轻就熟了,"戴黄色蝴蝶结的女孩对着手中的镜子打量起了自己的脸庞,"这是好事。"

苍白女孩望了她们一眼。

"但,这么纵容下去,要是有一天那个家伙伤害到了西区这边的人怎么办?"

"那种事情不可能发生啦。"红衣女孩不以为然,"既然这个'裁匠'对东区人深恶痛绝,应该和我们是同伴才对。"

"最好是这样。我妈妈最近让我少出门,更不能晚回家……"苍白女孩说道,"说是只要成了杀人犯,就没有任何原则可言了,他们只是在无差别地夺去生命而已。"

"你妈妈是不是还没搞清楚状况啊?"红衣女孩对着苍白女孩皱了皱眉,"我说,'裁匠'才不是什么杀人犯,而是为民除害的英雄好吗?东区那群败类,当然是死一个少一个,这和消灭害虫是一个道理,懂吗?!"

越说越露骨,越说越过分。

"啪"的一声,不远处,有人将钢笔拍在了桌上。

5

议论就此打住，红衣女孩愣了愣，随后，便愤恨地向那人瞧去。

"算了吧……"黄色蝴蝶结女生小声说着，"是洛光……"

红衣女生咬了咬嘴唇，却终究没有再开口说下去。

盥洗室里，水流声哗哗响个不停。

洛光不停地往脸上泼着凉水，迫使自己冷静下来。

又死了一个。

为什么，又出现了受害者？

不是我杀的！

洛光如此告诉自己。

昨晚他明明一直好好地待在家里，怎么会和谋杀这种事扯上关系？！

连尸体都不放过，这样残忍的虐杀，怎么想，都根本不是人所能做出的事情。

他望向了自己的双手。冰冷的水沿着表皮的脉络流淌，对方的脖子被死死掐住，连同指节都陷进肌肤的余温，仍然挥之不去，恐怕是已经融入血液里了吧。当他意识到那个女人已经彻底丧失生命体征的时候，她已经瞳孔放大，唇际泛紫。白沫沿着嘴角汩汩淌出，宛若拽着灵魂逃离的蠕虫，不断地从嘴中的黑洞里往外爬行，往外翻涌。

她没有挣脱，至死，都没有挣脱。

自然，她就是裁匠的第一个受害者。

被闪回刺中了神经，洛光浑身一个激灵。

黄昏的霞光从窗外投射进来，手心上的水珠，沾染了一层殷红。

他没有杀人，那只是一场事故。

至于新闻里报道的尸体被剖腹，眼睑被缝合，更是在他印象里从未出现过的事情。

也许连最初的那个人，都不是他杀的。

没错，一切都是幻觉，一定是这样。

这些天以来，他不一直都是这么麻醉自己的吗？

镜中，一个头发浸湿的男子，正在向他惨笑。

洛光沿着楼梯走下，听到空荡的走廊里只回响起了自己的脚步。来到一楼的大厅，他看到了已经坐在那里等候多时的潮峋。

"班长，你找我？"

对方的态度毕恭毕敬，在洛光的印象里，潮峋是个非常淳厚甚至有些呆板的老实人。

"嗯。"

舔了舔干裂的嘴唇，他坐在了位子上。

"和班里同学的关系，还不错吧？"

"嗯，挺好的。"

洛光想起，自己曾在见面会上帮助过他。

当时，面对着讲台下面的人，潮峋目光呆滞，默不作声，很明显是过于紧张了。好在他及时出面打了圆场，事情才没有变得太尴尬。对此，潮峋一直心怀感激。

如果这份感激，能够发挥作用就好了……

这么想着的洛光攥了攥拳头，对话，陷入了沉默。

夕阳像蛋黄一样在天边散发着氤氲的光，大理石的地面好似燃烧起来一样，亮得灼眼。

"其实，我是有事想要请求你帮忙。"

"什么事？你尽管说。"

总算等到尴尬被打破，对方的反应相当热情。

"我希望，你能和我一起去参加'暴君游戏'。"

"不行。"熏衣撂下了筷子，"太危险了，我不赞成。"

"他在见面会上帮助过我，现在，我总不能忘恩负义。"

"潮峋哥，你刚来这座城市不久，不明白的东西，最好连碰都不要碰。都已经是成年人了，怎么这点自我保护的意识都没有？"

"这个游戏很危险？"

"游戏？你真的以为这是游戏？只不过是名字中冠上了这两个字，就有人会相信这座城市最臭名昭著的杀人比赛原来是游戏！"

"杀人……比赛？！"

好像突然间听到了不得了的字眼，潮峋的面色一下子就变得难看起来。

"除了不允许带武器，比赛中任何致命的招数都可以使用，没有任何保护措施，一场比赛下来，有人丧命很正常。"熏衣十根纤细的手指扣在了一起，"坦白讲，对于赌博下注的富人而言，这确实是一场游戏，而对于参赛者来说，则是不折不扣的生死场。你作为一个初来乍到的外乡人，到底是哪来的勇气敢去参加这样的比赛呢？"

"这些，洛光都已经和我说了。但是他告诉我，我并没有危险。"

"什么意思？"

"我是替补，如果主力受伤，我完全可以宣布弃权，他只是让我去凑个数而已。"

"有这种事？"熏衣盯着他，半晌，便叹了口气，"潮峋哥，你不觉得，就是因为你太善良了，所以才会被人利用吗？"

"我不这么想。"

"那我倒是希望你能给我解释一下，"没有心思吃饭，她抱起双臂，靠在了椅背上，"既然他想要参加这个比赛，目的就是要赢吧？不去找一些有实力的人，反而要找你，又有什么意义呢？"

"这个问题，我也问过，他说其他人并不值得信任。"

"被劝诱去参加这种比赛，不是他信不信任别人，而是别人信任不信任他的问题。"熏衣冷笑道，"按他这么说，被选中还算作是荣幸了？"

熏衣在这座城市待的时间更久，目光敏锐，处事老练，这一点，潮峋不得不承认。

"他和我的关系比较不错，洛光说过，我是那种一旦答应下来就绝不会临战脱逃的人。"

"你和他哪里关系不错？我看你平常也只是自己闷在屋里，很少和别人出去玩。是因为现在有急事相托,他才过来找你吧?况且,潮峋哥你就不觉得奇怪?他怕人临阵脱逃,本身就说明这比赛真的很危险,特地来找你,多半是因为他觉得他对你有恩,所以,就算是不情之请,你也难以推脱。"

"洛光不是那样的人,你不要总是把别人想得这么坏。"

自己信赖的人遭到质疑和攻击,谁的心里都不会舒服,再继续说下去,也只会发展成争吵。

于是熏衣侧了侧头,示意话题结束。

"如果潮峋哥非要去,我也没有办法。不过,至少问问他去参赛的原因吧?如果连这个都不知道就替人卖命,我感觉很傻。"

云翳席地,林涛低吟。天空是勾勒出乳白浮纹的亮蓝色苍石,草地是清风拂过的深绿色翡翠。

"怎么样?"湖光粼粼,女孩将面颊靠在了环抱的双膝上,脸上漾起了微笑,"这里,是个不错的地方吧?"

"嗯……"男孩低下了头,"是不错。"

他倒不是天生怯懦的应声虫,只是,唯独在这个女孩面前,他的脑袋会变得有些不好使,非但语言匮乏,就连呼吸都变得有些僵硬。

"你,"灵动的女孩,将食指按在了嘴唇上,"想过自己的未来吗?"

自己的未来?

当然了,这样的问题,他不是第一次听到。

孩子往往都会憧憬着以后会成为什么样的人物。君主,将军,即便是想成为拯救世界的超级英雄,在那个年龄也没有什么荒谬可言,反而还能到处炫耀,扬言自己怀揣着伟大志向。

不过,这个男孩确实有些不同。

因为过早经历了现实,所以忘却了愿景;因为提前预知了残酷,所以抛弃了美好。

若非如此,他本可以像其他男孩一样大言不惭地大声宣告所谓"梦想"之类的东西,可是他畏惧嘲笑。不是畏惧来自女孩的嘲笑,而是畏惧自己内心的嘲笑。

——我的未来，是想要像现在这样和你待在一起。

无法信誓旦旦地说出这样的话，是因为男孩自知，自己的双肩永远不可能承担起这样的重担。

如此说来，女孩口中的未来，又会是什么呢？

他沉默不语，蜷起的五指来回摩挲着手掌中的石子，思索着答案。

"喂！"面对男孩的哑然，女孩子有些沉不住气了。

女孩是一个喜欢说话的人，但对方的倾听也要有个限度才是。否则，对话是根本无法进行下去的。

"未来……"受不了女孩的执着，男孩有些跟不上节奏地吞吞吐吐起来，"未来这种东西……"

女孩眼神中含着期待，索性将脸蛋靠在了蜷起的膝盖上，认真地注视着他。

"这个……我也说不好……"

等了半天竟然是这种回答，女孩只好失望地叹了口气："又是'说不好'吗，总是这么应付我，你可真太狡猾了。老师上课点名叫你回答问题时，你也会这样告诉老师吗？这位同学，请你回答一下问题。老师，这个，我也说不好……"

惟妙惟肖的模仿，纵然是柔和的奚落，男孩也因此面红耳赤起来。

"我想要成为偶像！"管不得这许多，他高声说道。

"偶……像？"也许是被男孩的宣言迷惑，也许是被男孩的气势骇到，总之，这回轮到女孩目瞪口呆了。

"是……明星那种的……偶像？"

"哪种都可以，只要是偶像就行。"男孩认真地又点了点头，"很多女孩不是都喜欢偶像吗？"

"很多……女孩？"女孩瞪着他，瞠目结舌。

"啊，不是，我不是那个意思……话说回来，"面红耳赤的他，急着转移话题，"你希望自己的未来是什么样子的呢？"

"我的未来？"

"对啊，总不能只让我一个人说吧？"竭力掩饰着外强中干的语气，男孩反问。

"我的未来啊……其实很简单……"轻拂过耳边的发丝,她微笑,"我呀,就是想要这样,一直,和你在一起。"

洛光呼吸沉重,汗流浃背。坐在体育馆的长椅上,体会着超负荷训练所带来的肌肉酸痛,洛光感到视线有些模糊。

这时,旁边有人向他递过来一瓶水。

"抱歉,我帮不了什么忙,"潮屿说道,"只能让你一个人去扛。"

"别这么说,你能过来帮我,我就很满足了。"

"关于这个,我还是想再确认一下……"潮屿停顿了一下,似乎觉得难以开口,"替补真的只要宣布弃权,就可以不用上场了吗?"

"放心吧,无论如何,我都不会让你上台的。"

"是吗?"潮屿如释重负地挠了挠头,"其实,我也知道你不会骗我。"

洛光笑。

"还有一件事,不知道你方不方便和我说。"

"你直说就好。"

"既然这个'暴君游戏'这么危险,洛光你究竟为什么要去参加这个比赛呢?"

洛光的笑容凝固,面色变得阴暗。

目睹他表情异变,潮屿怔住。

"抱歉,因为是对我而言比较重要的事,一时间你这么问,我也不知道该怎么从头和你说。"洛光的神情,很快便恢复了正常,"不如这样吧,等这件事结束,我会好好和你解释。"

"怎么了?没胃口?"

像是没听到似的,饭桌前的潮屿兀自发愣,熏衣抿了抿嘴唇。

"关于那件事,你去问你的朋友了吗?"

"他并不愿意多说。"

11

"什么意思？他不想告诉你原因？"

"他说等到事情结束了就会说明。"

"然后呢？你同意了？"

"嗯。"

熏衣瞪大了双眼，呆住了。

"你同意了？这样你也能同意？"

"原因是什么都无所谓吧……"

"你这么想？那如果他现在说'潮峋，请你为我去死吧'，你也会问都不问一下就照做吗？"

"熏衣，我只是替补而已啊，不是说过了么，替补很安全的。"

"看到他这么敷衍你，我就不这么想了。"她沉默片刻，"那场比赛，是什么时候？"

"你想做什么？"

"我要跟过去。"

"别开玩笑。"

"那就谁都别去。现在这种情况，我可没法眼睁睁看着你以身犯险。"

"我明白了……"潮峋低头，"我再去问问。"

一时间，两人都不再说话。潮峋明白，熏衣是对自己不放心。

"明天，"他开口说道，"我可能会晚回来一些。"

散放着扑克牌的矮桌，七扭八歪的啤酒罐，满地的果皮碎屑。

听到开门声，满屋子的人向他扫了一眼，随后，便重新低头干起了自己的事。

想想也是正常，潮峋苦笑。

潮峋并不擅长与人交流，班级的自我介绍也好，和别人同住一屋也好，这种事在他的心里，都会引起莫名的排斥。学校那边已经允许住在外面的人退掉自己的宿舍房间，若非如此，他也不会走这一遭。

打开门，当他开始叠从未动过的被褥时，冰冷的声音从背后传来。

"你来了啊？"

潮岣转过身去，门口已经多了个阴阳怪气的男生。披散的长发几乎遮挡了他的半张面孔，唯独那双透着敌意的眼睛，犹如隐藏在浓密森林里的野兽正虎视眈眈地注视着眼前的猎物，无法让人放松警惕。

"哦，不是回来，是彻彻底底地搬走啊。"

潮岣皱眉。他与这人明明素不相识，对方却摆明了想要惹是生非。

"说的也是，这种又脏又乱的地方，肯定是与你身份不太相符的。"口吻咄咄逼人，插着口袋，他往前走了一步。

与这种人，只要开了口，就算是中圈套了。于是潮岣一言不发，将褥子塞进袋子向外走去。

那男生见状立刻伸脚抵住了门，挡住了他的去路。

"我话还没说完呢！"他咆哮。

这下，整间宿舍的人都发现了情况不对，纷纷侧目。

"你这么急着走，是想去哪儿？"

眼前的这个陌生人，根本就是没来由地找茬。

对这份莫名的敌意感到诧异，潮岣皱起了眉头。

"怎么？不高兴了？是不是被欺负了，要哭着鼻子去找你的那个班长朋友了啊？"

抓着被褥的手指一紧，潮岣瞪了过去。

"哎呀，生气了？"尽管嘴上这么说，对方却一点都没有把潮岣放在眼里的意思，"看你连句话都不愿意说，我还以为是和德高望重的洛光结下交情，就不愿意和我们这些底层人士打交道了。"

"影潼，别找麻烦。"

无端的寻衅过于嚣张，就连旁人也看不下去了，于是对面的屋子里，站出了一个男生。

"我在教训我的室友，关你什么事？"

"你的室友已经要走了，整个房间都是你的了，你还有什么不满吗？"

"怎么没有？你看，像你现在这样跳出来打断我，就让我感到非常不满啊。"

影潼嘲讽着,咧开嘴刚想继续说些什么,就看见那个男生的左右又站起来了两个人。他面色一变,转身闪进了屋里。

真是会见风转舵,潮峒心想。在原先居住的小城里,人们的天性普遍淳朴,潮峒与这种滑头接触不多,对于欺软怕硬的家伙,他的心中其实是相当厌恶的。

这时,刚才首先站出的男生已经走了过来。

"不是不欢迎你,"他笑着伸出手,"只是你一直都没来过,突然看到你,我们都有点蒙,我叫赋城。"

"潮峒。"

"我对你有印象,"赋城笑,"好像在班级介绍会上,你刚开始一句话都说不出,洛光还帮你解过围?"

"嗯……"

与赋城的轻松相比,潮峒可以说僵硬得有些过分。

"你想从这里搬走,我们也可以理解。"叹了口气,赋城耸肩,"影潼那家伙本来脑子就不大正常,而且不知什么原因,他好像和洛光有些过节,看到自己的室友和敌人这么要好,他刚才的态度,难免就不好。"

潮峒点头。

"我记得,你是外乡人?"赋城望向了他,"刚到这里,难免生疏。有什么不懂的,尽管问我就好。"

有什么不懂的,尽管问我就好。

就算对方这么说,潮峒也不方便去问:在这座城市里,到底哪家心理诊所值得信赖?眼前的小屋门可罗雀,旁边摆放着一块写着"心理诊所"的破烂招牌,字的颜色早已褪去,浆刷过的门牌,也掉下了不少漆皮。

徘徊在心中的噩梦,一点都没有消失的迹象。重复的场景不断回放,被困在黑暗的密室里无法脱身,还要忍受着门外的刀具发出索命的噪音,明明惊恐到极点,他却无法将自己唤醒。

必须要做个了断。

自幼便对心理医生怀有戒心的潮峒,若不是今天路经此处,恐怕仍不会将想法落实。倒不是对他们抱有厌恶之情，只是他本能地感到，若是与那种善于看透人心的家伙见面，内心所隐藏着的什么东西，一定会被唤醒。

打定主意，他伸手摸向了门把。

"里面没人。"

几乎是同一时刻，潮岬的身后就有人如此对他说道。

潮岬猛然回头，赫然发现一位神职人员打扮的陌生人站在眼前。

对方近在咫尺，他竟然一点动静都没有听见。潮岬不禁快步往后退去，而紧闭的大门此刻挡住了步伐，他立刻意识到自己已无路可退。

"没有必要这么害怕吧？"对方苦笑，"我只不过是好心给你提个醒罢了。"

潮岬扫了一眼陌生人，他的面容既不好看也不难看，声音既不动听也不刺耳，个头既不高大也不矮小。总之，就是一个各方面都平庸透顶，给人留不下丝毫印象的男性。

即便如此，这家伙的身上还是散发着令人不安的气息。

"是吗……既然不在，那我先走了，以后再来拜访。"

言罢，心有余悸的潮岬掉头便走。

"以后也不用来拜访了。"

潮岬的脚步一僵。

"不好意思，我刚才可能没说清楚。里面其实是有'人'的，只是，迎接像你这样的'活人'却不大方便。"

此时正值落日黄昏，乌鸦披着血红的霞光，正成群结队地站立在电线杆上。陡然间听到这种不吉利的话，委实不怎么让人舒服。

"生意不景气，又和怀孕中的妻子大吵了一架，大概是觉得生活无望了吧，把脖颈套进绳子，踹翻凳子，就这么一命呜呼了。对外宣称是心理医生，却连自己的心理问题都解决不了，真是滑稽。"

陌生人慢步走到了小屋的窗前，抹了抹附着在玻璃上的灰尘。

"喏，你刚才要是从这往里看，就不会敲门了。"

不需要走到窗前，也无须往里窥探，听到这番描述，潮岬便感到胃里一阵翻腾，开始弯腰剧烈地干呕起来。

15

"你是谁?!"捂着嘴巴,潮峋抬起头,布满血丝的双眼瞪向了他,"为什么一直跟着我?!"

"哎呀,好歹我们也不是第一次见面,为了你妹妹的事,我也曾特地向神诚心祷告过,"神职人员笑道,"如今你摆出这种强硬态度,可实在伤人。"

一心一意地祈祷远方的妹妹能够平安,曾经造访过这座城市教堂的潮峋当时并没有意识到,那座神龛的后面,竟还藏着别人。

"作为那里的教父,我是喜欢听别人诉说衷肠并为他们指点迷津的。你大可放心,雕荷在亲戚家里生活得很好,不用挂念。"

"你现在和我见面,是想干什么?"

"我说过了,是为你指点迷津。"教父彬彬有礼地欠了欠身,"在我看来,想要摆脱那种噩梦,向心理医生求助,根本是在浪费时间。"

"不行。"市立图书馆内,心情差劲的女孩皱着眉头,气呼呼地坐在了地板上,"哪里都找不到。"

"那种工具书,应该算是学术里偏冷门的了吧?"男孩一边安慰着她,一边坐在了女孩身边,"不如我们去大学的图书馆看看?"

两米高的书架对女孩来说成了难以逾越的屏障,摆在最上面的书籍几乎连名字都看不到,就算女孩摆明了想要去寻找李斯特的曲谱,男孩也帮不了什么忙。

"不向管理员问一下吗?"

当两人要离开时,男孩问道。

"不要,"女孩执拗地拉着男孩往外走,"还有一大半的藏书库没有去,下次我们继续找。"

男孩感到困惑不解,与女孩的想法不同,在他看来,到图书馆来的唯一目的就是帮助女孩寻找钢琴教材,撇开高效的资源不加以利用,这样只不过是在耗费精力而已。

出了图书馆,女孩拉着男孩来到了自己的家中,将他按在了沙发上,随后便来到了钢琴边。

男孩起初还感到有些不安，可随着音符的奏响，这份忐忑，渐渐就隐没于惊叹之中。

在音乐教室里，同学弹奏钢琴他也不是没有看过，但女孩能够将乐符融为一体，听不出丝毫的生硬衔接空隙，女孩的完美弹奏，令他感到讶然。

女孩学习钢琴已经有三年之久，尽管人前已经弹奏过无数首钢琴曲，在遇到男孩之前，女孩的内心，从来都没有涌起过为他人献奏的冲动。

所以，此刻女孩只是笑。这样的幸福，或许只有她自己，心里才最明白。

"你说教父？不，我看是不太可能。"赋城笑出声来，"我知道那个地方，已经很多年了，没人想去清理那片东西区交界上的废墟，我想那里，恐怕是连个活人的影子都寻不到。"

然而，看到潮崎面色凝重，气氛转冷，赋城也没法继续说笑下去了。

"话说回来，你信教？"

"算是吧。怎么了？"

"不，没什么，只是，看过那座教堂你就应该知道，这里的人普遍没什么信仰，要是想和他们打好交道，最好还是别说自己去过教堂什么的。"

"好。"

知道对方帮不了太大忙，潮崎准备离开。

"等等，"沉思着，赋城在他身后叫住了他，"大概有个人，能够帮得上你。"

"什么人？"

"这座城市里有个算命师，听说能够通灵，你可以去试试，说不定能起到作用。"

"算命师？"潮崎皱眉。

"怎么？既然那座教堂里还能有教父，这座城市里游荡着算命师，也没什么好稀奇的吧？"

没错，的确没有什么可稀奇的，早已过了相信都市异闻的年纪，如今再有人和他说起类似的传言，潮崎也清楚这无非尽是些以讹传讹的谎言。

"我自己也曾见过她。"

听到这话，方才还想要一笑而过的潮岣，停下了脚步。

"那时我还在上中学，回家时路过一条小巷，里面有个算命师突然就叫住了我。那个家伙当时已经有了些名气，在这座城市里待了四五年，有人说她的预言非常准，我倒是对这种传说并未怎么在意过。"赋城停下片刻，像是在思考当时的情境，"那人几乎什么都没问，就直接说我会有性命之虞。我还在想，这就是大家口中所说的那个灵验的算命师吗？连我姓甚名谁都不问，对所有的情况一无所知就想来唬我，也真是够业余的了。可是被她这样念叨也不能放着不管，于是我就只好按她说的，在转天放学后没有选择原路返回，反正也没损失些什么，就当是躲躲晦气，也未尝不可。"

"结果呢？"

"当年全市最大的一场车祸，就在我原先回去的那条路上发生了。"

尽管潮岣早已料到会是这种结局，亲耳听到，他还是感到很难相信。

"这种江湖术士我也知道，天天都和别人说有大难临头，为的就是让你破财消灾，运气好的话，赶上这种事故就能扬名立万了。"

"她可没有让我破财，而且时间地点她都说得一丝不差，你觉得这像是骗术能够做出来的事？"看到潮岣一再质疑，赋城脸上闪过一丝不悦，"算了，或许真的不见得有什么用，我只不过觉得那个地方会出现教父实在不太正常，都是光怪陆离的事情，我才突然联想到了这点。"

潮岣确实是无法相信这种奇事，不，说是奇事，甚至是有些客气了。

——所谓迷信故事中常道的怪力乱神，就是这种荒诞的东西吧。

可他又找不出赋城会说谎的理由。这几天，从他与别人的交往中也看得出来，这个人真诚热心，不像是会恶意戏耍别人的家伙。

晚上回到房间，按照赋城所说的时间，潮岣专门上网搜索了那场事故。

一个又一个的字眼，像是印证着赋城所说的话般，纷纷进入了潮岣的视线。

本市特大连环撞车案……伤者 45 名……死者 7 名……

浏览还在继续，而就在这时，决定性的一行字，映入了眼帘。

——某中学男生向媒体透露，因偶遇算命师提醒而更改回家路线，得以幸免于难。

齐整静默的黑色文字，犹如颠覆现实的言灵般摧毁了他多年积累下来的常识，潮峋不敢相信，这种故事竟然会发生在自己所生活的这个社会当中。

是真的?!

潮峋急切地沿着这名男生的新闻脉络搜索下去，但如泥牛入海，其他相关的消息，再也搜寻不到。

应该是被当作小孩子的妄语而被忽略了吧？

潮峋瞥了一眼新闻时间，两年前，与赋城所说的事发时间完全相符。

掏出手机，他立刻拨打了电话。

"喂？"铃音没响几声，对方就接了起来。

"赋城吗？我有件事想问你。"

"你说。"

"那个和媒体说出算命师的人，是你吗？"

对方沉默了片刻。

"不是我。"

"要怎样才能找到那个算命师？"潮峋问道，"你说的那个巷子，在哪里？"

深蓝的夜幕，惨白的月光，两者交叉于路旁的墙壁上，绘成阻隔喧哗的镰刀，将小巷与连通外界的路口彼此切割。

在潮峋的印象里，这条小巷从未如今夜般深邃凄冷。

每走一步，两侧的回音便增强一分。口水沿着干渴的喉咙淌下，反而刺激了知觉，他清了清嗓子，迈入宛若异世的地域。

台面上尚且挂着一层浮尘，面容隐藏于兜帽下的算命师，只将干枯苍老的双手露出了风衣的袖口。

"您好。"

她没有抬头。

"听说在您这里，如果有人想问清楚些什么，您一定能够给出答案。"

她还是没有抬头。

他开始怀疑她是不是睡着了，还是她根本就不想理他。

硬着头皮，潮峋再度打破沉寂。

"这座城市里有个教堂，我想知道这座教堂里的教父到底是什么人，您能不能帮我……"

实在没法坚持说完，周围的气氛过于诡异，潮峋不得不闭上了嘴。

算了吧……他叹了口气，现在想来，觉得这事实在是离谱得很。

刚刚转头，身后传来了说话声。

"谁叫你来的？"那语调苍老，阴沉，并不像是从人间发出的声音。

"什么？"潮峋顿了顿。

看到算命师没再回应，他只得继续开口。

"我只是碰巧看到您这里摆了个摊子，想过来问问……"

"撒谎。"

被一语道穿，潮峋有些意想不到，顿时尴尬起来。

"你现在大难临头，还有心思去管其他的事？"

"您这是什么意思？"

"有人不告诉你原因，却让你赴险参加杀人比赛，不是大难临头是什么？"

"您……是怎么……"

潮峋瞠目结舌，呆呆地望向了兜帽下的她。

"以后，我们还是不要再见面了。"

对于女孩的话，男孩觉得无法接受。

如此突然地提出分别，还没能明白状况的男孩想要再做一次努力，结果，却又得到了"请你不要再来骚扰我"这样的答复。

究竟是哪里出了问题？

半年前男孩曾被邀请到女孩的家里聆听演奏，之后过了一段时间，当男孩再去女孩家拜访的时候,得到的就是她生病了,不方便出来玩的消息。

男孩当时还很担心,希望进屋看望,但被女孩的父亲回拒了。又过了一周,女孩仍旧没有出现,等到男孩决定再去拜访时,对方家长已经变得不如上次客气了。

生硬的语气,冰冷的措辞,女孩父亲的意图很直接,就是想要赶他回去。

愈是如此,男孩就愈是焦急。他在女孩的学校门口苦苦等候,听班里的同学说,她确实已经一周都没来上课了。

他想不通女孩究竟得了什么病,竟然连看望都不允许。自己和女孩是要好的朋友,她的家长明明知道,现在摆出这种态度,甚至有些不近人情。茫然的男孩只能浑浑噩噩地守望在女孩学校的门口,结果那天,他看到了她正与其他同学走在一起。

就在这时,她也注意到了男孩,两人目光相对,然而紧接着,就像是看到路边的橡树般,女孩轻易移开了视线,没有半点留恋的意思。

为什么……

为什么,为什么,为什么!!

男孩撕心裂肺地在内心深处哀号,脸型大概也早已扭曲,唯独喉咙像是被扼住般,只能发出微弱而怪异的声音。他想要扑上去一问究竟,于是,就在快到家的那个十字路口上,看到女孩和她的伙伴们微笑着挥手道别之后,男孩立刻就冲了过去,一把抓住了她的手腕。

女孩望向他,此时脸上的表情,与其说是惊讶,倒不如说,是正等着这一刻的降临。

"为什么躲着我?"

"躲着你?我不知道你在说什么,我最近生病了,你不是也来探望过了吗?"

"可是你的父母一次都没有让我再踏进你的家门,一次也没有再让我看到你!"

面对男孩的怒喊,女孩噤声。不是因为害怕,而是因为内疚。

"我想知道我哪里做错了,为什么你要这么对我?你说啊!"

冷淡是一种很奇妙的感觉,哪怕是通过眼神,都能有所解读。

男孩是无辜的,女孩比谁都要更清楚,而正因为此,她才决定与他分开。

"没有什么可说的,"女孩用力甩开了男孩的手,令他木立当场,她此前从未这样做过,"只是,我不再喜欢你罢了。"

女孩没有卧病在床,更没有闭门不出,只不过,是不想再见到他而已。

一直很不愿意相信这点的男生,终于,对此也有了自觉。

女生转身走进了院子。

"等……等一下!"从失措中振作起来,男孩第一反应,是哀求。

低下了头,他斩钉截铁地说道:"一定是我哪里做错了,请你告诉我,我绝对都会改正的。"

女孩止步。

——不是的,你什么都没有做错。

"我知道了,是我太笨的缘故吗?平时说话总是沉得发闷,总是让你来找话题,是这个缘故吗?我知道了,以后我会努力改正的,我会阅读许多书,看很多故事,不会再这么木讷了!"

——不是的,正是你这份近乎纯粹的木讷,才让我对你心生信赖。

"还是你觉得我不太关心你?我对你不好?你提出来,我一定都按你说的做!"

——不是的,倘若如今的这份回忆里,没有你对我的关心,现在我几乎就快要撑不下去了。

男孩因为她已经彻底放下了尊严,如果她还固执己见,那他最后还能剩下些什么呢?

依附着空壳过着行尸走肉的生活是一件很可悲的事情,但即便如此,女孩也有着不得不拒绝的理由。

所以,女孩只是简单地说了一句话后,便转身,进入了屋内。

"已经,不可能了。"

黄昏的街景,总是充满落寞。在洒满暗黄色陈旧气息的柏油路上,男孩一动不动,宛若跟随时光一同腐朽的雕像。

同样，隔着一道门的距离，进了屋的女孩，在关上门后就感到一阵头晕目眩。

对男孩有多残忍，她自己承受的痛苦，就有多剧烈。

感觉支撑不住，她倚着门渐渐滑落坐在了地上，泪水沿着面颊滑落，在余晖笼罩的地板上，摔得粉身碎骨。

——我的未来啊，其实很简单，就是想要这样，一直和你在一起。

——已经，不可能了。

地下空间的空气，闷热且潮湿。

巨大的探照灯四处旋转着排挤黑暗，震耳欲聋的摇滚音响与刺穿耳膜的嘶喊号叫相互切割，噪音的碎屑塞满了整个地下。

鲜血自洛光胳膊的伤口倒流至肩膀，可是在场观众没人会在乎这点，裁判再次拽起了洛光的手腕，只要再胜一场，他便单枪匹马地击败了所有敌手，他便是今晚擂台上的暴君。

即便还没有取得冠军，只凭一人之力走到现在，也几乎是凡人所不可企及的壮举。来到这里的人有的是为了金钱，有的是为了名誉，但，还很少会有对这些都不感兴趣的亡命之徒。

而在众人眼中，如今洛光的身上，正是被贴上了这一标签。

在击倒第一个人的时候，他身上的伤势还并不算明显。当与第二个人交锋过后，挂彩的地方就已经越来越多。等到将第三个人打下擂台，洛光已经不太清楚这副身体是否还归属于自己。

他感觉不到疼痛，也感觉不到畏惧，有些伤过一段时间还能够痊愈。而有些伤，如果还能活着出去，大概，也会从此跟着他一辈子。

这个男生，究竟是为了什么才会做到这种地步呢？场下的观众，难免会心怀如此的疑问。

口水，汗水，血水。洛光伸手擦了擦嘴角，走向了最后一名选手。

浑身都笼罩在了对手的阴影之下，洛光抬起头，所见的，是六块发达的古铜色腹肌。

嘘声四起,过分的强弱对比,已令比赛失去悬念。

站在中间的裁判落下了手掌,两人同时出拳。

如同击向防弹玻璃的子弹,洛光迅速击出的拳头,被轻而易举地弹飞了轨迹。而自己的眉骨却承受不起对方同样的猛攻,整个身体也随之被打翻在地。

全场沸腾,未等裁判数秒,右眼充血的洛光便迅速从地上爬起,横扫对手的胫骨。

对方纹丝未动,石尊大小的右勾拳俯冲而至,洛光本能地交叠双臂格挡,却如同蚊蝇般被直接挥到了场边。

洛光伤口崩裂,狼狈翻身去势的一路上,血迹斑斑。

耳道里渗出鲜血,洛光神情恍惚地站了起来,裁判走过去对他说了些什么,他呆滞地点了点头。

"比赛继续!"

伴随着裁判的一声宣判,赛场的空气再度被点燃。

眼中毫无怜悯,巨人俯身做出了一个冲刺前的准备动作,随后便加速奔向了目标,将洛光一把推到了擂台的立柱上。

那里,正是刑场的终点。

锁骨,胸骨,肩胛骨。

肱骨,髌骨,肋软骨。

不给洛光留下丝毫喘息的机会,也没有既定的规律,如同打击乐般的节奏被永不停歇的拳头奏响,被钉在木桩上的洛光如同人皮布偶般浑身发出怪响,朱色液体沿着立柱,在台上汇集成了血泊。

直到一声哨响,直到观众尽兴,对方停手,洛光软塌塌地倒在了他的脚边,再也听不到裁判的言语。

一个晚上的搏命对垒,最终,以不到一分钟的蹂躏宣告结束。

"替补登场!"

随着裁判的一声令下,被强行推上擂台的替补刚刚登场,就在湿滑的地面上摔了一跤,引起观众的大肆哄笑。

这是当然的。

因为那个替补选手，还没能明白是怎么回事。

他，从来就没有宣布弃权的机会。

不知昏迷了多久，潮屿从黑暗中睁开双眼。

他向一旁望去，熟悉的女孩就坐在了他的身边，清水般的眼眸中，倒映出了自己鼻青脸肿狼狈相。

"醒了？"

喉咙干得发不出声音，潮屿只得点了点头。

"两处骨裂，三处软组织挫伤。你的运气真不错，医生说，以你的这副体格参加那种比赛，能活下来就是奇迹。"

他闭上了双眼。

"既然有这个胆量瞒着我去单刀赴会，"女孩说，"又何必在事故联系人那一栏上填下我的号码呢？"

潮屿扭头，噤声。

她于是叹了口气，起身。

"饭我放在桌上了。能走路，就过来吃。"熏衣离开了。

床头削好的水果旁边残留着两圈水印，墙上的钟表已经转了整整一圈。从床上坐起身，潮屿才看到，自己的枕边，有几根纤长的发丝。

自那天起，洛光始终没有在学校出现。

潮屿身上的伤势依旧隐隐作痛，却已没什么大碍。起居规律，独来独往，在回去的路上潮屿有意绕开教堂，教父已经很长时间都没有再来叨扰，几天来，潮屿一直过着两点一线的生活。

这样就好……

站在石桥上，望着潺潺流水，潮屿为重新找回属于自己的生活节奏而感到放松。

"潮屿。"

有人在桥上叫了他的名字。

那声音再熟悉不过,于是围绕身边的祥和,瞬间便被打破。

"让你参加那种危险比赛,还一直不和你解释原委真的很对不住你……"至今脸上还留有缝针印迹的洛光走了过来,"可是,你听我说,这件事,我是有苦衷的。"

"我知道,"潮屿将手插进口袋,侧过身,"是别人胁迫你这么做的。有人对你提出了要求,让你一定要来找我参加'暴君游戏',并取得最终的胜利,不是吗?"

讶然与难以言喻的错愕,爬上了洛光的面颊。

"是什么?"

"嗯?"

"对方钳制你的东西,是什么?"

洛光低下了头。

"不肯说吗?也对,"像是苦笑,又像是冷笑,更像是自嘲,"说到底,我也只不过是你达到目的的工具罢了。之前说赛后再告诉我,看来也只是逢场作戏而已。"

"不是的,"洛光激动起来,"这件事就算我和你说,你也不会相信!"

"原来如此,"潮屿点了点头,"那么,还是不要说的好。"

说着,他走过了洛光的身侧。

"有人告诉我那种比赛十分危险,也有人告诉我你这么做是迫不得已,但从来就没有人告诉我,那种比赛绝对没有弃权一说。"

前来恳求原谅,却连起码诚意都没有,对于洛光这个人,潮屿已经失去了兴趣。

无意多作逗留,他头也不回地迈下石桥,走向了校园的教学区。

大约十分钟的行程,当走进教室时,他看到有人向他挥了挥手,空位已被提前占好,四个人的位子依旧挨在了一起,可以想见,他们几个人是很想让自己融进圈子里面来的。

如果潮屿不是一个喜好独处的人,进展一定会顺利得多。

然而这次,他似乎无须再担心由自己造成的尴尬。

不过赋城沉默寡言,面色凝重的样子,实在是很不对劲。

下课铃响了。

班中的同学纷纷起身，收拾书包。有一半左右的人却话也不说地径直朝相反方向走去，聚到了赋城面前。

潮峋三人面面相觑，而赋城则兀自头也不抬地整理着书本。

"竟然没逃走，胆量不错，"领头的男生按住了他手中的书，"还是说，你也知道，根本就是逃不掉的呢？"

话音刚落，他身后的两个男生就冲了上去，分别架住了赋城的胳膊，把他从座位上拉了出来。

"慢着。"潮峋伸手压住了对面的人。

"你打算做什么？"带头男生瞟了一眼潮峋，"别碍事。"

"把话说清楚。"

"说清楚？你身后的那个人是东区人，你还想要我怎么说清楚？"

东区人。

自从进入这座都市之后，就被天天灌输这个概念，第一次，这个概念以鲜明的形式出现在了他的眼前。潮峋环顾四周，围在外面的有男有女，但眼神中蕴含着的，是同等质量的厌恶。

"怎么回事？"

苍老的声音伴随着徐缓的脚步传来，收拾好教案的老教授正向这里张望。

幸好教师还在……潮峋暗自舒了口气。

"你们怎么都围在这里……"他托了托眼镜，"发生什么了？"

教授是站在赋城这边的。看到教授眉头皱起，周围的人又不敢多说，潮峋相信事情正在向有利的方向发展。

带头男生看了看教授，又看了看别人，终于开了口。

"他是东区人。"

简单、直观的五个字，在说出口后，引起了教授表情的变化。

"哦……是吗……"再一次地，他托了托眼镜。随后，一言不发的他，转身离开了人群。

"您要去哪儿?!"

教授的脚步停了一停。

"您要置之不理吗?"潮屿喊道,"摆在您眼前的是一场赤裸裸的霸凌事件吧?!"

没有回答,教授的脚步不再停留。

此时,所有人望向潮屿的神情,犹如看着竭力表演的跳梁小丑。

"我给你个建议,三秒钟之内,赶紧和他划清界限。看你鼻青脸肿的那副模样,还是别讨打了。"

带头男生说这话的时候,周围响起一阵嗤笑。不知何时,赋城的那两个朋友已经悄然退进了人群里,处在包围圈中心的,只剩下了潮屿和赋城。

即便如此,又怎么样呢?

如此不屑一顾的嘲讽,就简单地勾勒在了潮屿的嘴边。盲人尚且能嗅明此刻的空气,带头男生的脸色骤变。

"一起打!"

遭到羞辱的赤红染上额头,他一声令下,又有两个人扑了过去。

"停手!"

没人会不服从勒令者的命令,局势,瞬间便被控制。

扑上去的人硬生生地缩回了自己的拳头,环绕的人群自动分开了一条道路,走进来的人,是洛光。

"是你搞的鬼?"潮屿开口。

"你有什么资格这么和班长说话?!"未等洛光言语,突然就有人插嘴道。

洛光在班中享有的权威被冒犯,立刻就成了新的导火索。于是四下骂声迭起,立时对潮屿群起而攻之。

"真是不知天高地厚,快滚吧!滚!"

"什么都不懂的家伙赶紧从这里给我消失!"

"不要以为你是外来人,就可以胡作非为!"

"庇护东区人,就是同罪!"

"同罪!"

"同罪！同罪！同罪！同罪！同罪！"

四周的人纷纷举起了拳头，犹如粗制滥造的布偶上演的丑剧，滑稽而又令人作呕，只有口中的喊声，倒是越来越响亮，越来越趋于一致。

"同罪！同罪！同罪！同罪！同罪！"

潮屿的身边，摆放着一个不锈钢水瓶。

那种东西，如果以潮屿这么一个男生的力度用力抛掷，被砸到的人就算不会脑浆四溅，起码也会挂彩。银色的炮弹被潮屿猛然抓起，然后，就这么毫无征兆地被投了出去。

砰！

令人毛骨悚然的一声巨响。

女生尖叫，男生噤声。包围圈，往后退缩了两尺。

呆若木鸡的表情留在了脸上，壶里溢出的热水流到了地上。

窗外，太阳淹没于云海，整间教室都晦暗了下来。

潮屿他，的确是划分了界限。

大家的脸上开始闪现阴霾，目光纷纷汇集到了洛光身上。他们现在所需要的，只是一道命令。

然而良久，洛光转身。

"你出来一下。"

没想到班长会这么说，错愕的众人，只得纷纷让开了出路。

承受着阴狠目光的压力，潮屿跟着他走到了教室外面。

在走廊的尽头，是一片开阔的观景台。

"为什么这么做？"走在前面的洛光手扶栏杆，望向了下面的操场，"没看到大家的反应？"

"看到了。"

"虽然你是外来人，大概也能看得懂，这座城市的冲突要比其他地方极端许多。东区人十恶不赦，就算说是全民公敌也不为过。赋城的身份一旦暴露，就会是这种下场。"洛光侧过面庞，神色消隐，"什么时候，你和他的关系有这么要好了？"

天色渐阴,空气,开始变得寒冷了。

"他曾经为我站出来过,我并不想亏欠别人太多。"

听到这话,洛光握紧了栏杆。

"孤独对于我这种人来说并没有什么大不了的。不过赋城不一样,他很喜欢结交朋友,没有同伴,是活不下去的。刚才他的那两个朋友,听说他是东区人,立刻就退到了包围的人群里,我是不知道你们对东区人究竟怀有怎样刻骨的仇恨,不过,人为的隔离和冷血的歧视,甚至连与自己亲近的人也未能挺身而出,对于朝夕相处,甚至昨日还能正常交往的同班同学来说,是不是有些太残忍了呢?"

潮湿的风掠过地面,吹拂着未干的露水。洛光咬着嘴唇没有说话,过了半晌,洛光才转过身来。

"你先回去吧,"他说道,"剩下的事,我来处理。"

"我和你一起去。"

"你回去。"洛光瞪了过来,目光中凝重的压力,令潮峋停下了脚步,"你那一腔热血的正义感,除了说些漂亮话,一点用处都派不上。"

气压低沉,风势汹涌。

垃圾袋席卷着废物向前翻滚,逐渐汇成了一股浊流。

矗立在潮峋眼前的,是一座徒具骨骼的钢筋堡垒。十几根高耸的锈铁在荒土上竖起墓碑。穹顶破碎,彩窗玻璃从云端取下灰色的光,倾洒在苔藓横生的地面上,沾染了腐朽破败的唱诗班席。

"你总算来了,"木质楼梯发出吱吱嘎嘎的响声,教父扶着扶手走下,"上次一别,你便再未造访,这里,实在寂寥得很。"

"我有重要的事问你。"

"是关于东区的?"

"这地方的人,不太正常。"

惊讶地瞪大双眼,随后,教父便拍掌大笑。

"每个人都有自己过活的准则,只要彼此认同,就能形成同一个团体,信奉同样的信条。你说他们不正常,你这个异端分子初来乍到便对别人的信仰指手画脚,莫非就正常了吗?"

东区的事情潮屿不是没有查过,但过往的记录对此讳莫如深,只有从住在这里的人口中才能得知真相。若不是和熏衣的关系有所冷淡,他是绝对不会来找教父询问的。

"也罢,"教父直起了笑弯的腰,"告诉你,倒也无妨。"

二十年前,一场地震近乎将这座城市夷为平地。不过沿海的地理优势很快就引来了投资方的重视,天灾使得他们在这座都市最脆弱的时候,能以极低的价格占据土地,于是,在大量资金的注入下,这座城市的恢复速度,远比想象中的更快。

然而,都市的原型,即现在的东区,却并没有得到理想中的复原,投资方对修复那些不属于自己产权的建筑提不起兴趣,即使购买产权再加上修复费用,比起选择地价非常便宜的郊区,也并不合算。政府不愿降低原城区的地价,于是开发商们只好纷纷在郊区建立起了属于自己的建筑群,现在繁花似锦的西区,在那时,其实是一片荒芜。

西区迅速扩建,外来人口也随之纷纷涌入。尽管他们为其发展提供了大量的活力和推动力,作为代价的,则是混乱、矛盾和冲突。这不是单纯的居民饱和问题,更多的,则来自于西区人对东区人的歧视。

由于当时的地震灾害,有能力的原住民大多选择了迁居,剩下的几乎全部都是相对低级的劳动力,因为去哪里都没有出路,他们只能和自己的家乡共命运。

以前就处在社会底层的他们,如今只不过是停留在了原来的位置,按理说不应有什么不满,可是随着东区与西区的分化,原先混在一起居住的人群终于在地理上被界限分明地切割成为两个团体。无论是情愿还是不情愿,因为被清清楚楚地贴上了标签,彼此之间的仇恨终于被扔到了阳光下暴晒,一直潜伏的矛盾,也逐渐浮出了水面。

显然,东区人能够承受更多的辛苦,同时还能够接受更低的薪资,他们从事着西区人嗤之以鼻的工作，维持着整座城市的基本运转。但西区人看不到这些，他们看到的是一个个又脏又臭的工作者，他们自己，甚至他们的下一代，随时都有可能成为谋财害命的犯罪分子。这样的例子有，但以偏概全的原因，在于他们根本就没打算承认对方。

但东区人又是怎么想的呢？自己辛苦耕耘的成果，在刚到这里没有几年的外来者眼中一文不值。以前被歧视是没有办法的事，如今这些西区人对他们的嫌恶变本加厉，光是占领原住民的土地还不够，光是将他们当作奴隶一样驱使还不够，这些后来的西区人的最终目标，是让这些东区人在自认卑贱的同时，还要接受他们永世不得翻身的现实。

城市在复苏的过程中积累了大量财富，但作为原住民的东区人并没有分享到其中的一丝好处，反而遭受到了更为令人发指的歧视。这种不平衡的心理之所以会产生，是因为不平衡的现实一直在他们眼前上演残酷。

如果没有这些外来人的出现就好了，如果这座城市一直处在灾后的贫穷阶段就好了。不知从何时起，如此的想法，如星火燎原般在东区人的心中迅速扩散，并得到了认同。

事情发展到这种地步，西区人对东区人的蔑视已经恶化成为仇视，而东区人则由对西区人的厌恶升级到了憎恶。

倘若不安定的状况持续演进，那么最后迎来的，一定就是崩溃。

五年前的一个晚上，一名沿街乞讨的东区妇女因抵抗城市警察的驱逐，被打伤后送至医院抢救，最终因抢救无效身亡。

这一事件成了东区人反抗的导火索，他们的第一步，就是集体罢工。短短两天的时间，整座城市的公共系统陷入瘫痪，居民连正常的生活都不能维持下去。迫于压力，警方不得已承认执法失误，想要支付一笔赔偿金敷衍了事，当东区人要求肇事者受罚时，得到的回应却是肇事者已经不知所踪。这样的答复，无疑加速了事态的恶化。

经过长时间的酝酿，此刻的东区人其实已经相当果决。既然大规模游行和示威不起作用，泛滥的刀具和自制燃烧弹便派上了用场。当时的场面一片混乱，街头巷尾充斥着劫掠、火焰和惨叫。政府立刻出动了大量防暴警察展开镇压，结果祸不单行,在镇压过程中,处理不当的警方一边通过水压车和防暴枪驱赶人群,一边投掷大量的催泪弹使得事件升级,近千名游行者与普通市民在这一事件中丧生或失踪。

关于当局给出的这一数据,无论是东区人还是西区人都没有办法接受。

眼下这座城市尸横遍野,光是清理尸体就动用了三天的时间,政府想要虚报数据,至少,也应该将市民与事发现场完全隔离才是。暴乱结束后不久,政府迅速采取决策,不仅对两区交界增派了大量警力,短时间内,还在特定地区执行了紧急宵禁,很快,一系列保障西区居民的人身安全的相关条例相继出台,并得到了贯彻执行。

通过这次的激进行动,东区人并没有为自己争取到权利,相反,他们很清楚,自己的鲁莽举动是确确实实地将政府和西区人彻底逼进了同一阵营。每年为了治理东区,市政府不得不花费大量的财政资源,即便如此,东区还是成了独立于这座城市的王国。在这个王国里,警察或管制机构丧失职权,色情交易和黑市买卖如鱼得水,最终使其成为滋生毒品交易与恶性谋杀的腐败温床。

这个地方,已经没救了。

直至不久之前,城市议会顺利通过了法案,根据东区居民的信用情况,开始向部分奉公守法的东区人提供补贴,逐步帮助他们迁离东区。

但是,只要这样,他们就可以得救了吗?

只要远离枪支毒品,那些老老实实过日子的东区人,就可以从此走向太平了吗?

两边人所结下的仇恨,已经不再仅仅是地理上的对立,在那场暴乱里,在西区,很少有人没有牵连其中,反过来,东区也是一样。空间对立混入了越来越多的私仇,他们见到彼此,甚至无须再多做思考,就会抄起身边一切能够伤人的器械置对方于死地。

政府坐落在西区的中心,将羊羔送到虎狼身边寻求庇护,根本就是自寻死路。好不容易逮到机会准备大肆复仇,刚刚听到这条法案便磨刀霍霍的西区人啊,从来,就没有打算接纳他们的意思。

雷声暗涌,街边景物从身边疾驰而过,尽数披上了光亮的紫纱。

逆着校园里的滚动人潮,一路疾奔的潮峋冲进了空无一人的教学楼。

教室的门已锁,扶着膝盖,气喘吁吁的潮峋竭力调整着呼吸。

滴答……滴答……滴答……

液体砸落到地面的声音从房间里传出,潮峋睁大了眼睛。

滴答……滴答……滴答……

宛若宣布着生命行将结束的脆弱律动,他立刻从口袋里翻出了钥匙,匆匆忙忙地推开了门。

滴答……滴答……滴答……

潮峋冲了进去,双眼凭借着听觉的指挥,望向了悬挂在教室后窗的声源。

教室的桌椅摆放整齐,拖把上没有拧干的水滴,坠落到了红桶里。

潮峋松了口气,走出了教室,顺着走廊的窗户望去,操场上最后一个练习投篮的人,也已经离开了。

雨尚未下,阴云又浓了一层。

潮峋打开手机,拨打了赋城的号码。

无人接听。

叹息一声,他刚从楼里走出,熟悉的来电声突然回响在了空荡的校园里。

丁零零!

潮峋诧异地四处张望着。

丁零零!

操场上,走廊中,教室里,铃声无处不在。

丁零零!

"赋城!赋城你在这里?!"

潮峋跑了出去,大声呼喊着。

丁零零!

铃声越来越近了。

"赋……"

巨大的异物夹裹着风压从上方急坠而下。

犹如一团肉块被人抓起,然后狠狠地砸在了砧板上,一系列令人心脏骤停的撞击声穿透了不足十米的空气屏障,冲到了他的耳畔。

说是粉身碎骨也好,血肉模糊也罢,这种词汇根本不能用来形容眼前的惨状。

老实说,以这种与死神同步的加速度赴死,现在,就连辨别人形都成了问题。

鲜血溅到了鞋上。

铃声戛然而止。

闷雷于头顶炸响。冷潮席地,寒风哀号。

第一滴雨水,沿着潮峋的面颊,滑落了。

伴着滂沱的雨势,汹涌的海水一次次扑向岸边。

白沫勾勒着墨潮,电闪雷鸣下,似乎有什么庞然大物正依托着浓稠的黑影爬上海岸。那黑影速度极缓,却又势不可挡。凡是被它所覆盖的建筑物,无论多么高耸壮观,都立刻褪掉了一身的灯光,失去了全部生气。

咚咚咚!

门外有人敲门。

抱膝坐在窗台的潮峋缩了缩身子,没有下地。

咚咚咚!

楼下花园的排水系统终于呈现疲态,从井盖里翻出的泥浆淹没了石径,很快就要波及花坛了。

外面响起远去的脚步,敲门的人离开了。

潮峋从胸前的口袋里摸出照片。

月光下,唯有女孩的笑容依旧浸透着阳光,不曾褪色。

"雕荷……"

潮峋将照片紧紧抵住额头,他的眼角湿润,脸埋入了两臂之间。

就在这时,门锁"咔嚓"一声被拧了开来。

"已经三天了,"裹着毛毯,她将钥匙拍在桌面,"你还想在里面藏多久?"

"麻烦你出去……"

她打开灯,他不由得扭头闭眼躲避。

"有时间在这里对着妹妹的照片说话,不如好好让自己清醒一下,重新振作起来! 要是雕荷现在真的出现在你面前,你不觉得丢人?"

"我不想听你教训我,出去吧。"

"我不出去你又能怎样? 反正,你也做不了什么吧? 垂影自怜,自暴自弃,活脱脱的一个懦夫样。"

"够了!"

他怒吼着将她打断。

"一直以来,你都自以为是地管来管去,乳臭未干的小女孩,在这里给我装什么成熟?! 我告诉你,我的事,不需要你操心!"

窗外,救护车的声音由远及近,由近及远。

秒针动了三圈,没人说话,没人离去。

他艰难地咽了一口唾液。

"抱歉……我说得有点过分了……"

穿着粉色加厚睡衣和白色绒毛拖鞋的她倚在门边,面无表情。

"我只是……"潮峋低声说着。

"我的妈妈,"她将他打断,"也是东区人。"

他怔住。

"我的父亲很早就不在了,家庭破产,她又失去了工作,政府没有履行承诺发放救济,拖着我这个累赘,她一直很努力地坚持着,直到有一天,我回到帐篷,发现了妈妈在这张毛毯下,已经停止了呼吸。"她裹了裹身上的毛毯,"验尸官说,是心因性哮喘。"

"以前明明还能担任教师这样体面的工作,最后却不得不逃到了那个地狱,被众人唾骂,然后在屈辱中死去。当时我的心情,你觉得,又应是怎样的呢?"

潮峋无言以对,感到胸腔里积郁着的什么东西更加沉重了,他垂下视线。

"你的朋友死了,我也很难过。"

她走过去,轻轻地,将他的头揽入怀中。

不知过了多久,当潮峋已经听不清外面雨幕声音的时候,他伸出双臂,紧紧地,抱住了熏衣纤细的身躯。

"我很怕……"他说道,"这里的世界让我感到陌生。父母死后,在那座小城里我与妹妹相依为命,几乎没有和外面的人接触过。如果这座城市的生活就是如此,所谓的现实就是如此,我宁愿回去,回到雕荷的身边,哪怕生活再简单也没关系,我只要有她陪着,就足够了。"

"每个人都有自己的理想乡,但没人能一辈子活在那里,很多人,甚至连一刻都不曾居住过。这是我在刚刚懂事时就明白的道理,潮峋哥你现在才理解,是一种幸福。"

她温柔地抚过他的发际,他的喘息,渐渐平静了下来。

潮峋从未想过,只能依靠妹妹活下去的他,竟然会从其他的女孩身上获取到支撑。

"潮峋哥,刚才骂我的话……以前也对别人说过吗?"

"抱歉……我是刚刚从电视上学的……"

"你是小孩子吗?"熏衣忍俊不禁,"看到电视里播什么,你就学什么?"

潮峋的脑袋,埋得更深了。

"只是和我说,倒也没有关系,只是,那种话很难听,也很伤人。以后对其他人,还是别这么说了。"

她抚着潮峋的头,望向了窗外。

"有时间,我们一起去看海吧。"

女孩每天从校园里走出来,都会看到一个人在对面的马路处静静等候。

明明近在咫尺,但两人中间,横亘着一条无法跨越的河流。

这条河流的名字,叫误解。

男孩误解了女孩。他认为自己真的做了什么伤害女孩的事,才会遭受如此的报应。

而女孩,则误解了现实。身处无可挽回的绝境,她认为自己不可能再得到救赎。

不知何时开始,女孩已经不敢向马路对面望去了。她害怕男孩依旧站在那里,她害怕自己给他亲手造成的创伤无法愈合,她害怕当男孩奋力挽留追赶时,自己却以相同的速度逃离这一做法,是一个根本性的错误。

她直视前方,从学校出门到回家的这一段路程成了女孩最艰难的行途。三个月来周遭的景色一直在眼前却如过眼云烟,难以忆起。唯有视野中不再出现的男孩和他忧郁的双眸,清晰可见,恍若昨日。

而男孩这些天来所经历的劫难,也确实不是女孩可以想得到的。

因为将自己的人生与女孩关联得过于紧密,突然失去支柱的他,想到了自杀。

用刀割断自己的手腕静脉是最简单的方法。可是在动手的时候,男孩胆怯了。即便他如此痛苦,总是想着一死了之,最后,他还是做不到为她放弃自己的生命。

男孩感到了羞耻,既为自杀感到了羞耻,又为不敢自杀而感到羞耻。

时间一天天地过去,男孩始终徘徊在女孩周围,从不会远离,直至他发现,女孩周围的环境,已经开始慢慢起了变化。

在她身边的朋友渐渐减少了,取而代之的,尽是些打扮穿着不伦不类的不良少女。她们并非朋友关系,以某个金发女生为首的团体,似乎正在联合起来欺负女孩。由于距离太远,男孩听不清楚她们说的什么,不过从她们的神情与女孩的脸色来看,肯定不是什么好话。

那天,女孩正准备一如既往地逆来顺受,平静的脸上却突然起了波澜。

她看到男孩走了过来。

"差不多可以了吧?"男孩挡在了女孩的身前。

"怎么?"金发女生和周围的随从们面带疑惑地望向了女孩,"这是谁?"

是谁,都不重要。看到心中珍视的人受到伤害,心中所涌起的那种冲上前去保护她的冲动,在那一刻,根本就不需要那些由逻辑所堆砌的大义去支撑。

"你们的污言秽语还没说够吗?这世界,就是因为有你们这种将快乐建立在别人的痛苦上的卑劣家伙存在,才会变得这么丑恶。"

"哈哈哈……"金发女生笑得捂起了肚子,"这算什么?正义使者的宣言吗?"

"你们怎么说都好,她不是你们可以欺负的人。"

"看样子,你们好像是认识啊,"开始感到无趣的金发女生皱起了眉头,"这倒是新奇了,你们的关系看来是非常要好啊,喂喂,我问你,这样卑贱的女生,到底哪里好了?"

卑贱?!

听到这样的形容,男孩再也按捺不住自己的愤怒,挥手就给了那个金发女生一巴掌。

金发女生怔住,女孩也怔住。在场的人,包括男孩自己,都没能预料到他的举动。

"你是想动真格的呢……"金发女生捂着脸,眼中的轻蔑转瞬间升级为仇恨,她退后了两步,开始拨打电话。

"你快走吧!"女孩见状急忙去推男孩的后背。

这份慌张令男孩觉得情况可能有些不妙,没过半晌,一群人就从街角走了过来,将两个人带到了角落里。

她不敢呼救,街上的行人不会有人伸出援手,而且这么做只会招致这群人更凶狠的报复。

他不想呼救,他不想借助任何人的力量,他认为这么做只会再度失去女孩的心。

"你们……想干什么……"女孩颤声问着。

"这个男孩是想做你的保护神呢,"金发女生接过递来的香烟,衔在嘴里后,倚在了墙上,"这里有现成的机会可以去证明自己,不是再好不过吗?"

"我们不如做个约定好了,如果他能够承受三拳的话,我以后就不再找你的麻烦。"

"你……"没等女孩说完,男孩将她打断。

"三拳吗?来就是了。"

"还想继续逞英雄吗?"金发女生笑出声来,对旁边的人嘱咐道,"你上好了,小心别闹出人命哟。"

"不用了!"女孩站了出来,"你们想说我什么就说好了!"

"你还真是不顾及别人的感受啊？人家在为你拼命，你在这一味推辞算是怎么回事？"

一拳。

比男孩高出两头的男人绷直关节朝他的肚子直击了过去，男孩闷哼一声，倒在了地上。

女孩不禁失声尖叫。

男孩浑身痉挛着，艰难地从地上爬了起来，他气息紊乱，大口呼吸了几次，瞪向了对面的男人。

两拳。

这次是胸口。

宛若敲碎山岩的铁锤猛然砸下，男孩顿感眼前一黑，往后倒退两步之后，坐在了地上。

三拳。

男孩还没站稳，肋下就又遭到了一击左勾拳，再度倒地。

无法呼吸了……疼痛感糅合在骨头与肌肉里，只要一呼吸就针扎一般疼，这样下去，是会窒息而死的吧！

男孩的眼球充血，明明无法呼吸，却气喘如牛，他感到内脏有什么地方要裂开了。

"可以了吗？"女孩扶起男孩，只想迅速逃离这个地方。

"等等，"金发女生喝止了女孩的动作，"你刚才，是不是哪里理解错了？"

"什么……"

"我说的三拳啊，是每人三拳哟。"

"求求你……求求你……"女孩流着眼泪，拼命地拉拽着金发女生的袖口。

"哎呀，"金发女生像抖臭虫般扬了扬袖子，"真是伤脑筋呢，我好歹也算是个言而有信的人，说出每人打三拳这种话怎么能不算数呢？你们说呢？"

被征求意见的混混们纷纷嗤笑着点头同意。

"怎么会这样……"女孩颤抖着，红肿的眼睛已经令她难以视物了。

"这样好了，你去做一件事，说不定我心情一好，就能放过你了呢。"

金发女生说着,将一柄小刀递了过去。

她惊恐地瞪大双眼,骇然之下,双腿颤抖的女孩,唯有沉默以对。

"老实说,其实我一直都在想一件事。"金发女生伸出胳膊将弱不禁风的女孩搂了过来,"你这副天生的漂亮脸蛋,要是被刮花了,你还有没有活下去的自信。"

在脸上……留下疤痕吗……

女孩在男孩为自己挺身而出的时候,早已预料到了会产生的恶劣后果。但是,在脸上留疤这种事……

金发女生看女孩迟迟没有接过小刀的意思,脸上再度露出了轻蔑的笑容,一边把玩着手中的小刀,一边说道:"喂,那家伙虽然不知天高地厚,好歹也是为了你才生命垂危,反过来你却连这点小事都做不到,今天,我还真是见识到了卑贱女孩的本色啊。"她向旁人使了一个眼色,那群小混混再度对男孩进行了残忍的拳打脚踢。

"现在他已经神志不清了,就算是休克也说不定哦,放在那里不管的话,我也不知道接下来会发生什么事哟。"

莽撞的男孩晕倒了,战栗的女孩退缩了,嚣张的女生胜利了。

没有办法了。抿着嘴唇,爱哭的女孩,这次并没有流下眼泪。她不再犹豫,伸手接过了小刀。

"喔……"看到她的举动,金发女生双眼放光,"你是想自己动手?"

"滚……"

就在这时,众人听到了宛若从地狱里发出的声音。

浑身浴血的男孩在众人的注视下站了起来,眼中露出了可怕的杀意。

"喂,你这家伙……"

一个不知深浅的混混走了过去,刚想要推搡一把,却顿时哀号起来。

男孩的手脚都不太好使了,眼睛看不清楚,耳蜗里也渗出了鲜血,唯独自己的嘴还可以使用,自己的牙,还能够撕咬下对方的皮肉。

对眼前的景象感到震惊,金发女生和周围的人纷纷往后退却,可是男孩还没有结束的打算,扑向手上掉下一块肉的那个男生,他顺势朝着对方的脖子继续咬了下去。

鲜血从牙缝中溢出，男孩已经失去了理智。

金发女生捂着嘴大声尖叫了出来，其他的男生则面色苍白，看到这种厉鬼，谁都没有恋战的想法，纷纷落荒而逃。

男孩的嘴，松开了。

同样被眼前景象惊呆的女孩，这时才清醒过来，颤抖着走向了他。

"对不起……"

女孩趴在男孩的身边，低声叨念着。

小巷里，只剩下三个伏倒在地的身影。

"对不起……"

医护车里，医生护士的话语变得遥远模糊。男孩的母亲，一言不发地在家属协议上签了字。

"对不起……"

到达医院了，急救病床被推了下来，他们被火速送往急救室。男孩的妈妈走到她的面前，提着高级挎包的手上，每条凸起的脉络都清晰可见。

"如你所见，我和他的父亲离婚后，他一直和我生活在一起。也许在物质上他还需要依靠我，但精神上能够支撑着我活下去的，只有他一个人而已。"

"对不起……"

"所以，就这样吧，请你以后，不要再靠近他了。"

女士离开了，面对着关上的急诊室的大门，弯下腰的女孩不住地道着歉："对不起……对不起……对不起……"

女孩自以为高明的做法并没有让男孩远离自己，反而让他走上了不断摧残自我的歧路。如果命运无论如何都要将她引向毁灭的终点，女孩第一次奢望，可不可以，至少在过程中，稍微减轻一分这样的痛苦。

意识到了此前道路的错误，如今被推到十字路口上的她，第一次燃起了想要反抗的斗志。

对自己的身份遮遮掩掩，度日如履薄冰，直至身份暴露，再被合法驱逐甚至

捕杀。

这样的遭遇,对于没能拿到政府许可令却生活在西区的东区人而言,可以称得上稀松平常。因此,若是非要将赋城的死随意看待,权当是一场意外,并非说不过去。

如果不是赋城的死,潮峋大概一辈子都不会与东区人这三个字搭上联系。他会平稳地度过四年大学,然后顺利返乡,和妹妹生活在一起,这才是他所期待的终点。

但,无论时间过去多久,赋城脑浆迸裂、血肉横飞的场景,始终都历历在目。

潮峋感到自己已经被梦魇控制了——如果不解开这个心结,一定会一直被这样困扰下去。

大家对赋城的死无动于衷,每日依然喋喋不休地谈论着关于东区人的话题。开始留心的潮峋侧耳倾听,也终于发现了赋城身份败露的原因。

当下,每个班级都会建立自己的网络群组,这是班级内部很常见的交流方式。如果有人在上面发布了消息,基本上全班的同学都能看到内容。一直对社交不敏感的潮峋当然不知道这么一回事,可是,在赋城事发的当天,确实是有人发送了这样一条信息。

赋城是东区人。

如果只是这单纯的一句话,充其量也只是诽谤而已。发言者显然有备而来,在信息的下面,又发送了一条链接。点开链接,就能访问到一个名叫"东区人备案区"的网站,内容涉及东区人的资料以及捕杀通知。

因为是每日更新,所以就算今天你在上面没有看到自己身旁人的名字,也不意味着明天他还能够以一名西区人的身份继续生活。网站的创建者并非官方,资料的来源也难以追查,尽管如此,还是有相当多的人以此作为判定他人身份的客观标准。

要说为什么的话,被这个网站所披露出名字的人,迄今为止,没有冤案。

隐私泄露啊,尊重基本人权什么的还请放在一边,如果真的还要在乎这些东区人的人权,那么,与他们近在咫尺的西区人的生存权,又会被置于何处呢?这是网站发起者的初衷,也是西区人所达成的共识。

所以,当赋城的名字赫然在目时,他的命运,几乎也就在那一刻,被决定了。

潮岣费尽心思,好不容易才加入了群组,想要追查那个发送链接的人,却发现用户已经被注销。进入群组的方式都是熟人推介,只要有一人愿意敞开大门,外人想要混进来简直轻而易举。如果混进来的用户已经注销,群组管理员想要追查将会十分困难。况且,即便是班里面的人,如果想要隐藏自己的身份去做这件事,只需要另外注册一个账号伪装成别人也没有问题。虽然这不是什么高明的手法,但是想要凭借潮岣自身的能力就把犯人揪出来,可说举步维艰。

好在,潮岣还有自己的办法,哪怕这个办法并不符合常识。

月末的最后一天被打上记号,冻雨第一次降临在今年的严冬。

夜色迷茫,潮岣的眼前,是那个熟悉的算命台。

心怀忐忑地将事情原委讲了一遍,他也不知道,这次究竟还会不会得到帮助。

等他说完,坐在那里的算命师仍维持着原来的姿势,如石像一般。

当然,他也清楚,对方不是半仙。

即便上次洛光的事情会被她言中,如果这次她给不出答案,也没有什么说不过去的。

"我为什么要帮你?"

"什么?"

没想到第一句话竟然是这句,潮岣一时间没反应过来。

算命师没再重复,她知道他听见了,听懂了,只是不知道该怎么回答。

"您……不是乐于帮助别人的吗……"

听罢这句,沙哑的嗓音在兜帽里抖了抖,那位算命师,似乎是在笑。

"你在向我打听别人的消息,我不告诉你,也能帮助到别人。"

"我所说的那个死去的赋城,是您曾经指点过的人,他……"

"他是怎样的人,和我没有关系,这是你我之间的交易。"

交易?

她说交易？

潮峋似乎明白了些什么。

"您……是有什么需要我做的吗？"

慢吞吞地，算命师将一张照片拍在了桌面上。

"找到这上面的女孩。"

找到这上面的女孩。

几天来，潮峋始终参不透算命师的指令，望着手中的这张照片，他陷入了迷茫。

只要找到就可以了吗？

意思虽然简单，执行起来却更加困难。

该如何理解找到这个词？

是只要看见就可以，还是要见面打个招呼，让对方也知道自己姓甚名谁？

他完全不认识这个女孩，在茫茫人海中寻找一个陌生人，对于交际面狭窄的潮峋，根本是不可能完成的任务。而算命师却一个字都不愿意多说。

"潮峋哥。"

有人轻轻将他唤醒，潮峋回头，看到熏衣站在了他的身后。

"在想什么？"

"没事……"

"我刚才去信箱看了。"熏衣坐到他的身边，摇了摇头，"还是没有。"

"是吗……"潮峋抿紧了嘴唇，不再言语。

自从上次来信以来，远在他乡的雕荷，已经很久都没有再来信了。

不会是发生了什么事情吧……

潮峋是一个爱多想的人，他沉思着没有说话，是因为脑子里不好的预感太多。

就在这时，熏衣突然看到了桌面上的照片。

"这是花拾？"

她仔细端详起了照片上的那个女孩。

"什么？"

"你怎么会有她的照片？"

"你认识她？"

"她是我的同班同学，"熏衣困惑地望向他，"你不认识她？那你怎么会有她的照片？"

瞒不住了。

对方是聪明伶俐的熏衣，让自己现场编出一个故事欺骗她，实在有些强人所难。

"我懂了，"鲜见地，陷入思考的熏衣咬起了指甲，"关于那个算命师，我也确曾有所耳闻，不过听你说的这件事，还是觉得可疑得很。"

"我也这么觉得，但又说不出哪里可疑。"潮崎沉吟着皱起了眉头，"所有的事都是我自己做出决定的，没有受到任何人左右，包括今天去找她也是，她又怎么可能知道我的想法呢？"

"对方最后不是没有给你答案吗？我看，只是在故布疑阵罢了。"

"我觉得不对，如果她真的只是搪塞我，为什么会偏偏让我去找这个叫作花拾的女孩？如果今天不是你看到了这张照片，如果她不是你的同学，我是绝对没有机会完成委托的。"

"你是说连这些她都已经预料到了？"熏衣失笑，"真是越说越玄了。"

"这座城市人口众多，哪有这么巧合的事？再说，她让我找到这个女孩，对她又能有什么好处？"

"这我就不清楚了。"熏衣摇了摇头，"不如这样吧，明天，我带你去见一见这个花拾，你不用担心指令不明的问题，大不了，我将你们相互介绍一下就是。如果这样了对方还没有动作，潮崎哥，你大概就是被骗了。"

转天早晨，与熏衣相伴来到了她的学校，在校门口，潮崎确实看到了那个名为花拾的女孩。与照片上的面容相去甚远，现在的她稚气不再，潮崎在她的身上看到了成熟的痕迹。

紫色的针织手套，蓝色的羊毛围巾，青色的毛绒帽子。

深冬未至，很少有人这么穿。

像是不愿意将自己的肌肤裸露出来似的，大概，从性格上来说她也是那种比较保守的类型。

两人之间并没有说话，甚至连眼神间的接触都没有。

这样，就算找到了吧？

潮峙在心中默念着。

"这就是我之前和你说过的潮峙，"熏衣向花拾介绍道，"他呀，无论如何都想要见你一面呢。"

"嗯？"

"啊?！"

两人同时怔住，在那一刻，目光交织。

顿时面红耳赤的花拾立刻低下了头，潮峙则一脸尴尬地望向了熏衣。

明明只要不动声色地观察一眼，然后礼节性地介绍一下就好，为什么要做这种多余的事呢？

对此，潮峙感到困惑不解。

"因为听说你是我们班里的美少女呀。"在场唯一一个怡然自得的人继续自说自话着，"比起我怎么样啊，潮峙哥？"

这个问题要怎么回答才好？

面对熏衣的突然袭击，潮峙感到不知所措。

肯定也好否定也好，总有一人肯定会感到难堪。

"你们别紧张啊，我就是开个玩笑。"

无聊的家伙此刻又打起了圆场，潮峙心中满是复杂的滋味，在目送两人走进校园后，他摇了摇头，颇有些无奈地离开了。

这样就可以了吗？

潮峙心想，如果算命师正在某个地方看着他，或者手里有个水晶球之类的东西，现在，应该已经知道了吧。

埋着头走过几条街道，独自走在路上的潮峙忽然扬起头，然后看到洛光，像是已经等了他很久似的，站在了前方的路口。

男孩发现,当女孩再度回到自己身边的时候,她确实已经变了。

两个人出来的时候总是要掩人耳目,走在一起时,女孩变得疑神疑鬼,总是不自觉地四处观望,并且神经质地问他许多次究竟是使用什么借口和她出来见面的。开怀大笑显得珍贵而不真实,女孩也不再像曾经那样向男孩吐露心声。

男孩的妈妈是公认的女强人,与她亲手缔造的殷实家境相比,女孩的背景则只能算得上是贫微。因此,哪怕自己的儿子与那个女孩只是青梅竹马的玩伴,她也并不希望男孩和低阶层的人相处玩耍。更不要说,男孩为了她曾经想过自杀,又遭到了街头混混的围殴差点丧命。男孩妈妈对女孩的厌恶,就算说是恨之入骨也不为过。

他们还只是孩子,身为长辈想要介入并将他们拆散,简直轻而易举。

于是他们愈是小心,相处时的气氛就愈是充满危险,得以延续的情感就愈是苦涩。

男孩不再追问女孩当初为什么离开他,原因她从未谈起,哪怕稍微有向这个话题发展的倾向都会引起她脸色的变化,那么,这个问题便是他们风雨飘摇的关系中绝对不能触碰的逆鳞。

男孩在面对母亲喋喋不休的指责时,唯一能够按捺怒火的理由,便在于自父亲离世以来,一直是他母亲一个人将他抚养长大的。

男孩再次带着女孩来到这片久违的草原,带着她来到了林海中的一棵树前。

在树上,密密麻麻的细痕,尽是男孩刻下的记号。

每一天就是一根细线。如果男孩没有坚信两人能够回到从前的决心,到这片树林里做这种事,就只是自我摧残。

女孩潸然泪下。

他将思念化作了动力和动力作用下的努力,而她又做了些什么?

独自消极地一人忍受,自以为是地只顾着逃避。没错,除了把事情弄得越来越糟,她什么都没有做。

"如果,"女孩下定决心,从口中道出了话语,"我告诉你所有的真相,你会和我一起离开吗？"

"离开？"

"离开这座城市，逃到只有我们两个人的地方。"

女孩已经想好了，男孩哪怕有刹那的迟疑，在她这里，都会立刻被认作否定。

现在的她，之所以会如此极端、不留余地，是因为这关系到了她是否要将自己接下来的人生，全都托付给眼前的这个男孩。

迟疑吧……女孩在心中想。

只要你皱起眉头，沉思，然后一如既往地说出那句"我也说不好"，一切，就都结束了……

"嗯，没问题。"

女孩怔怔地望着他。

"没问题。"

男孩重复的速度，比女孩反应过来的速度更快。

为什么……

这样的疑问女孩没有说出口，是因为她终于明白，自己是个笨蛋。

没错，在这么长时间里，一直怀疑男孩不会站在她这边，也会像其他人一样厌弃她、抛弃她的自己，是个不折不扣的笨蛋。

女孩决定好好整理一下自己的日记，等到下次见面的时候交付给男孩，让他明白自己在这一年的时间里，究竟经历了何等的痛苦与煎熬。

只是，会有那一天吗？

当巨大的苦楚已经将自己的身心折磨得千疮百孔，所谓否极泰来的那一天，真的会到来吗？

关于这点，就连女孩自己，都不敢相信。

咖啡厅里客人稀少，一片寂静。

杯边，干净的汤匙被放在一旁。

"抱歉……那天，我没能救下赋城。"

"没什么，都已经过去了。"潮峋笑着说道，"不止一次地相信你，是我自己太傻。"

他往后挪了挪椅子，将钱放在了碟边。

"我会被胁迫，"洛光突然开口，"是因为我在寻找自己曾经的一个朋友。"

撑起扶手的腕子松了一松，前倾的身体收了回去，潮峋望向了他。

"不，应该说是玩伴更妥当一些吧。"洛光苦笑。

"怎么回事？"

"有人给我寄来了她的照片，告诉我只要能够带着你去参加暴君游戏，就告诉我她现在在哪里。"洛光说道，"两年前，她失踪了。"

"失踪？"

"嗯。"

他没有再继续往下说，似乎每一句话都使他承受着巨大痛苦，连嘴边挂着的苦笑都成了无奈的注脚，在潮峋的眼里，洛光只是在强忍着苦楚复述现实。

"结果呢？给你寄信的那边……没再和你联系？"

洛光摇头："现在想来，应该是一个非常了解我又非常仇恨我的人，想要愚弄我吧！"

说着，他递过来了照片。

洛光未必是认为潮峋能够提供多大的帮助，但这样的举动，足以表达出想要修好的诚意。默默听着的潮峋终于缓和了表情，不经意间向照片扫了一眼，脸上却露出惊愕的表情。

"怎么了？"看到潮峋面露惊愕，洛光的脸顿时变了颜色，"你见过？"

他当然见过。

潮峋刚想开口回答，却突然意识到事情有些不对。

天下没有如此巧合之事，潮峋怎么想都觉得有些古怪，止住了话头。

"你见过？"洛光语声仓促，盯着潮峋，又问了一次。

"没见过。"潮峋挪开了目光，"这女孩……还是个高中生吧？"

"现在应该已经上了大学。"

"这照片上的人不是还穿着高中时期的校服吗？"潮峋端详着照片中的人

物，"会不会是对方在拿以前的照片欺骗你？"

"你看到女孩身后的建筑物了吗？"

潮峋的目光扫过女孩的肩头，她的后面，是一座圆形的纪念碑。

"这座纪念碑今年才刚刚落成，"洛光说道，"对方是有意选择在那里拍下了照片。"

"也有可能是合成的吧？"

"你好像从心底里就觉得这张照片不是真的？"

洛光的眼神变得愈加锐利。

潮峋明白，如今坐在他对面的是野狼而非麋鹿。一不小心，对方就可能亮出獠牙。

尽量装出不知情的模样，潮峋从座位上站了起来。

"我也会帮你找的，有消息，我会通知你。"

洛光这次没再阻拦。

怀着满腹疑窦，潮峋刚刚走出咖啡厅，便被一个小孩迎面撞进了怀里。

"没事吧？"潮峋急忙扶住娇小的身体，未及多说，小孩便低着头立刻跑开了。

他的手里，多了一张纸条。

拆开密封线，里面的字虽小，却清晰可见。

你要找的人，已经找到了。

目标，就在眼前。

潮峋已经跟着他走了半个小时，此刻，终于松了口气，开始不断调整着呼吸。

道路偏僻无人，对手只有一个，必须一击得逞。

"就在那里站住吧。"

距离目标不足五步的距离，潮峋站在他的背后说道。

对方有可能逃跑，他必须做好随时追上去的准备。

而那人停下脚步,转身望向了潮峭。

是影潼。

"还奇怪为什么你会一直跟着我,原来是想袭击我啊。"

"明知如此,你还挑了一条僻静的路走?"

"我只是好奇你能做得了什么。"

"在班级的网络群组里,指认赋城为东区人的,是不是你?"

视线相触,对方并没有挪开目光。

"哦,那个啊,"他的语气轻松、自然,将手插进了口袋,"不好意思,因为是不值一提的小事,我都已经忘记了。"

"是吗……那我帮你想起来好了……"背在身后的手腕不自然地抖了抖。

刚刚的问题,根本就没有回答的必要。算命师给出的答案,对方漫不经心的态度,潮峭已经为自己采取动作,找到了充足的理由。

于是,他猛扑过去,左手卡住对手的脖子,将其摁倒在地,扬起的右手亮光一闪,卡住了对方的喉咙。风声低吟,匕首抵在脖颈,沁出的鲜血游走于冷锋边缘。毋庸置疑,只要轻轻一按,影潼脆弱的气管就会被剖开。

两个人,都很明白这点。

"是我。"

影潼表情漠然。

"是我,你就能下手了?"

对方很清楚,他,不敢杀他。

说到底,为赋城复仇这件事,在找到真凶之后,到底应该怎样做,他一点都不知道。即便能够借助非常手段,最后自己所能做的也不过归于平庸。

潮峭不会杀任何人,他既不能背负心灵上的苛责,也不敢承担法律上的责任,他充其量只是恐吓对方,使其留下心理上的阴影罢了。

所以,现在的影潼,可以笑出声来。他的手中,还有最后的王牌没有打出。

"不知道和你同居的那个姑娘,若是看到如今狰狞的你,会有何想法。"

潮峭瞪着他,动作微微一滞,甚至能够感到自己的面部发麻、五官抽搐。

"怎么?既然我知道你想要杀我,我总不会一点准备都没有。"推开还在发愣的潮屿,他站起身,拍了拍身上的尘土,眼中闪过一丝嘲讽,"这座城市这么乱,你却让她独自回家。"扬起眉毛,讽刺与寻衅并行于影潼的嘴角两侧,"你这么蠢,怎么给别人报仇?"

影潼早就做好了他可能会复仇的准备,他落入了圈套。

熏衣是无辜的。

就算再天真,他也知道这句话说出口毫无意义。

该怎么办?

这种想要威吓他人,却反遭钳制与羞辱的绝境,究竟该怎样逃离?

对方哂笑着,转身离场。只剩他一人,如同木偶般站在无人的公路上。

他确实蠢,简直是蠢透了。

他起身,加速,疯也似的跑回了住处,而迎接他的却是静无人声。

"熏衣?"

没有回应。

"熏衣?!"

厨房,洗手间,阳台,他一边呼喊,一边疾步走遍屋内的所有地方,潮屿却始终看不到女孩的踪影。

他拨打手机,对方占线。

冷汗从额头渗出,闪烁着不祥的灯光投照在桌面上,他看到了一张字条。

她在海边。

潮屿一把抓起纸条,还没来得及喘口气,立刻就跑下了楼。来往的出租车全都载着乘客,潮屿浪费不起时间,径直奔向了那片海岸。

连续且剧烈的运动量远远超出了身体负荷,他能听得到心跳声在耳膜鼓动,却听不到脚步声在路面响起。汗水布满额头,最终沿着眉骨钻进了眼球。

快要跑不动了……

已经不再清楚方向是哪里,甚至不知道自己是否还在奔跑。潮屿开始感到身体失重,一直拼命跳动的脉搏,呈现了衰弱的征兆。

你可以的。

隐约间,他突然听到了这样的声音。

温暖,轻柔,熟悉。

是……雕荷吗?

脸部突然感受到了潮湿的风,耳边,有海鸥叫。

混沌散去,当鲜明的视野再度回归,映入眼帘的,是一片苍穹碧海。

刺眼的阳光下,女孩漫步在海边。

闲适,悠然。

脚尖撩拨起浪花,沙滩留下了足迹。

画面很美,但没有什么比此刻她的独自一人,更让潮峋感动。

拖着麻木的双脚,他自己也搞不清是在跑还是在爬,总之,在女孩惊讶回眸的一瞬间,他将女孩紧紧抱在了怀里。

"为什么不接电话?为什么不接电话?!!"

只要抱住,就能安全。

即便现在就要从楼上坠下,只要抱住,就能安全。

眼泪,便这么流了下来。

自从父亲死后,妈妈对男孩的束缚,就变得更加强烈起来。进取的事业心用错了地方,就会对家庭造成压力。虽然在大家的眼中,男孩的发展引人瞩目,甚至可以说是出类拔萃,但这并不意味着她就是一位伟大的母亲。

手中握着名为"威慑"的皮鞭抽打着孩子,最终迫使其走向所谓的成功之路,这种畸形的成就并不值得吹嘘与骄傲。男孩在高压下勉强度日,与母亲几乎没有交流。这位女强人,从本质上早就已经失去了作为母亲的资格。

曾经,女孩有意疏远男孩,两人的关系濒临断绝边缘,她着实暗自高兴了一番。然而最近,他又变得不安分起来,回家的时间不仅有所拖延,晚归的次数也逐渐增多。

哼,就算你说出如何使人信服的理由,之所以这么晚回来,都是因为那个卑劣的女孩吧?

真是厚颜无耻！

明明犯下了害你受伤甚至令你自杀的罪行，如今又有什么脸面继续和你待在一起呢？抛开常人所应有的廉耻心不讲，就算只从家庭条件上考虑，她也没有资格做你的朋友。

完全，没有资格。

一天晚上，母亲终于将这种想法告诉了儿子，两人大吵一架后，使关系陷入了僵局。多年以来，儿子的温顺听话已经成了他天性的一部分，她怎么也想不到，那个女孩，竟然可以在短短的时间内，就将自己含辛茹苦培养出来的男孩完全改变。

人一旦失去了反思能力，成为对自己失明的人，就只能四处归咎罪因，拼命寻找借口。这个女人此时脑中所想的，就只是如何将他们两人拆散。

儿子继承了自己的精明，为了掩人耳目，双休日几乎从不外出，为了搜集证据，这位女强人高薪雇用了私家侦探去专门跟踪自己的儿子。

母子之间的隔阂，即便是再荒谬也要有个限度。

一想到自己竟然不惜通过这种手段刺探儿子的隐私，女人便感到，两人的斗争不过是一场闹剧，而自己的角色，则正是那个小丑。当私家侦探将搜集来的证据摆在她的眼前，讽刺、羞辱、愤怒，便纷至沓来。

"不要再和她见面。"当天男孩回来后，母亲说道，"我看见了。不要再和那个女孩见面。"

被突如其来的命令打乱了阵脚，男孩陷入沉默足足有一分钟，然后开口："不可能。"

"不可能?!"母亲咆哮了起来，"到底是谁给你这种勇气，让你胆敢拒绝我的?!"

"给我勇气的人，正是妈妈你吧？"男孩冷淡地说道，"竟然为了调查我的事大费周章，现在，连我都觉得，自己是在做一件了不起的事呢。"

"我含辛茹苦地把你抚养这么大，却没想到你叛逆得这么快。"

"叛逆？"男孩笑了，"妈妈，一直以来，您对我的关心无微不至，我都是怀着感恩之心去度过每一天的。"他转动了自己卧室的把手，"但是，因为这样就将我当作是您的私有物，不允许任何人碰触，还要义正词严地为自己披上一层伪装，您也该适当反省一下了吧。"

男孩说出这番话的同时将屋门关上,在那一瞬间,女强人看到了连接着两人的某种说不清道不明的东西,也跟着被夹断了。

她感到了困惑,甚至有些茫然,于是她站在原地,一动不动。

到底是过了多久呢?这种模糊的情感,渐渐还是被愤怒淹没。

时至今日,她的教育方法竟然被证明是错误的。

不是方向不对,而是力度不够。

儿子阅历不足,还没有意识到人生的艰辛,这点尚可以理解。然而最关键的是,他忘记了应该对自己抱有的那份敬畏之情。即便他对这世上的任何人都可以不屑一顾,对她,哪怕些许的反抗情绪,也是不能被允许的。

看来,自己真的有必要,再重新教育一次儿子。

女人拿起了电话,照着私人侦探提供的信息,往女孩的家中拨打了电话。

转天清晨,男孩从房间里走出,妈妈已经离开了家。

简陋的餐点摆在桌上,残羹冷炙旁,一张白色的信封吸引了男孩的注意。

是妈妈留给他的。

熟悉的笔迹在信封表面写下了女孩的名字,男孩皱着眉,心怀疑虑地拆开了。

里面塞满了厚厚的一沓照片,男孩刚将它们抽出来,无意间地一瞥,指尖稍颤,照片纷洒坠落。

刹那之间,烙印在眼球中的,乃是足以攀沿着视神经回路烧毁大脑的离奇怪景。多年以来,男孩小心翼翼构建的世界观,在那一刻,终于,被抽掉了一根最关键的积木。他怔怔地站在那里,不知过了多久,恍惚的男孩想要俯下身子收拾,但伫立太长时间的双腿已经忘记了如何弯曲,猛然间,他便摔倒在地。

与满地的照片零距离相撞,鲜活的细节,就像是要翻涌出来般捶打着他的瞳孔。

大概,是承受不住那样的捶打吧?

男孩的泪水,一滴一滴地滑出了眼眶。

照片很生动,看得出来,摄像人已经具备了相当的功底。

斑斓炫目的色彩，倘若运用得当，自然可以描绘晴朗，可假如界线模糊地相互混淆，同样也能构筑起黑暗的写照。

男孩度过了浑浑噩噩的一天，当自己从校门走出的时候，在暖黄色的夕阳下，他看到了翘首以待的女孩。

"给你。"背着双手，伴随着男孩走在回家路上的女孩，一边递出了自己的日记，一边露出了柔和的笑容，"这里就是我一年的日记，所有的事情呀……"女孩做了个鬼脸，拖长了语调，"我全都记录在了这里。"

今天的她，像是恢复了小时候的阳光与开朗，她的心情似乎非常好。

"怎么了？"女孩脸上的笑容还没有褪去。

"没……没事……"意识到自己被问话，男孩急忙摇了摇头。

"翻开看一看吧？"

"现在？"男孩有些惊讶，"我们不是还在走路？"

"没关系！"依然笑着的女孩，大跨步地往前走着，直至拉开了一个人影的距离，"我就在前面等着你，你边走边看就好啦！"

男孩点了点头。

日记的第一页，终于被翻开。

第二页……第三页……到了第十页时，内容还停留在普通女孩所记录的一些琐碎小事上，到了第十一页，那种懵懵懂懂的纯真，便开始变了味道。越来越悚然，越来越疯狂，接下来的内容，就如同能将人一步步拉入深渊的漩涡般，令人愈陷愈深，而谁也不知道，那深渊的底部究竟隐藏着什么。

悲伤，凄怆，痛苦，绝望。

负面的黑色情感将文字刻印在略微发黄的纸张上，当男孩意识到这上面的文字竟是诅咒的载体，如同怨灵般扭曲着身体，编织着丑恶时，男孩猛然将视线从日记中拔了出来。

余晖洒落在女孩纤弱的双肩，火霞煅烧瑰境，逆光下，眼前的女孩回首相望，面容朦胧。

"昨天晚上，你的妈妈给我的父亲打了一通电话，"甜美地微笑着，女孩望向了他，"看到那些寄到你家里的照片，你，是动摇了吧？"

男孩不说话了。

"没有勇气连那些东西都拿给你看,只将日记交给你,是我的错。"温柔地,女孩说出了生前的遗言,"要是早一点就这么做,就好了吧?"

"花拾……"一股恶寒包裹全身,男孩不禁唤出了女孩的名字。

前方就是轨道,列车鸣笛声在响。不远处,一条势不可挡的钢铁巨蛇,已经踏上了归路。

看不到向这里跑来的男孩,她的身体往后倾去,空洞的眼眸中,倒映出了一望无际的火烧云。

女孩的内心异常平静,眼前并没有一生的回顾,只有曾经与男孩同在的一片天空。

真美啊……

女孩从心底感慨着。

越是孤注一掷的希冀,就越是可能迎来现实中的背叛。而早就将绝望在心中排练过无数次的女孩,时至今日,脑中并没有多余的想法。要说的话,大概,也就只剩下了如此纯粹的祈愿:

今后,就请你在这个美丽的世界中,背负着痛不欲生的负罪感,继续好好地活下去吧,洛光。

"在想什么?"

站在一块礁岩上,背着手的熏衣,弯下了腰。

看到潮峋摇了摇头,她便不再追问。经过一段时间的相处,她正在努力学习如何把握彼此之间相处的分寸。

"每次心里郁结的时候,我就会来这里。"熏衣从礁岩上一跃而下,"看着一望无际、波澜不惊的海面,自己的心情也能跟着平静下来。大海什么都能承受,什么都能包容,如果人心也能这么宽广,许多悲伤和痛苦也就不会存在了。"

女孩捡起一块贝壳,里面空空如也。

"闭上眼睛去听涛声的话,便能感受到自己也是大海的一分子。把自己当作自由自在的水母也好,成群结队的鱼儿也罢,自由与畅快在心中游弋,烦恼便被抛却在了脑后。"

她放下贝壳。

"但，你好像不喜欢这里？"

潮岣垂下了目光。

"确实是很美，"潮岣皱眉，侧过了头。身体的反应，完全与口中的赞美相反。

寄居蟹在沙滩上爬了两步，不动了。

"听说大海有种魔力，"熏衣挽起裤腿，张开双臂，走向了潮水，"人们看到它，就会想慢慢靠近，想要去触碰它，想要去感受它，直到海水没顶，视线漆黑。"

女孩口中说着有些可怕的话语，任凭柔和的波浪没过小腿，回眸一笑。

"是不是有点害怕了？"

本来只是玩笑，可是看到他脸色苍白，熏衣笑不出了。

"潮岣哥……你怎么了？"

与女孩的视线相触，潮岣急忙伸手想要挡住自己的脸庞。

深藏在心中关于海底的黑色回忆，随着踏入水中的女孩道出烂漫的话语，而泛起了不祥的波澜。

"没事……"狼狈地扭过脸，潮岣站起身，海风伴着沉重的呼吸涌入鼻腔，"走吧……"他说道，"你不是说，还想去逛街？"

市中心的商业区车水马龙，店铺鳞次栉比，假若能够忽视窝藏在巷子里见不得光的毒贩，能够忘记几十公里外的破败东区，这里，自然便是太平盛世。

暮色渐深，火树银花。

人群，变得更稠密了。

"人这么多……"

隔着快餐店二楼的玻璃，鸟瞰整条街道的熏衣不禁咋舌，随后，又瞄了眼潮岣。

"没关系。"

"可是……你不是最怕热闹？"

"有人陪着，就好些。"

真是矛盾。明明害怕热闹,却希望身边能够有人陪着。

熏衣微笑,一口气喝光剩下的饮料,将最后一根薯条扔进了嘴里。

尽管潮屿以前就从妹妹口中听说过类似梦想,但女生在逛街时所展现的疯狂,如今亲眼所见,潮屿还是忍不住瞠目结舌。

眼前这个清纯的女孩,意外地拥有时装百搭的丽质,相处这么长时间都没能对此有所察觉,对于自己的这份鲁钝,潮屿感到羞愧。

"不过,我觉得你还是更适合这种卡通的风格,学生气一点。"被不容打发的追问所迫,潮屿不得不给出明确的评价。

女孩一怔。

"你这么想?"

女孩贝齿微露,讶然的眼神,掩不住翘起的唇线。

潮屿低头:"就算落伍,反正,我就是这种观点。"

"好啦,我可没有嘲笑你的意思呀。"

熏衣扑哧一声彻底笑场,随即拉了拉他的袖子,表示歉意。

"潮屿哥的家乡,也有这样的地方吗?"

"有是有,只不过不如这里吵闹。"

"觉得有些不适应了?"

"可能是。"

女孩笑了笑,将刚刚做好了美甲的手伸向星空。

"我听说女孩子逛街通常都要带着收获回家,现在这样,就满意了?"

"嗯,这样就好。"她放下手,交握在了一起,"这样就好。"

广场的人少了,街边的灯暗了,狂欢行将结束了。

两人走在行人愈加稀少的归路上,走到一半,潮屿才突然发现身边的熏衣,停留在了刚刚路过的小店旁边。

玻璃橱窗里悬着移动夹子,下面的布娃娃挤在了一起。与外界黑暗相隔离的暖黄灯光,正层层叠叠地铺洒在它们的身上。

门前,抱着熊猫布偶的熏衣侧身摸索着钥匙。

"我来吧。"

女孩默契地让出了位置,潮峋走上前去。

"信箱有信吗?"

看到熏衣打开信箱,他问道。

"没有。"熏衣一边合上盖子,一边说道,"不过今早,我倒是收到了一封。"

"雕荷的?!"他扭头。

"不是……"熏衣移开视线,"好像……是跟踪狂。"

钥匙孔里的钥匙旋转到一半,停止了。

"潮峋哥?"女孩问道。

"你继续说……"

钥匙又转了起来。

"信里都写什么了?"

"里面附着几张我的照片,包括在校园里的,还有回家路上的。信里的人说已经跟踪了我很久,实在是不怎么让人舒服……"

"你报警了?"

"这种事,只有真出了问题才会立案,目前的情况只是疑似,他们才不会管。"

按下墙面的开关,头顶灯光亮起,两人走了进去。

"对了,"潮峋低头换鞋,"今天,你怎么一声没吭,就自己跑去海边了?"

"我留纸条了啊,"熏衣走到桌边,"怎么没了?"

"啊,是那个吗?"潮峋从口袋里摸到那张纸条,掏了出来,"不过,你在纸条上写的内容,可有些奇怪啊。"

如果真的是熏衣在桌上留下的那张纸条,怎么想,上面的内容都应该是"我在海边"而不是"她在海边"这种奇怪的叙述口吻才对吧?

"哪里奇怪了?"熏衣歪了歪头,"不是很简单的四个字吗?我在海边。"

"什么?"

潮峋神情一僵,瞪着熏衣。

"你说……是哪四个字?"

"我在……海边?"

冷不防被这么追问，熏衣的脸上，露出了奇怪的神色。

潮峋沉默。没有必要再去确认。

本来能够以轻松收场的这个夜晚，终于随着这句不可避免的求证，而被打回原形。

潮峋在口袋里攥紧纸条，走到了饮水机旁。杯中的水面逐渐升高，跳出来的水花迸溅到了他的手上。

"以后，"潮峋举起水杯，"我送你吧。"

我杀人了。

无论摄取了多少酒精，头脑里的想法，都如同刻印在每一寸神经上般，跟随着心脏一同搏动。

再次被噩梦惊醒，洛光从床上翻滚下来。

过往的影像不停在眼前回放，他知道，自己已经失去了作为人的资格。

那天夜晚，东区的废弃大楼，她的眉头有些微微蹙起，看得出来，是对这次的地点并不满意。这里简陋寒冷，即便是乞丐，也不会选择此地作为安身之所。

然而，她只不过是一个以性谋生的工作者，想要赚钱糊口的话，是没有资格抱怨工作环境的。

"已经可以了吗？"毛毯上，躺在身边的她这样问道。

"啊，可以了。"说着，他打算起身，从钱包里掏出费用。

"这次，不用了。"她轻轻抓住他的手，按下了他的身子。

"我并不是单纯地追求肉体欢乐，只是为了填补内心的寂寞。"这种话，他无法启齿。

明明做着的是纵欲寻欢之事，还总要把自己说的无辜可怜。

想要刻意妆点羞耻的心，比羞耻本身更加令人作呕。

所以，他承认，他现在的所作所为，不过是想要忘掉一些事情。除了酒精和肉欲，还没有东西能够帮他迅速地从那里彻底摆脱出来，无底洞般的欲求得不到满足，他与四处发泄的禽兽无异。

风尘女子的便利之处在于她明白自己的立场，从不过多要求，而且容易打发。但，眼前的她显然未能恪守此道，在行动上也显得富于幻想——最近，她已经有很多次都没有收费了。

她的年龄似乎还很年轻，大概，在这种年纪就被迫要怀有这种觉悟，是件很残忍的事吧。

"你应该明白，我和你做，并不是为了钱。"她这样说道。

啊，啊，不是为了钱，是为了你那高尚的爱情么，要演苦情剧还请到此为止，我可没这么多时间陪你入戏啊，小姐。

听到这种话，洛光差点当面就笑了出来。

"今天的你和以往有很大不一样，有什么事让你感到痛苦吗？"她的手指在他的胸口打转。

痛苦？

没错，他的确感到痛苦，同时，一种困惑感将他包裹。

女孩死后，过了很长时间他才好不容易从阴影中走了出来。可是，现在的堕落又是怎么一回事？

通常来讲，镇痛剂的药效一旦褪去，所有的痛苦就都会反噬。难道以时间本身所熬制而成的镇痛剂，也会有失效的那一天吗？

如此的困惑，常常令他伤感莫名，甚至黯然落泪。

不过，有一点要先搞清楚。

——只会拿钱做事的你，又是什么时候，被赋予分析我心理的资格了？

能够进入他的内心并安抚伤痛的，从来只有一人，而那个人，已经不在人世了。

"可能今天比较累。"他敷衍着，已经开始心生不快。

"又在找借口啊，我觉得，你一直像是抱着负罪感在生活呢。"她不依不饶，竟然又说话了。

——今后，就请你在这个美丽的世界中，背负着痛不欲生的负罪感，继续好好地活下去吧，洛光。

头痛欲裂的感觉再次袭来，他将脑袋侧了过去。

"不愿意和我说说吗？肯定是和女孩有关吧？"丝毫不知收敛为何物，这女人像审问罪犯一样问个不停。

"今天就到这吧，"他强行塞给她一沓钱，"这是到目前为止所有的费用，以后我有些事情要做，可能不再见面了，至少要把账目结清。"

"把账目结清……"她笑了，似乎受到了不小的伤害，"是不是只要干上这一行，就一定没有尊严可言了呢？就算是我，心中也一直渴望着能够碰到那个真正喜欢的人，在这一点上，我和同龄的女生没有什么区别。以身体谋生是我的无奈，可是，如果已经将你想象成了我的男友，我是没有办法收取费用的。"

抑扬顿挫掌握得如此恰到好处，到底是花费多少天的辛苦才背诵下来的呢？实在是难为她了。

再一次地，他拼命忍住了想要笑出来的冲动。

"我知道你的心里只有一个人，可没有必要从此对其他女性关上大门吧？"

"到此为止了，"他站起身，重申道，"以后，我们都不会再见面了。"

"等等！"她又抓住了他，"起码，也要给个原因吧？"

他甩开了她的手，打算穿衣服，没想到反而激起了更强烈的对抗。

"和我说说！为什么以后都不见我了？就算你和其他女孩发生关系也无所谓，我不会在意的，我也不会缠着你，为什么要说不见我？还是我哪里做错了？"

还是我哪里做错了……这句话听着还真是熟悉啊，这样的恳求，这样的遣词，是不是因为自己曾对某个人说过才如此记忆深刻呢？

女人兀自喋喋不休，连让他回想的空隙都没有留下。

沉下来的空气中飘洒着浮尘，他叹息。

"我说，你该不会是幻想，我会喜欢上你吧？"

对方似乎怔了一怔，然后，才勉为其难地吐出了两个字。

"什么？"

"那个女孩在我心中的地位，不是你所能够染指的。你只不过个连替代品都算不上的道具而已，这点，你还是有点自觉为好。"

对方终于安静下来，他对自己的话的成效感到满意。如果她不是这么异想天开，如果她真的能够老老实实地做一个本分的妓女，本来，他还是挺欣赏她的。

突然感到有些疲惫，站起身的他，披上了衬衣。

"既然如此，"异常冰冷的语声，在他背后响起，"为什么你不去找那个女孩呢？"

梳理衣领的手，停下了。

"是因为她已经死了吧？"

他转身，看到她的眼中满是悲伤与怨恨。

"这段时间以来，我的收入一直很低，被老板欺压，被同事取笑，她们说，如果连这个工作都做不好，还真的不如去死了算了。是我自己的问题，当初我就该明白。我也曾想到过会是这种结果，但我却没有想过，会被羞辱成这样。"

"你说完了？"

"就算我是供人泄欲的工具，起码我还活在这个世上，"她望向他，露出讽刺的笑容，"而你心中的那个女孩，无论有多高贵，现在，也只不过是一堆白骨。"

一堆白骨？

女孩在这世上连一堆白骨都不是了，毕竟那个女孩最后的一缕骨灰，是由他亲手撒向大海的。

她没有继续说下去，是因为他不想再继续听下去。

把扼住她的喉咙，杀人失心这种站在人伦道德上的基本警醒，早被暴怒冲刷得一干二净。骑在她的身上，他的心中没有犹豫，没有怯懦，只有无法阻止、不可驾驭的巨大冲动。

人的喉咙在被扼住后，首先会出现吸氧困难。之后，随着右心房压力骤增，静脉压升高，上腔静脉的回流就会受阻，进而引发颈静脉怒张。与此同时，随着人体内的残余氧被迅速耗尽，二氧化碳同时急速攀升，神经系统功能逐渐被破坏，失灵的呼吸中枢，将会夺走受害者最后一声心跳。

叙述很长，过程很短。

在洛光看来，以上的一番讲解，反映在眼里，便是这个女人发紫的脸颊，吐出的舌头，以及失神的双眸。

洛光剧烈地咳嗽，从床上翻起，笔直地冲向了洗手间。

——我杀人了……

打开灯,他对着盥洗盆不断地呕吐起来。

——我杀人了……

什么都没有,胃袋里的所有东西,早就被吐得一干二净了。

——我杀人了……

像疯了似的,他伸出十指紧紧扣住了自己的脑壳,他青筋凸起,面目通红,瞳孔里的血丝在眼白四周开始不断地扩散、延伸。

——我……

他望着镜中的自己,几乎快要哭出来。嘴角两侧,勾勒出了匪夷所思的惨笑。

——杀人了……

音乐从广播中响起,校园的拉门缓缓打开。他极目远眺,努力搜索,终于看到了踮起脚尖,正在向他挥手的熏衣。潮峋挤到门前,在她的身边,是那个名叫花拾的女孩。

自从上次见面之后,两人还未再相遇过。这次看到了潮峋,花拾像是要刻意避开似的,和熏衣说了两句话后,还没出门就放缓了脚步,有意让熏衣先走。

自己,是被当成可疑分子了吧?

本来擅自打探别人就有些理亏,熏衣还在一旁添油加醋,被人提防也是理所当然的。

算命师确实能够掌握他的一举一动,想到这一点的他,也曾注意观察周围的环境,甚至刻意走到一些僻静的地方想要引蛇出洞,但多天以来,都没有什么结果。

是自己想多了,还是自己根本就没有那个本事坐在与之博弈的对手位上,关于这点,潮峋不愿再多考虑。

"在想什么啊?"

潮峋恍惚地看了看熏衣,想要笑着敷衍过去。

"又开始傻笑了,"熏衣皱眉,"你最近总爱发呆,是因为雕荷?"

"嗯……是啊……"潮峋沉吟着,"我打算去邮局问问。"

听到这话,熏衣不由得顿了顿脚步。潮峋兀自还在想着其他的事情,直至拉长了一个身距,醒过神的潮屿才发现熏衣留在了原地。

"怎么?"他回头问道。

"不,"没由来的,在这时候,熏衣选择了强颜欢笑,"没什么……"

妹妹所在的乡镇偏僻落后,只能通过信件沟通,如今此路不通,去邮局询问是唯一的办法。然而对方的回复,令他绝望。

"我们这,没有滞留的信件。"隔着玻璃,工作人员关闭了电脑的查询窗口。

"那有没有可能是在途中丢了?"

"这我怎么知道?"

"不能联系一下始发地的邮局吗?"

"我们没这个系统。"

"怎么可能?你们之间难道无法相互联系?"

"我说,你这人烦不烦?"工作人员皱起了眉头,"那个人到底发没发信件,你不会直接打电话问?"

"就是因为那个地方没有电话,我才通过信件联系啊。"

"现在哪里还有电话联系不到,需要寄信件才行的?!"

"有啊,很多小镇和乡村都……"

啪!对方直接合上了拉窗,任凭他在外面不停说话,叩击玻璃,对方都无动于衷。

愁眉苦脸的潮屿走出邮局,朝着手心呵气的熏衣,正在马路对面等着他。

"还是不行?"

"不行,"潮屿的手拍在了护栏上,整个栏杆随之震动了起来,"时间太长了,真的太长了……"

熏衣试探着,将手放在了他的胳膊上。

这样的安抚好像很奏效,潮屿的颤抖,渐渐地平息了下来。

但,除了这样无声的安慰,垂下目光的熏衣,并没有再多说什么。

火烧云云端的苍穹,冲淡了落寞黄昏的底色。

捉摸不定的眼神没能被潮屿所发现,是因为熏衣的脸,已经完全沉没于了晦暗之中。

第二章　化之恸

天性使然,小孩子喜欢与人亲近。

正因如此,他们显得单纯,活泼,甚至有点傻里傻气。如果这些彰显年龄的特征被强行磨去,虽然也有着向"成熟老练"进阶之可能,但说不定,也会成为父母眼中陌生的异形。

我想要与人亲近。

我想要妈妈在每个夜晚降临时,给我讲一个睡前故事,想要在爸爸不给自己买布偶时,坐在地上大哭,也想要与其他同学一起玩各种各样的游戏,一起抱怨老师留的作业太多,一起走在洒满夕阳暖光的回家路上。

可是在出生前不久,理所应当成为父亲的那个男人就跳楼自杀了,开办的公司不景气,异想天开的发财梦遭到现实的严酷打击后,他懦弱地选择了自杀这种一了百了的方式。

——如果真的是"一了百了"的话,该有多好啊。

小时候听妈妈这么说的我并不清楚其中的意思,等到再长大些,才明白妈妈对父亲的死并未感到太多遗憾与悲伤,相反,蔑视与仇恨才是缅怀的基石。

父亲临死前欠下了很多债务。曾经在担保人票据上面签过字的母亲被逼到了绝路,不仅将整套房子和家当全都交了出去,又挺着肚子向周围的亲戚朋友东拼西凑,好不容易才偿还了沉重的负债,但妈妈所在的公司,却毫不留情地将刚刚松下一口气的她辞退了。

冷血也好，落井下石也罢，雇佣妈妈的那家公司毕竟只是一家规模颇小的学前教育机构，天天有穷凶极恶的家伙去讨债，实在是经受不起其他家长们的投诉。被焦虑绝望折磨，妈妈的羊水提前破裂，又没有钱去医院临产，听说妈妈她当时真的是相当痛苦，所幸当时回到了奶奶的老家，凭着多年的关系找来了乡下的产婆，才安全地将我生了下来。

奶奶后来告诉我，妈妈曾想过要借此干干脆脆地死掉——本来就彻底丧失了经济来源，再加上要抚养一个小孩，妈妈她完全看不到前途。

失去一切的妈妈心灰意冷，在奶奶苦口婆心的劝说下，她才总算重新鼓起了勇气，凭借着以往的从业经验和面试技巧，在巧妙粉饰了被解雇的缘由后，成功应聘到了另外一家幼儿园。我又可以跟在她身边受到照顾，是个非常理想的工作。

不出意外的话，即使生活艰难，按照这样的步伐，我们差不多也可以回归到普通人的生活中了。

然而，是妈妈本身就是个不幸的人呢，还是因为她总是做出一些错误的事，才会招致不幸呢？

总之，在她刚刚试着从跌倒的地方爬起来的时候，就再度被推进了深渊，命运，似乎是相当讨厌我的妈妈呢。

那天我突发高烧，高烧持续了一个上午都不见好转，妈妈决定带我去医院。临走的时候，她并没有向院长请假。

"快去快回的话，两个小时就能解决，一旦请假就要扣工资，坚持不懈的全勤奖也跟着泡汤了。"妈妈一心想着便利，却忽略了潜在的危险。这家幼儿园的规模称不上有多大，妈妈是唯一的值班老师。她从屋子里离开，将一群小孩置之不理的后果，就是其中有一个人，从阳台上摔了下去。

二楼的阳台，六米的高度，五岁的小孩。

因为小孩是头部着地，所以没有悬念，必死无疑。

幼儿园方面不可能再聘请妈妈了，于情于理，继续聘请这样不负责任的老师，都不能被大家接受。经过媒体添油加醋的报道，业内统一对妈妈关闭了大门。即使妈妈逃到其他消息阻塞的城市也行不通，因为这次履历上写着的，可不是只有"协商离职"这么简单的字眼了。

妈妈只会做老师，但现在她不仅不能再在幼儿园工作，"过失渎职"这样的字眼，如同脸上的黥刑般，让她做任何努力都不可能成功获取岗位。

秩序井然的社会，往往也会很残酷。有的错误有更改的余地，而有的错误，只要犯过一次，就相当于断绝了所有的退路。

我们顺理成章地进入救助阶层后，被迫退掉刚租了不到一个月的房子，我们两人靠着领取救济金，在公园广场风餐露宿的日子，终于开始了。妈妈已经丧失奋斗下去的心力，事业上屡遭打击，屈从于饥饿与困倦，与周围这群人相处时间越长，就越是感到自己已经成了暮气沉沉的垂死之人。

如此又过了一段时间，不知为什么，我们，竟然连救济金都领不到了。

这不公平啊！

明明那些男人都能领到救济金，身为女人的妈妈却吃到了闭门羹吗？

我是不会去这样问她的。反正现在问她什么她也不会说，既然布满垃圾的肮脏地面比她女儿的脸庞都值得注目，我说什么也都不会得到回应。迫不得已，她便靠着捡垃圾这样既不体面又不实惠的工作，与我相依为命。

在此般情况下，所谓与人亲近，只不过是自己一厢情愿的奢求罢了。

父亲过早离世，妈妈郁郁寡欢，又没有同龄人相伴，一天下来，我发现自己连最基本的话语都无须出口。饿了就去垃圾堆找吃的，冷了就用毛毯裹住身子，累了就随处找个地方躺下，心中愤恨了就独自一人走到大海，"啊啊"地大声喊叫。

正常人类所具有的语言表达能力正在从我身上减褪，再这样下去，别说与人亲近，我几乎就快要被这个社会抛弃了。

于是，我只能自己去寻求救赎的道路。

我想要去上学。

从出生至今，我都从未获取过丝毫的温暖。我所渴求的，正是"亲近他人"，我所需要的，是回归正常人的生活。在我眼中，作为庇护之所的校园，正是我回归正常轨道的必经之路。

"不可能，"妈妈的立场非常现实，"就算可以申请到助学金，我们的钱也不够生活。"

"我会打工的。"把早就想好的提议说出口，换来的则是妈妈的目瞪口呆。

"怎么可能？连妈妈现在都只能捡垃圾，你是在和妈妈开玩笑吧？再说，像你这么小的年龄，雇用你就是用黑工，这种违法的事，无论如何也……"

"东区的孩子们被雇用到了餐厅的后厨负责洗刷餐具，另外也有去地铁站里工作的……"

"那是东区的孩子！"妈妈生气了，"你没有理由去受那种罪，洗刷餐具的工作量这么大，累得半死也赚不了几个钱，地铁站里发传单一旦被捉到就会被罚款，路人无缘无故地就可以用不堪入耳的脏话辱骂你，你想被里面的工作人员追着到处跑吗？"

"现在这样也没比他们强到哪里去吧！嘴上说着'没有理由去受那种罪'，可不可以在实际行动上帮我解决上学的问题呢？洗刷餐具太累，地铁站里发传单会被人辱骂，就是因为在乎着这些，现在才干着更低级的工作，不是吗？"

低着头，大声喊出这种话的我，并非不清楚话中的巨大杀伤力。

小孩子喜欢与人亲近，这句话的真正前提，是孩子已经得到了所需要的温柔与爱，所以才能够满怀信心地感知外面的世界吧！

但是，我不行。

从来不清楚温柔与爱是什么，想要靠着自己去摸索，实在是步履维艰。

望着她呆若木鸡的样子，我想，妈妈是受到刺激了。

"可以……"她勉强挤出了一个笑容，"既然熏衣这么想上学，妈妈确实也没有阻止你的资格与能力。"

既然你这么想承认我对你的否定的话，既然你就连最后的同意，也要以这种低三下四的妥协口吻说出来的话，那么，我也就无所谓了。

"我知道你想要什么，"妈妈此刻说出的话语，与其说是一种劝告，不如说是一种诅咒，"但是，那种东西，你已经永远都得不到了。"

学校的图书馆，没有太多关于琴谱的书。

潮屿略微失望地离开了最后一排书架。

大抵是心情烦躁的缘故,他从未想过自己会有这份弹奏的冲动。

已经三周了,妹妹还没有回信。他不相信是邮政运输出了问题,更不相信雕荷会安然无恙。再这么下去,他是无论如何也要赶回去一趟了。

他深深地叹息一声,走向门口。

"拜托了,一天都不行吗?"

站在咨询台前,女孩正在苦苦请求。

"不好意思,"对方的回答很清楚,"没有这所大学的学生证,我们是不能外借的。"

"可是这本书对我真的很重要,外面也没有卖的。这样吧,我可以抵押其他的物品吗?"

女孩算是提出了一个建议,不过,谁都看得出来这行不通。

带着紫色的针织手套的手上,是一本厚厚的《李斯特曲目汇总》。

"不行。"

工作人员懒得解释,干脆转过了头,而就在目光收回的瞬间,如假包换的学生证件,已经被一个满面笑容的男生递到了眼前。

圆形的玻璃桌上,摆放着两杯咖啡。

"不用这么客气……"潮屿不自在地摆了摆手。

"不,刚才你真的是帮大忙了,学长。"

将参考琴谱放在桌边,花拾颔首低眉。

"我在哪里都找不到它,到这里来,本来没抱希望……"

"在练钢琴?"

"是。"

戴着手套的纤细指尖,引导着汤匙在咖啡杯里旋转。

"不过,还处在艰难的爬坡阶段……"

"别这么说,初学者可不至于这么费心地寻找教材。你是李斯特迷?"

"嗯,因为李斯特先生的音乐,总是浸透着无比的张力。在我眼中,他是钢琴家中最富有热情的人。"

"是吗……"潮崛笑道,"这么说的话,你肯定有最终目标什么的吧?"

"什么?"

"最终目标啊,比如梦想之类的?你看,喜爱钢琴的人,大多都希望自己能够成为有名的钢琴家,或者能够去更高一级的舞台上表演吧?"

听到这里,花拾笑着摇了摇头。

"关于那种事,我是从来不敢去奢求的。"她顿了顿,"不过,学长听说过《唐璜的回忆》吗?李斯特先生当时以双钢琴协奏的形式发表了这首曲目,能将它完美弹奏下来的人,至今寥寥。如果要说最终目标的话,我想要终有一天,能够以双钢琴协奏的形式把它完整弹奏下来。"

或许是自己孤陋寡闻,潮崛惊讶于眼前这个女孩的梦想是如此的剔透,不掺功名。并非是说其他人的雄心壮志过于世俗,只是,这个女孩,大概是那种真的可以将自己的人生交给钢琴的人。

"听你这么讲,我倒是想起自己曾经读过一本名叫《唐璜》的拜伦的名著。莫非两者之间有什么关联吗?"

"这个……我就不是很清楚了。"花拾抬眼,"学长……莫非也对钢琴很有兴趣吗?"

"是有一些兴趣,原先和我妹妹在一起的时候,总是会给她弹肖邦的曲目。"

"嗯,"花拾点了点头,瞥向潮崛的手指,"而且,已经弹了很长时间?"

"那倒没有……"他苦笑着,忙不迭地摆了摆手,"小的时候曾经哄过自己的妹妹,等大了就没怎么再碰了。"潮崛在桌子下面不安地蜷起了掌心,他望向花拾,"你……与熏衣是好朋友吧?"

"嗯,关系很要好。她还经常提起学长呢。"

"那就好……"啜饮了一口咖啡,潮崛抿了抿嘴唇,"熏衣现在往返学校,需要有人护送。过段时间我可能要回趟家乡,到时,我希望你能在回家的路上陪着她。"

一个月后,经过知识水平测试,我成功入学了。

因为想要尽快地融入集体之中，拼尽全力的活跃表现使我积累了不少人气，无论有多么劳累，能够博得老师的青睐和同学的信赖，能够每天和人正常交流，能够被意识到自己的存在，能够被需要，实在是太幸福了。

"拜托了，老师马上就要收作业了，这两道题我实在不会，你学习这么好，帮我写上吧。"

"我这里又脏了，笤帚在那里，麻烦过来帮我扫一下吧。"

"我们的盒饭就辛苦你了，买下面的那家就好。"

在入学后第五周的班级评选上，我以压倒性的优势击败了竞选者，成功当选班长。

然而欢欣雀跃啊，喜上眉梢啊之类的感情，并没有从我的脸上流露出来。

因为这，本就理所应当。

我比对手付出了多倍努力，取得今天的成就，就如同算术等式一般水到渠成，里面毫无幸运或者水分。当然，早就远离单纯的我也知道，如今的选票，是基于"我是一个好利用的家伙"这一认知堆砌而成的，与"友情"、"人格"完全搭不上关系。我本想着借助成为班长的契机可以调整这样的不良认知，但大家根本没有这种想法。

想来也是啊，只有这样，对她们才更有好处。

我，依旧只是纯粹地，被当作下人使唤。

情况有所恶化，是在成为班长后的第七天。

"班长，最近出了一套新的卡牌，不过我的手头有点紧，"有个男生对着我挠了挠头，"可不可以借给我点钱呢？"

其他的都还好说，跑腿之类的苦力活或者帮写作业我已经做过很多次了，但是他这次的要求，着实触及了我的软肋。

"我……我没有钱……"

"嘿……"男生撇了撇嘴，"骗人的吧？家长不是都会给孩子零花钱的么？只是借而已啦，又不是不还，身为班长不该提供点帮助吗？"

对方在"身为班长"这四个字上，刻意加重了读音。

"我知道……可是……我……"

"这样也不行吗？"男生咂着嘴，"U同学的话，可是会大大方方地请人吃饭哦，借钱也会二话不说地拿出来啊。"

他口中的U同学，就是竞选失败的前任班长。连任两年却被插班生突然打败，她因此感到了屈辱，现在正想方设法地扳回一城。

我和她，从某种意义上讲，都是可怜的人。

"对不起！"我向那个男生恭恭敬敬地鞠了一躬。

啊，没错，因为实在没有钱借给你，真的感到很不好意思，所以乞求你的谅解。

这就是我这个班长，在集体里的真实地位。

随后，"班长是个吝啬鬼"的消息，便如星火燎原般在班上扩散开来，很多人像是要一验真假似的，纷纷过来向我借钱，并在得到拒绝后，心满意足地离开。

既不希望失去和大家的联系，也不愿意被诋毁为小气的家伙，同学间的流言蜚语令我不堪重负，除了有所行动，我已别无出路。

所以，当班中最后一个同学向我提出"借点钱吧"的要求时，我欣然应允。

我加倍努力地打工，生满冻疮的双手缩在袖口里就不会引人注意，地铁站人来人往，经常变动活动地点便不会被轻易逮到。跑过去递送宣传单的时候被粗鲁地推开也渐渐适应起来，记下教训的身体在受到撞击时能立刻倒退几步控制平衡，以免跌倒在地。

所以，最后那个提出借钱的人在听到我答应的时候，两眼瞪得大大的，是不相信我能做到吧？

当然，她是不知道此种承诺的艰辛所在的。

那天放学，我让那个女生在教室稍等一下，小跑着将薪水领到手里，然后折返回去，抵达门口的时候，里面传来了对话声。

"不是那么值得夸耀的事情啦，"借钱的女孩在里面说道，"其实就连我自己都不知道为什么她会借钱给我。"

"太可惜了，全班被拒绝的记录没有达成，明明只差你一个了。"另外一个女生说道。

"没什么，下次再借更多不就好了？反正她不可能一直借下去，在能够占便宜的时候,就该尽量占。"

"这么说来,"第三个女生说道,"你运气还真不是一般的好,这些多出来的钱想好怎么花了吗?"

"现在还没想好,毕竟从没想过会得到这笔钱啊,简直和中彩票一样。既然也不用还,怎么用都可以吧。"

"哈哈,你竟然这么说,她也实在是可怜。"第二个女生插嘴道。

"那个人啊,不就是为了当上班长才会为我们做这么多的吗?"

"就是说啊,如果没有这个念头,她一定会冷冰冰地对待周围的人吧?我们寻求帮助什么的,也只会遭到严酷拒绝吧?"

"爸爸妈妈口中所说的那种功利小人,我算是真真正正地见识到了一回呢。"

接连不断的笑声从里面传了过来,从一开始的轰鸣刺耳,到后来的模糊空白。

在窗外夕阳的照映下,三个女生的扭曲阴影伸出了门外,双脚被禁锢住的我,动弹不得。

明明只是想要努力地融入普通的群体里,却被说成是功利小人。明明只是想与大家成为朋友,却被认作是别有用心。

现在想来,她们的态度,其实早已通过颐指气使的行为实实在在地传达过来了。

那么,究竟是我的做法不对呢?还是我想要与人亲近的想法,从根本上,就是不可实现的妄想呢?

一张门票,被不由分说地塞进了潮屿的手里。

"钢琴大赛?"他打量了一眼字面。

"这是你的那张。"

边说,熏衣边收拾起了碗筷。

"里面有花拾钢琴独奏的曲目,她也是参赛者之一。"

"哦……"

"知道她能演奏钢琴,"她瞥了一眼,"你倒是不怎么吃惊。"

"应该很吃惊？"

熏衣不语，端着盘子走进了厨房。

"最近在班里，花拾对我似乎突然变得比以前热情了。我也不知道怎么回事。"

盘子碰撞的声音伴随着水声传了出来。

"什么叫作突然变得热情了……你们关系不是一直都很要好？"

"要好是要好，但，总觉得最近的她有些不太自然。"

将门票翻过来，看到日期，潮峋皱了皱眉。

"必须要过去吗？"

心中担心着寄宿在亲戚那边的妹妹，潮峋他实在没有如此的闲情逸致。

"潮峋哥自己决定就好，不用什么都问我。"

厨房里传来了冷淡的回复。

"还有，她让我传句话，"熏衣停顿了片刻，"说那天在图书馆，多谢你了。"

潮峋蹙眉，仔细想来，熏衣这份莫名的冷淡，正是自他认识花拾以来才变得逐渐明显的。质问的话说不出口，潮峋他并不知道熏衣这种态度的原因所在。

洛光之前打了个电话，说是想要和他见上一面。潮峋草草收拾过后，出门前跟熏衣打了个招呼。然而熏衣却未如往常般回应，潮峋怀着失落与诧异，走下了阶梯。

"怎么？有心事？"

单间里，洛光隔着偌大的圆桌，望向他。

"没有。"

"我看得出，其实你今天不想到这里来。本来只是想来找你说说话，看你这么一副戒备的模样，我根本就开不了口啊。"洛光面带笑意，口中这么说，眼里却没有流露出友善。"我之前拜托你帮我去找人，有什么进展吗？"

"没有，我还没有找到。"

"说的也是，"洛光挠了挠头，"毕竟已经是死去的人，又怎么能在活人堆中找到呢？"

潮岣闻言抬头，震惊布满双眼，而洛光想要的，正是这种反应。

"你说……死……了？"

"啊，之前和你说她失踪了，我也是迫不得已。"道歉的话语中隐藏着不屑，洛光的眼神起了变化，"大概谁都不会相信吧。两年前，我亲眼看着她被疾驰而过的列车碾碎，鲜血和肉屑将近在咫尺的我淋了一身，血液的温度啊，味道啊，我到现在还记得清清楚楚。所以，我的那个朋友，在那一天，是真真切切地死去了。"

明明讲述的是自己亲眼所见的凄惨死状，而这种谈笑风生，一如谈论他人轶事的轻松口吻，裹着可怕的寒意。

听罢洛光的话，潮岣已经感到胃里一阵翻涌。

然而洛光面容冷峻，十指交叉、弯曲，他遮住了下颌。

"死人复生，原本四分五裂的身体也完好无损地重新组装在了一起，这样的事，你会相信吗？"

感到有些晕眩，潮岣没有说话。

从起初的试探，到赤裸裸的逼问。从一开始，双方的立场，就已经敲定了。

"我刚才问你有没有找到她，你一口否认。"洛光从口袋里掏出了一张照片，"那能不能请你解释一下，这是怎么回事？"

照片里，透过咖啡厅的玻璃橱窗，就能看到女孩捧着咖啡，与男孩相谈甚欢。

于是潮岣脑袋里停滞的齿轮，再度伴随着噪音转动起来。

"你……"潮岣神情僵硬地望向了洛光，"跟踪我？"

"我倒是希望自己能聪明点，想到这么干。"洛光颤抖的语声，是暴风雨的前兆，"结果没想到，我的这份愚蠢，还要留给别人去戳破！"

照片是别人寄给他的。虽然不知道是谁，但潮岣知道，自己是被盯上了。

"我根本不知道你究竟想要对那个女孩干什么，不可能听你随便一讲，便把她的消息泄露给你。"

听到潮岣这么说，洛光竟然笑了。

"随便一讲？"咧开嘴角，他抚着额头，"这算什么？你已经入戏了吗？想要沉浸在自己的骑士故事里,然后保护自己的公主远离邪物吗?"

"我只是……"

"你以为你是谁?!"仪态尽失,洛光咆哮着从座位上站了起来,"你又有什么资格插手我和她之间的事?!"

"我插手了?! 正是因为我什么都没有做,你才会像现在这样暴怒吧?!"

没有用。讲出的道理全是诡辩,道出的心声尽是谎言。

如果饿狼从一开始就抱着撕碎猎物的心态前来谈判,所谓微弱的生机,也不过是捕食者因耐心延续的假象。

"我懂了……"他按着太阳穴,闭上了双眼,"你是刻意想要和我对着干是吧? 怎么? 是想报复我吗? 为什么? 是因为暴君游戏的事? 还是赋城的死?"

这种时候,真的没有必要再去提赋城。

潮屿只是按着自己的准则行事,就被单方面地当成了忤逆与背叛。

对话到此结束,没有再继续下去的意义,潮屿起身准备离席。

"离她远一点,以前的事,我便既往不咎。"撑着桌面,洛光突然说道,"我希望这是我最后一次说这种话。"

两人的关系好不容易才回到正轨,看来洛光,是一点都不在乎再次把它毁掉。

走出餐厅,冷风吹打着脸庞,潮屿迅速镇静了下来。

死人复生,而且自行将身体复原?

别开玩笑了。就算遇到过不可能存在的教父,也和具有异能的算命师打过交道,唯独这种假设,是只会招来一哂的妄语。

排练场内的乐声隐隐约约传到了耳畔,他猛然抬头,赫然发现自己在不知不觉间,已经走到了音乐厅的门口。

"请问,大约还要多长时间他们才能结束?"

"这个我不知道,"门卫回道,"如果您非要进去,我们可以进去通报。"

"不必了。"

就在潮屿摆手时,他口袋里的电话响了起来。

"怎么了?"

"没什么……"熏衣似乎犹豫了一下,"已经九点多了,没回来也没打个电话,我以为你出事了。"

熏衣时而冷漠,时而疑神疑鬼,这些突然的变化,令潮峋感到了前所未有的压力。

"我在路上,一会儿就回去。"

潮峋刚想撂下电话,身后就传来了花拾的声音。

"学长?"

他回头。

"你在这里……干什么?"

"只是路过……"

花拾一怔。

"要进来坐吗?外面很冷……"

"不用了。"他往后退了一步。

不假思索地拒绝,顿时令在场的两人都感到难堪。

"花拾你……"潮峋突然说道。

该怎么问?

面对着别人口中死而复生的亡灵,想要探求真相的话,究竟要怎么问,才能说得出口?

话说一半,心中感到烦躁,潮峋当下摇了摇头,未等花拾说话,便急急地转头离开。直至走出去几米开外,潮峋才意识到手机还开着,他低头望了望屏幕,通话的界面,却早已关闭。

踩踏着宛若奶油般的皑皑白雪,他竟突然搞不清楚,自己所在的这条道路,究竟深浅几何。

停在门口,他习惯性地打开了信箱,里面,依然空空如也。

已经一个月杳无音信了。潮峋揉着额头。或许,真的是该回去看看了。

走进房间,熏衣正好从大厅走过。

"回来了?"她瞥了一眼潮峋。

"嗯……"听到问话,潮峋随意应了一句,"最近,我可能要不在一阵子。"

视野中,娇小的身体僵了一僵。

"这么突然？"熏衣努力控制着颤抖的嗓音,"发生什么了？"

"雕荷那边迟迟不来消息,我要回去看看。"

"偏偏在这个时候？"

偏偏？潮峋皱眉。

不是对熏衣的话感到莫名其妙,而是确实被触碰到了某个痛处。

"你是想逃避什么吧？"

"什么？"

"既然你要装糊涂,我就说得再清楚一点好了。"

已经有很长一段时间,熏衣没有像今晚一样去刻意遗忘尺度的存在了。

小心翼翼,明哲保身,这些一直以来恪守的信条,或许就是为了今天被打破而存在的。

"若是雕荷又开始往这边寄信了,你就可以不回去了吗？"

熏衣口中的话,同她的眼神一样闪烁不定。

"什么……"潮峋望向了她,"你说什么？"

这样的口气,这样的表述,简直就像她能操控这件事一样。

不过对方急切的发言,并没有给他留下太多思考的时间。

"你,是真的因为担心妹妹才要离开这里吗？"

一语中的。

潮峋的手指突然痉挛了一下,关节不自觉地颤抖起来。脸上露出难以置信的表情,与其说是质疑别人,更像是在质疑自己,他的头微微倾向了一边。

"你不是说和朋友吃饭去了吗？"

"本来是这样,但是闹了点不愉快,所以提前结束了。"

"然后你就找到了花拾？"熏衣盯着他,"闹了点不愉快,所以就找到了花拾？"

"我是有事问她。"

"什么事？"

"你是怎么了？最近这段时间,你是不是些古怪？"

熏衣咬着嘴唇，扭开了头。

"我已经嘱咐过了，我不在的这段时间，花拾会送你。"

"让她送我？"熏衣突然笑了，"这算什么？羞辱我吗"

羞辱？

这次潮屿是真的搞不清楚了。

如果提前嘱咐别人照顾她也算是羞辱，那要怎么做才算得上是关怀与温柔呢？！

多说无益。

"我明天一早就离开。"甩了一句这样的话，潮屿拧开屋门走了进去。

是自己过分了。熏衣知道，手中的沙流得这么快，是自己攥得太紧了。

迄今为止，她唯一能够亲近的人，已经露出了要被其他人夺走的征兆。哪怕没人会这么想，哪怕只是多疑的猜测，她就是不能坐视不管，这是她自小就留下的后遗症。

想要伸手将他拉住，想要说声对不起，可是直至潮屿进屋，自尊的玻璃墙挡住了想要叩击门板的手指，咬了咬嘴唇，她最终还是转身，走进了自己的房间。

潮屿在自己的屋中不停整理着行李，将需要带的东西在纸上罗列，然后按部就班地分类处理。其实没有必要这么麻烦，许多备用品早就放在了箱子里，只要一个个塞进去就好。但他必须为自己找些事做，他需要将自己的脑子填满，不去想任何事情。

因为无措而惊慌，因为惊慌而恐惧，眼下的这副狼狈，根本就无可推诿。

熏衣很了解他，他也很了解熏衣。

所以，他绝不会等到明天早上再离开。

拉着行李，在走出门外前，透过玻璃，他瞥了一眼窗外。

夜色，正浓。

被发现了。

在饭店打黑工的事情，被发现了。

那天，提着几个硕大的垃圾袋从后厨工作间中走出，我看到了 U 同学环抱双臂,站在了我的对面。

"哟!"明明只是一个女生,却左手插入口袋,右手像男孩一样打了个桀骜不驯的敬礼手势。

"熏衣,你在这里打工吗?"

U同学明知我不会回答,也不在乎我是否会回答。

沉浸在巨大的心理优势中,她的独白,根本就无须任何人配合。

"真是不简单啊,年纪轻轻便承担起了这么重的包袱,家里的境况恶化到这种地步的话,正大光明地说出来不就好了?反正熏衣是班长嘛,大家一定会争先恐后地帮助你的啊。这么说来,前些日子有人向你借钱,看到你把钱拿回来时眼眶红肿,也就可以理解了。"她掏了掏耳朵,"是不是受到了很大的委屈?在门外面听到恶劣的评价,想到自己的努力不值一文,于是自暴自弃地在门外大哭了一场?当然,再艰难的路,坚强如你,也都一个人走过来了,我的关心未免有些多余。但是……"

她话锋一转。

"你这是在打黑工吧?尽管为了赚钱要去做些不得已的事情,违法什么的,可坚决不行啊,如果让同学们都知道的话,他们会怎么想呢,班长?"

我解下书包,扔在地上,然后面无表情地,径直走到了她的面前。

"你……你干什么?"调侃的嘴脸陡然僵化,环抱的双臂也做起了防卫姿势。

啪!

地上肮脏的水洼响起沉重的声音,是因为我跪下的膝盖。

"啊……"

"我可以放弃竞选班长。这件事,请不要告诉任何人。"

"喂……你……"她匆忙地弯下腰来。

"我和你之间并没有什么不可化解的深仇大恨吧,如果说我很碍眼,现在我自动退出,是不是就可以放我一马了?"

"总……总之,"U同学搀住了我的手臂,"你先起来啊……"

"你这是答应了吧?"我抬起头望向她,或许是眼神不太正常,把她又吓退了一步。

"我知道了……我知道了！你起来吧！"

这么承受不了别人在你面前下跪吗？

从她的反应来看，这个人的人性倒也并没有想象中的那么卑鄙，我放下心来，相信了U同学的表现不是一时慌乱，而是真的出于怜悯。我也相信，一个人，就算外表冷酷，也仍旧保留着柔软的本质。

然而，转天早晨再去班里的时候，我如空气般无视，不，应该说，是被当作了鼻涕虫吧。只要凑过去，其他人就会立刻避开，嫌恶之情溢于言表。我望向了不远处的U同学，她正在和几个人谈笑风生，感受到这边的压力一不小心地往这里瞟了一眼，可立刻又缩了回去。

是她。

"为什么？"下课后，我抓住了她独自一人的时机，把她堵在了外面，"我不是已经向你跪下了吗？虽然我是穷人，但跪下的话，就意味着将最后保留的尊严也拿出来花费掉了，成了真正一文不名的家伙，这点道理你是明白的吧？"

"我只是说'知道了'而已，"她转移了视线，"可不记得真的答应了你。"

我眦眦欲裂，悲愤与羞辱连番袭上心头，我反而不想给她看到自己的表情。

"你会后悔的。"低下头的我，突然伸手抓住了她的两肩。

"你想要恐吓我吗？"受到警告，她感到难以忍受。听说她是个养尊处优的大小姐，从小到大，心中第一次受到的创伤，大概就是我把她从班长的位置上赶下去吧。

以向班中泄露我的秘密为转机，U同学重新以"班长"的姿态主导了整个集体。我书箱里的教材每天都会遭人涂鸦，只是出去上了一趟厕所，回来就要面对惨状，不停地用橡皮擦改痕迹也有腻烦的时候，想着都放入书包里你们就没有办法了吧，结果在尝试一次后，回来发现书包被割成了两半。所以到了最后，我就什么都不做了。

那天，班主任把我叫到了办公室。

"熏衣，我看你最近状态不佳，和同学的关系也有些紧张，是不是压力很大？"

"没什么事。"笑着回答的我，当时真的以为老师是在关心我。

"压力太大的话对学习和身体都是有影响的呢,不如,班长先不要做了吧。"

"嗯?"

"老师也是在为你着想,其实班长本身也没什么权力,还不是都听老师的安排,而且要为同学思考很多事情,承担这样那样的责任,如果因为一个虚职造成了你的困扰,就得不偿失了。"

"没问题的,我……"

"况且,"她打断我的话,"学生们不信服的话,做这个班长也没什么意义呀。"

听到这句话,我的全身像被撕扯开般疼痛。

好痛,好痛,明明痛的不得了,却不想就这样逃避。

"我不同意,"我咬牙回复道,"班长改选是明年的事,现在卸任的话,同学们会以为是我犯了错。"

"你真的什么错都没有犯吗?"老师透过眼镜片俯视着我,"不仅是在饭店里面打黑工,有同学向我报告你也曾在地铁站里分发传单,老师听到这些消息的时候也感到很痛心,一直想着再给一次机会,可是熏衣同学完全不领情啊,无论家里处境多么困难,有些事该做不该做,法律上不是说得很清楚了吗?"

果然,还是说出来了。

没有挽回余地的话,还是这样说出来了。

"总是在那里高谈阔论,大言不惭地教育着学生,一点也不设身处地为学生考虑难处,只会说出'无论家里处境多么困难,也不应该这么做'的老师,不配做老师。"我冷冷地仰视着她。

"熏衣……你……"与我的视线相碰,她的眼底闪过一丝不安。那是惊讶与畏惧的混合体,这样的反应,在不久之前,我才刚刚见过。

"是U同学吗?"

"并没有人告诉我……"她开始编造起谎言,"只是,现在这种状况谁都无法视而不见吧。"

"我知道了,"我站了起来,"班长的职位,我会辞掉的。"

大理石地面倒映着天花板上的灯光,我走出办公室,听到空荡荡的走廊里,回响着班级里老师讲课的声音。装着消防器的玻璃橱就在楼梯旁边，上面还有一张"玻璃易碎，切勿打闹"的标记。

打开橱窗，取出消防器，我猛然向玻璃砸去。这么大的动静竟然也没有引来任何人前来，我从地上捡起了一块碎片，径直走到了教室门口。

"出去。"正在上课的老师看都没看我一眼，一边翻着讲义，一边头也不抬地说道。

在我刚当上班长的时候，那个老师还曾向我笑着贺喜，现在对我的态度却急转直下。

可是，就算我的家境再差，也从未给老师增添麻烦，这么对待我的原因，究竟是什么呢？

想着这些的我，一边掂量着碎片重量，一边从手中露出尖锋，向着那个泄密者走了过去。

去死吧。

虽然从其他人口中也听过类似的话，但从我口中吐出的这三个玩笑般的字，浸满了刻骨的杀意！

"去死吧！去死吧！去死吧！去死吧！"

授课教师立刻将我制住，用尽力气扔出去的玻璃片，激起响亮的破碎声，还有大家惊恐的尖叫。

U 同学呢？

她简直吓坏了，呆呆地坐在那里，全身颤抖，就连玻璃飞过来的时候，也全然忘记了去躲。

连皮毛之伤都没受到，只能怪我技术不精。

事情过后，U 同学的父母强烈要求校方严惩我，U 同学自己却匪夷所思地，加入了为我求情的行列。尽管我的母亲不停地磕着头去恳求校长与那家伙父母的原谅，如果 U 同学没有点头，最后我所面临的，一定会是被学校开除。

"为什么要这样对待我？"回去后，母亲这样和我说道，这是她第一次向我发脾气，"我究竟是哪里对不起你？"

妈妈紧捂着胸口，大口大口地呼吸，说完这句话后再也没法续上气，当时的我不知道妈妈患上了何等病症,后来才知道是由长期焦虑与郁闷所形成的心因性哮喘。

如果说,在这一路上我已经承受了很多苦难,那么为我在前方遮风挡雨的妈妈,必然承受了数倍于我的煎熬。

"妈妈没有任何对不起我的地方。"对着刚刚喝下热水,症状有所缓解的妈妈,我这样说道,"一切,都是我的错。"

"今晚没有去这里的票。"

"那请问哪天能有?"

"后天再来吧。"

票务员说完,在窗口摆上"业务暂停"的牌子,离开了岗位。

火车站四周的旅店,无一例外的人满为患,拖着行李的潮峋想要打车,十几分钟过去,空荡荡的路面上,也不见一辆车路过。

街灯散发出微弱的光晕,反而染暗了巷道。

他叹了口气,只得拖着行李走向了眼前一片漆黑的教堂。

"这是怎么回事?被扫地出门了?"

声音从身后传来,从踏进教堂开始就一直不停地祈愿,却没能灵验,潮峋不由得闭上了双眼。

"看来,你是不太想看到我。"教父欠了欠身,"我知道你是想要找个地方休息,去神龛后面休息吧,那里,可是遮风挡雨的宝地。"

"谢谢。"

"举手之劳。"教父让开道路,目送着潮峋拖着箱子从眼前经过,"放不下雕荷?"

不愿多说,潮峋推开神龛,发现后面确实有足够容纳一个人的空地。

"可以理解,"教父兀自喋喋不休,"毕竟已经过了一个多月,去了三趟邮局都无功而返,正常人都会着急。"

"你是从哪打听到这些的?"

他警惕地回望过去,不知何时,教父已经站在了他的身侧。

"我劝你还是别回去为好。我曾经和你说过,雕荷那孩子现在安然无恙,要是你执意返乡,反而会给她带去灭顶之灾。"

"你以为你是什么,通灵者?"将行李放倒,潮岣坐了上去,"想当教父,就要有个教父的样子。揣着不入流的演技在这里危言耸听,你以为我会吃这套?"

"我看你是想错了,拿这种事骗你,我又能得到什么好处?"教父笑笑,"明明知道熏衣那孩子的想法,也清楚现在这样不辞而别只会给对方造成更大的伤害,结果为了自己轻松,你还是选择了头也不回地逃走,是不是有些太卑鄙了?"

"你说完了?"

"我也不是不能体会你的处境。听信了洛光的话,你是觉得花拾那个女孩有些可疑了吧?我说,刚刚被骗过一次,差点丢了性命,如今就又上当,你是要蠢到什么地步才甘心?"

潮岣的眼睛追随着声源四下扫视,可是教父的语音忽远忽近,灯光晦暗,他根本无从辨别。

"你对周围的一切都感到陌生,不知道听信谁的话才好,也不知道眼睛里看到的东西是真是假。"几米远处,教父开始踱步,"那个花拾是不是复活的死人,其实对你一点都不重要,如果想要回归平静的生活,只要远离她就可以了,不是吗?本来是很简单的事,在你这里却变得这么复杂,闹得大家不欢而散。"他摇头,"就算你不通人情世故,蹩脚也总该有个限度才是。"

"这于你又有何干系?!"

辛辣的言语,化作洞穿内里的讥讽刺激着潮岣站起身来。

好不容易才发现声音传来的地方,高高在上的楼梯突然吱呀作响,抬眼望去,教父正缓步走了下来。

"说了这么多,我是想要让你明白。自认为对自己很了解的你,其实走错了方向,还浑然不知。不管出于什么原因,你现在想要逃离这座城市,回到妹妹身边的想法,我都是可以理解的。不过,这份急切的心情,如果处理不当,便会就此拨动雕荷死亡倒计时的齿轮。"

终于,教父的声音降临到了潮岣的头顶。

"妹妹一定想不到杀死自己的人竟然会是自己所爱的哥哥。只要坐上了回程的火车,你就不要再想着注定到来的悲剧,还会有任何逆转的可能。"

自己的返乡,会造成妹妹的死亡。

看似荒谬的逻辑,如今却以威胁的方式逼迫着他去认知与接受。

从来厌恶被胁迫,这次,潮峋却并不敢再去冒险尝试。

身处教堂,终究没能好好休息。

冷霜凝结在眼中所见的每一寸景物之上,气喘吁吁的潮峋再度来到了那条蜿蜒曲折的小巷。

"所以,你现在到我这里来,是想要打探些什么?"听罢潮峋的叙述,算命师道,"是想要知道那个教父是否真实存在,还是那个名叫花拾的女孩,究竟是不是重生的亡灵呢?"

"我都想知道。"

兜帽下,算命师笑出了声。

"在那座教堂里,并不存在所谓的教父。目前,我只能和你说这么多。至于那个女孩的事,恐怕你很快就会知道答案。"

"什么意思?"

"在接下来这段时间里,那个女孩会有性命之虞,如果你能保证她的生命安全,所有的事情,就都会水落石出。"

"我,只关心我妹妹的安危。"潮峋一字一顿地说道。

"那就保护好她,"算命师将他打断,"那个女孩的身上,有你想知道的一切。"

经过两周停学,再次回到学校的时候,我选择了隐忍。而他们在看清这一点后,开始肆无忌惮地对我展开了攻势。

他们是在开展一场竞赛——看谁才能够对我造成更大的伤害。

不知从何时起,也不知是谁的主意,我的盒饭里,被偷偷地放进了昆虫。起初我还会在气愤之下将其倒掉,后来因为午饭经常不吃,我太过饥饿,便择出不能吃的东西,然后把残余的饭菜吃掉。

时间久了，我就会把拣出来的它们放入从垃圾场里收集的小玻璃罐子里，闲来无事，便会抱着罐子打量。

你看，女生不总是想通过一些印记来铭刻时光吗？有的小罐子里会放满朋友叠的千纸鹤，沙滩捡过的鹅卵石，或者好朋友送的礼物。那么，想要与大家变得亲近，我也得摆出一副更加豁达的态度出来才行。虽然素材只有丑陋的昆虫，为了像正常的女生一样懂得收集生活中的点滴，我啊，正在收集更多的罐子去容纳收藏品。

放学回家，不知被谁在背后踹了一脚，我整个人便沿着楼梯滚了下去。

黏稠的东西从头上流了下来，摸了摸，是血。

我晃晃悠悠地站起身，黄昏的霞光从外面投射进来，象征福音的金色光辉止步于楼梯顶阶，而站在上面，对我冷眼睥睨的他们，身处阴暗。

右脚已经崴了。不能找麻烦……因为找不到可以为自己伸张正义的人，所以就连自救都显得举步维艰。不能找麻烦……

然而懦弱的想法表现出来的却是愤怒的眼神，最后，我还是找了麻烦。

"哇，瞪人的样子真可怕，杀人犯又要杀人了耶。"

"哦哦，小心哦，这里也有那个玻璃橱，小心她拿玻璃片宰了你哦。"

"没关系嘛，反正也动不了真格的。我也想让她妈妈在我脚边跪着求我，说些卑贱的话呢。"

"是啊，这可是她妈妈的专长啊。把遗传基因好好继承下来的女儿，要不要展现一下呢？"

"听你这么一说，我也想了呀，哈哈。"

我，已经看透了那群家伙。其中大部分人对我根本谈不上憎恨，只是，如果有人不这么做，就意味着他们不是一个群体。他们要找到自己的归宿，要树立团结的旗帜，就必须设置出一个假想敌，然后不断击打。尽管这个牺牲品有些无辜，但，就像每个人都有其独特价值一般，这就是她在这个群体中的价值。

U同学此前挽留我的苦心，我现在终于完全了解了。

我想要与人亲近。

无论等待我的是多么令人不齿的恶意，是何等歹毒卑劣的欺凌，只要保持微笑,只要选择以更加宽容的姿态去对待,就一定能够将对方感化。

"看,她又在吃昆虫呢。"他们嘲笑道。

我面带微笑,抬头,与他们对视。

"哎哟,不好意思,一不小心踹倒你了。"

我面带微笑,起身,拍打着身子。

于是,他们面面相觑,满脸愕然。

"这家伙,究竟是怎么了?"

"不知道,该不会是脑子已经坏掉了吧?"他们窃窃私语着。

而当他们的家长看到我时,温和的面孔,并没有好好掩盖暗地的想法。

"这孩子就是那个杀人犯呀!"

"绝对不能让我家的孩子和她接触,不然也会变成这样的!"

"工于心计的魔鬼,你在这里给我傻笑什么呢?"

没有什么大不了的,我只是被人误解了。

在同学的眼里,家长的眼里,老师的眼里,每天早晨都会笑着对自己说"熏衣,一定要坚强喔"的我,对这些情形已经司空见惯。

没关系!

即便被全世界的人都踩在脚底下,我也会继续坚强地活下去!

如果不是妈妈在最后关头将我推下了悬崖,我几乎,已经完成了这样的壮举。

那天回到住处,没有看到妈妈的身影,想着是不是还在外面工作,我便出去寻找。然后,在路过繁荣街道的时候,听到了熟悉的声音。

说来可笑,明明是熟悉的声音,道出的话语,却令我感觉陌生。

"好心人,请再施舍一些吧,拜托了……"

妈妈捧着平常吃饭用的破碗,把里面的硬币摇得哗哗直响,蓬头垢面,衣不蔽体,看到她沿街乞讨的这一幕,我在感到头晕目眩的同时,两腿一软,跌倒在地。

在干什么……你究竟……在干什么啊啊啊!!!

我疯了似的推开熙熙攘攘的人群,跑过去一把拉住她的胳膊:"和我走。"

"去哪里？"妈妈露出一脸惊奇的表情。

"跟我回去啊,这里是妈妈应该待的地方吗？"

"并没有什么不可以的啊,反正同样是赚钱糊口,怎样都……"

"有必要做到这种程度吗？跪在这里乞讨的都是残疾人,像妈妈这样四肢健全的人还和他们抢饭碗,是想被更加强烈地歧视吗？只是捡垃圾还不够吗？"

"我总觉得, 那是个相当苦的差事啊……"妈妈苦着脸说,"总是要四处奔波,收获也不怎么多了……"

"如果领到救济金,还用得着说这些废话吗？为什么周围的人都能领到,唯有妈妈空着手回来呢？"

"就算是我,也有需要保留的东西！"

"那种东西是什么啊？"我继续大声地嚷着,"都可以跪在别人的脚底下哀求着给口饭吃了,那种东西还有什么保留的价值呢！"

"熏衣！"

啪！

对方一个耳光扇了过来,火辣的痛感激起了我的清醒,同时,加深了我的叛逆。

所有的事情都可以在她这里找到理由。不能供我上学是因为家里没钱,不能让我打工是因为太累,不能捡垃圾是因为垃圾太少了,而领不到救济金,竟然又扯出来个不知所谓的某个需要保留的东西。

明明只是做女儿的话,不用这么操心,只是做女儿的话,妈妈会帮着解决难题,而什么都不做,什么都做不好的她,只是单纯地在怕吃苦和嫌麻烦而已！

"受够了……"我喃喃说,随后,便是火山爆发,"真的受够了！妈妈自己不想努力也就算了,可不可以不要妨碍我像一个正常人般活着呢?！"

我那理应是一张白纸的人生,早在开始绘画之前,就已经变得污秽不堪了。

"熏衣……"她瞪大了眼睛。

人声鼎沸,车水马龙,我在人潮中,低吟着道出了这句话语。

"妈妈,如果死了的话,就好了。"

红色的未接来电与未接短信提醒,满满地铺满了整个屏幕。

潮屿将手机收进口袋,将头埋在了胳膊里。

昨晚算命师和他说过的话,一如既往的含糊。

如果从最坏的设想去考虑,为了保护花拾而不得不面对的那个施害者,在潮屿的心中,就只有一个人。

洛光,对那个女孩,抱有病态的执着。

明明亲眼看到自己的女友失去性命,却还要在意其他相似的女孩,甚至阻止别人和她靠近,这根本就是无理的要求。关键还在于当事人的理直气壮,那副觉得这么做无可厚非的态度,令潮屿对他的认知产生了根本性的变化。

霞光倾流,走到行人稀少的校园门口,潮屿看到一个高中生模样的女孩正站在对面,不停向这边巴望。

潮屿怔住,停下脚步,如同见不得光般,匆匆转身,尽快逃离了熏衣的视线范围。

他还没有做好与她见面的准备,他还没有想好,见到熏衣,自己究竟该说些什么。

寒意逼人,潮屿将围巾拉高,从学校的侧门离开,一路走到了音乐厅的排练室门口。

凉意刺进脚底,蔓延到踝骨,为了防止浑身冻僵,潮屿来回走动着。

大约围着栅栏走了二十圈,他才看到了走出来的花拾。

"学长?"

潮屿想笑,可是脸部已经麻木,他无法控制自己的表情。

看着他的脸,花拾瞪大眼睛,却还是忍俊不禁。

"你……在这里等多久了?"

"忘记了。"张开冻结的嘴唇都有些吃力,模糊的语音,从围巾里透了出来。

"进来吧!"她浅笑,"里面,有热饮。"

屋里的电话,响了。

第一时间赶过去的熏衣迅速把它拿了起来。

"你以为，藏在这个地方，我就找不到你了？"

话筒里传来的声音，相当熟悉。刚听到这个人开口讲话，熏衣手中的话筒，就差点落到了地面。

喜悦，希冀，激动。

丰富的情感，在那一瞬间，全被染成了黑色。

黑白双键，葱指微沉。

女孩望了眼席下唯一的听众，抿嘴微笑。

悦动的琴键诉说着悠扬，此刻，伤悲消隐，烦忧洗尽。

对于演奏者而言，脍炙人口的名曲往往比生僻的作品更难驾驭，因为一不小心，就可能会背负上滥俗的标签。

然而动人如斯。

从第一个音节起，截然不同的律动，便剔除了欣赏者本应怀有的防备。

潮岣他，从未听过如此纯净的演奏。

桌子被掀翻，碟子被打碎。

钟表掉落在地上，壁画被撕成了碎片。

灯罩不知被扯到了哪里，柜子里的书全被扒了下去。

熏衣赤着脚，披头散发，目光呆滞地望向了身边。

在那里，那个男生曾经为她取下的熊猫布偶，正安静地坐在原地。

它咧着嘴，玻璃眼球中，映着的是憔悴的面容与狼藉的房间。

一曲奏毕，踏着雪地，潮岣与花拾一直走到了大门口。

"那，我先回去了。"

"我送你吧。"

"嗯……"略微有些迟疑，但花拾还是微微颔首，"学长今天特地抽时间过来，真是太感谢了。"

"我应该感谢你才对。技惊四座的演奏，不是随便就有机会能够听到。"

面颊稍红，女孩似乎是感到害羞，但最终，还是开了口。

"那天，学长会来看吗，音乐会？"

"嗯，应该会。怎么？"

"前几天，熏衣没有人接，我想起前些日子学长和我说的话，就陪着她一起回去了。不过，一路上她什么也不肯说，我还以为你已经离开这里了。"

"本来是这么打算，不过最后还是作罢了。"

潮峋望了一眼路牌。

"你也是沿着这条路回家吗？"

花拾点头。

"以后，你就跟着我和熏衣一起回去吧。"

"嗯？"

花拾不由得停下了脚步。

"这样……不太好吧？"

"为什么？"

"学长你是真的不知道？"

"知道什么？"

女孩欲言又止，皱了皱眉。

看到潮峋等着她说话，花拾叹了口气。

"熏衣她……其实之前一直都在和我说关于学长你的事。因为同样是女生，我明白，所以不太想碍事。"

"碍事？"

"正像你看到的这样，因为回去的路差不多，以前，熏衣一直都是和我结伴回家的。不过学长出现之后，我看懂她的心意，就自动退出了。有时，我走在后面，只是看着你们相互依偎的身影，我就会觉得很温馨，自己并不想成为破坏者。"

"我想你可能误会了，"没有多做思考，潮峋立刻就予以否认，"熏衣是不可能有这种想法的，我也不会，我们只是住在一起的租客而已。"

"只是租客？"对潮峋的冷漠感到难以置信，花拾的瞳孔里映出了讶然，"学长你是这么想的？"

看着潮峋面露困惑，花拾的脸色凝重了下来。

"我听说，学长你曾经救过她？"她慢慢地说着，却没有等待潮峋回应的意思，"熏衣是个很想与别人亲近的人。大抵是很少得到过别人的温暖吧，对这份渴望执念太深，使她变得非常脆弱。"

说到这里，花拾停下了脚步。

"我这么说并不是想给学长压力，但是，难得看到她找到心中向往的依靠，我并不想去扮演剥夺者的角色。"

注意到了花拾神情的变化，于是，顺着她的目光，潮峋扭过了头。

冬日的阳光沿着纤弱的双肩洒落，几步之遥，将手插进羽绒服口袋的熏衣，站在了两人面前。

"为什么不接电话？"熏衣面无表情，看着神色僵硬的潮峋，"你不是回去了吗？"

"嗯，发生了一些事……"

熏衣抿着嘴唇，闭上了眼睛，花拾低下了头。

街灯下，沉静的暖黄一如风衣将三人包裹，却抵不住四周浸透的寒冷。

没有对白，也无须对白。

画面静止在他们之间，不知过了多久，熏衣背过身去，头颅上扬。

"回来吧。"她说道，"如果没地方住……就回来吧。"

转天清晨，来到教室的我，止步于门外。

因为自己的那套桌椅，被整整齐齐地摆在了外面。

破坏书本和文具，向食物里放入昆虫，将我推下楼梯，到了现在，则干脆把我的书桌扔了出来。

想起从担任班长以来的种种遭遇，在未来，就算还要度过更加充满戏剧性的人生，我也能从容应对了。

只是，我，还有未来吗？

下课的铃声响了，我站在原地，一动不动。

当他们出来看见我，迎头的第一句话便是："怎么？捧着碗蹲在这里乞讨才是应该干的吧？是谁允许你站起来的？"

事到如今，谁看到昨天的情景无所谓，谁说出现在这样的话也无所谓，因为在那一瞬间，我感到有无数个U同学站在了我的面前。

妈妈的身体越来越虚弱了，心因性哮喘愈演愈烈，频繁发作的次数已经到了必须节省下钱去买药的程度，出门乞讨还要带着那样一个奇怪物件，你就能理解"妈妈如果死了的话就好了"这种话，从我口中说出来并不完全是出于愤恨。

接孩子回家的长舌妇们依旧没完没了地说个不停。她们完全不顾及我的感受，甚至生怕我听不到似的大声谈论着我母亲。

"听说了吗？为了领到救济金，她竟然和社保部门的负责人员上床了呢。"

"是这样吗？诶，想来也不奇怪嘛，活到那个份上，什么事都能做出来了吧。"

"可是社保人员大概还是不会同意发给她救济金啊。"

"为什么？"

"这不是明摆着的吗？因为不符合救济金发放原则啊，她完全可以靠自己的身体谋求一条生财之路嘛。"

"哈哈哈，说的也是呢。"

"哈哈哈哈哈……"

粗鄙的笑话刚刚结束，得意的笑声便不绝于耳。

自己的母亲被人侮辱也不是一次两次，现在还会怒发冲冠地冲上去辩论，只是自讨苦吃。

妈妈是一个不会为钱出卖自己身体的人，即便要做那种事，至少也会在非常隐秘的地方进行才对，不可能随便被人撞见。而且我不想去相信，绝对，不能去相信。

要是连这个都相信了，就说明在心底里，我真的已不再将她当作母亲去看待了。

那么，面对我这本就摇摇欲坠的信仰，妈妈是如何做出回应的呢？

掀开帐篷，直接目睹的，是一个被压在陌生人身下，咬着毛巾压抑呻吟的母亲。

太棒了……

妈妈,你实在是……太棒了……

果然,你才是最出色的终结者,你的女儿,在濒临崩溃的最后一个拐角处,遭遇了完美的一击。

男人狼狈不堪地穿上裤子,母亲则慌乱地将床单拉到了脖颈处。

"喂……我说……"此情此景,我反而有了打趣的闲情,"你们……不是开玩笑吧……在这光天化日下,只靠这一张帆布去遮挡?"

赤红掠上了那个人的双颊,随后便是粗鲁地一把推开我的妈妈,匆匆忙忙地套上外衣,径直经过我的身边,走到了外面。

屋子里的淫乱气味涌入鼻腔,我的第一反应是笑了。

实在太糟糕了,今后,无论碰到多么恶劣的情形,我也只能以这样的人工笑容去面对一切了吗?

"救济金……很快就会发过来了……"

"真是值得骄傲啊,妈妈,我为你感到骄傲。"

"都是你的错……"妈妈突然说出了这样一句话,"没有你的话,他也不会选择去借款,更不会在公司倒闭之后跳楼……"

"都是你的错!"尖锐的嘶喊刺破了空气,洞穿了我的耳膜,还有心脏。

"他那时看到我怀上了你,就自顾自地说什么要创造美好的未来!自己有多少能力自己不知道吗!我也没有提出过分的奢求,事先没有和我商量就去向高利贷公司借了巨款,骗我在契约书上签了字,还声称着要给我惊喜,于是惊喜就是公司破产和永远偿还不完的债务啊?!"

"既然已经到了艰难时刻,夫妻两人携手奋进才对吧,"她瞪着我,嫌恶的泪水从眼眶中溢出,"结果还是因为你,一方面负债累累,一方面又觉得有愧于你,所以不敢面对残酷现实的他,再次没有经过我的同意,就坠楼自杀了!"

她衣不蔽体地冲了过来,紧紧地抓住了我的双肩。

"为了这么一个混账男人,我受尽了艰辛苦楚,哪里还有义务再为他把孩子生下来?但是,可悲的母性偏偏在这时候起了作用,你降临到了这个世上,然后,就带着他的厄运又找到了我的头上啊！"

听不懂……妈妈说了些什么，我一句都听不懂。

迄今为止的十几个年头，尽管命运多舛，只有在三流小说里才会出现的反目桥段，始终都并未在我们这对母女的身上发生。没想到了坚持到最后，我们，还是迎来了如此庸俗的收场。

"这下，应该算是扯平了吧？"等到她将所有话都说完后，我尽可能地把情况总结了起来，"我曾经希望妈妈去死，妈妈现在也在后悔把我生下，接下来，应该如何维持这段关系呢？"

妈妈沉默了。

大概是真的不知道该怎样回答才好，之后的几天我一直没有去上学，两人在帐篷下面对着面，却谁都不和谁说话。还以为这样的日子要继续持续一段时间，妈妈的哮喘，却在第四天的晚上，再度发作了。

睡在旁边的她拼了命地推搡着我，想要让我帮她寻找装药的喷气瓶。的确，没有灯光，妈妈的眼睛已经远远不如自己的女儿好用了。

但是，如果女儿早就找到了喷气瓶，然后紧紧地握在了手里，眼睁睁地看着她挣扎在痛苦中，浑身痉挛也喊不出声音呼救，直至最后窒息身亡，一定，超出了她的预料。

我，只是默不作声地站在了那里而已。

然后，在亲自确认她咽气后，才像是到场的演员般，失声痛哭了起来。

可是，流出的眼泪在欢歌，扭曲的面容在微笑。

我终于意识到，这哪里是失声痛哭？

我，分明是喜极而泣了！

因为她，我才一直以来卑微地存活着。

因为她，我才会被人歧视，尊严也被啮噬殆尽。

因为她，我的所有的努力才功亏一篑！

她不可原谅，我生命中不可承受的诅咒啊，愿你永远葬于墓地之下，永远都不要再来纠缠我！

我走出帐篷，看到外面的天空，已经破晓。

简单地为妈妈立了坟墓,转身的时候,几个身材魁梧的工作人员,已经站在了我的面前。

可以想见,是其他的流浪汉看到妈妈死后,立刻就通知管理局,然后领取赏金了。

我出身贫微,父母双亡,无依无靠。

这样的孩子,在这座城市里所面临的结局,是宛若由玻璃切割刀裁剪出来的一致结局。

我们,一定会被送入东区的孤儿院。

进门后,潮屿才发现屋里的家具和饰物都改变了许多。

不,是少了许多。

壁画,台灯,钟表……

像是横遭洗劫,整个客厅都变得空旷不少。

潮屿想开口问,但熏衣的背影刻画着拒绝,他只得噤声。

"从昨天离开这里,你就一直和花拾在一起吗?"

"不是,火车站的票没有了,附近没有住的地方,我去了教堂……"

"你到现在还想和我说,"熏衣将他打断,"你是想回乡看雕荷吗?"

崩塌了。

在熏衣提出这句质疑的那一刻,潮屿知道,两人间的信任,已经崩塌了。

"我给你发了上百条的短信,打了无数次的电话,为什么都不回我?"

潮屿不说话了。

他看到女孩的面庞抬起,红肿的眼睛里浸润着泪水。

像是掩饰即将落泪的尴尬,熏衣扭过头,随后走向书柜,从抽屉里拿出了两张门票。

"《艾格蒙特》是花拾最喜欢的奏鸣曲。本来打算买来作为那两张邀请票的回礼,现在,我不方便去了。"女孩如释重负,努力地吸了一口气,"如果你用得上的话,就拿去吧。"

"熏衣,"他伸手拦住她,"事情,不是你想的那样。"

熏衣呆呆地望着他，紧接着，便苦笑着摇了摇头。

"没有必要这么说，潮崤哥，本来，我就没有多想些什么。"

阳光晴朗，柳枝低垂，若是侧耳倾听，屋外的房檐上，还能发现啼叫的鸟儿正在筑巢。

躁动的春意，在慢节奏的乡土，能找到一丝静谧与安详。

他本可用心体会。

倘若，眼前没有人用手死死地掐住了他的脖子的话。

明明是白天，这个妄图谋杀自己的人，却没有可以识别的脸庞。鼻子也好，嘴巴也好，全都埋藏起来，唯有那双黑白分明的眼眸，像是灵魂的栖息地，透露出绝对杀意。

为什么呢……

对方手上的力度进一步加大，在感到窒息的同时，潮崤在心中涌起了莫名的困惑。

为什么这个人要杀我？为什么他会对我有如此刻骨的恨意？

诸般疑问，他是没有机会说出口的。

连呼吸都感到困难，脑袋里的氧气已经不足以维持基本的运转，但是他的双手双脚，却还没有本能地将对方推开。潮崤一切想要有所举动的意图，全被另一个意识封死。

怎么回事？

生理的极限即将要被突破，这副身体却依旧一动不动，宛若丧失了求生的机能。难道，是这副身体早已死去了吗？还是说……

是我本身，渴求着死亡呢？

猛然惊醒，潮崤从床上翻起。充血的双眸调整着模糊的视线，翕张的鼻翼竭力吸收着稀薄的氧气。

挂在墙上的表盘，停留在了凌晨时分。

第一次，他的梦境与以往出现了不同。

那个人是谁……那个朦胧的黑影，到底是谁……

揉搓着额头,惊悸过后,烦躁的情绪便涌了上来。

潮岣舔了舔干裂的嘴唇,微弱的叹息,从口中呼了出来。

他很清楚,那个要将他扼死的凶手,正是那个守在门外的持刀人。

基础设施简陋,生活条件恶劣,每天都会有人因为饥饿和疾病而被抬出那座高耸的塔楼。东区的孤儿院臭名昭著,即便是对流浪街头的人来说,那里都是地狱。

大门打开,我被扔在了在潮湿的地面上。本以为艰苦的环境能够促使大家抱团取暖,但看过他们苍黄枯槁的面容,我就知道,这些人已经无药可救了。得知此点,无意多作逗留,那天夜晚,趁着守卫疏忽,利用试验过无数次的盲点,我从里面逃了出来,然后凭着自己的双脚,一步一步横跨整片险恶的东区。现在想来,那时胆大包天的我敢这么做竟然还没有丧命,实在算是非常幸运。

最后接收我的,是位于东西区交界处的一家便利店的老板。他头发花白,眼睛也不好使了,已经上了年纪。我想,当时他大概连我是从哪个方向走过来的,甚至究竟是男孩还是女孩都没能立刻分辨出来吧。

将便利店后面的储物室腾出了一部分当作我的住处,他还愿意支付给我一笔工资让我帮他在夜间照看店面,原本在计划出逃前所担心的基本生活问题,竟然会这么快就得以解决,如此的顺境,连我自己都未曾想到。

这世上并不存在所谓的公平,但我相信,每个人的人生都是平衡的。

在此前这些岁月中所饱受的世间冷漠,如果以眼下的这温情加以弥补,我仍然会满怀感恩之心,慨叹自己是个受到眷顾的女孩。

老伯的听力有些衰弱,沟通起来并不容易,再加上腿脚不灵便,他很少会到这家店里问生意的事。白天有别的雇员帮忙照顾店里,如果正值周末,我就会带上准备为他朗读的报纸、茶叶还有松软的点心去看望他。

在那个家里,他非常孤独。谈话的次数多了,我就渐渐了解到,原来在这座城市里他还有一个儿子。并不是什么靠得住的人,听说年纪不小了还在街头混,三个月来我都未曾看到他现过身,就连老伯自己也承认,在教育孩子这点上,他并不合格。

遭到独子的抛弃,他不得不在西区最险恶的边境谋生,我想,对于心灰意冷的老伯而言,我应该是被当作了他的另外一个孩子了吧。所以,在听说过我的境遇后,他竟然主动提出要为我支付学费,送我重返校园。

在开学的那天,闻着道路两旁盛开的鸢尾花香,我走到了校园的人工湖边。未曾有过地,我卸下了人工的笑容,对着湖面里的自己,露出了久违的真心笑靥。

已经可以了,熏衣。

在那一刻,我对自己说。

曾经走过的道路尽管扭曲,路过这一片林荫,就将这处歇脚点当作幸福的终点站,也是未尝不可的。

与他人相处得不温不火,只要不还抱着一颗想要与他人接近的心,就不会受到伤害。在那段时间里,我真的以为自己已经踏上了走向美好的开始,所以当深渊近在眼前时,我还没能自知。

班主任叫我从班里出来时我还在上课。他,犹如传递噩耗的乌鸦般,为我的人生,带来了急转直下的消息。

老伯心脏病突发,躺在医院病床上的他,在生命结束的前夕,亲手将遗嘱递给了我。上面写得清清楚楚,他的儿子虽然得到了这家店面的实际使用权,但没有我的许可,他却不能将这家店面进行变卖。

那是属于你的东西。不要让别人从你手中将它夺走。

面对已无法发声的老伯,我只能通过他的嘴型勉强辨认出话语的含义。

由于尚未成年,即便我继承了这家店面,也只能任由别人对其代理经营。老伯这份善良的心意,诚然是好心,但直到生命结束,他还是没能了解自己儿子的本性。所以不久之后,那名陌生的中年人就找到了我。

"我希望你在这里签上字。"

用手指点了点协议,他并不和我对视。

"为什么?"

"什么为什么?让你签字,你签字便是。"

"你想把这家店卖掉?"

大概是没有想过会从我嘴里吐出这句反问，中年人瞪着我，一时间竟说不出话来。

"这个字，我是不会签的。"

"你的事情，我听说过。"老伯的儿子对我冷眼相待，"当初如果不是我的父亲，恐怕你早就已经命丧黄泉。如今他尸骨未寒，你就急着恩将仇报了么？"

"将我救下的人是老伯，和你一点关系都没有。直到老伯咽气前一刻才出现的家伙，又是哪里来的颜面在这里指责我？"

"住口！"怒气涨红了他的脸颊，中年人粗鲁地将我打断，"奉劝你还是别自讨苦吃！我父亲的财产，凭什么要分你一杯羹?!从东区跑出来的流浪狗，从哪里来就滚回哪里去，不要在这里碍人眼！"

说到这个份上，我和他自然也就没有了继续协商下去的必要。老伯的遗嘱限制了儿子可能对我做出的报复，他既不能将我解雇，也不能停发工资，唯一能钻的漏洞，就是剥夺我在这家店的住处。

所以在看到自己的衣物全被扔到了外面，储物室被各种物品塞满时，我一点都没有感到意外。这是那个人所能做到的极限，可这种程度，完全不能令我动摇。

我立刻开始寻找其他可以租住的地方，很快就做好了持久战的准备。

只是，唯有一点让我感到有些棘手，由于不再住在便利店的里面，每天晚上都需要走夜路去上班的我，不得不在东西区的交界处面临更大的危险。

不好的预想很快就成了现实。那天晚上，三个不良青年打扮的人，就在便利店不远的地方，将我围在了中央。

"哟。"胳膊上带刺青的人率先开了口，"小姑娘，这么晚，你是要去哪儿？"

"这不明摆着的吗？"叼着烟头的人绕着我走了两圈，"是想要去上班吧？"

"上班？"有刺青的人歪了歪头，"上什么班？"

我低头，本来就不明亮的街灯下，没有任何可以求救的路人。

"我问你话呢！"一声怒喝将我拉了回来，看得出来，身带刺青的人，已经开始面露歹意。伴随着一下推搡，我不得不开了口。

"是便利店……不远处的那家便利店……"

两人对视一眼，叼着烟头的人蹲下了身，与我平视。

"我跟你进去，你就跟那戴眼镜的说让他回去，然后你去把银台里的钱取出来，别耍什么花招，要不你们两个一起死，别以为他能救你。"

我点了点头。

"不必了。"第三个人终于说了话，看起来像是他们的头领，"里面有摄像头，别冒这个险。"

"我知道摄像机的盲点……"

叼着烟头的人话说一半，被头领狠狠一瞪，立刻就缩了回去。

"这小姑娘是东区的，杀了她也不会有什么事，就在这里解决掉吧，然后拿钱走。"

连商量的余地都没有，头领直接道出了杀人的命令。

"行啦，我们也是没有办法。"说着，身带刺青的人从口袋里摸出了尖刀，"看在同样是东区人的份上，我就让你速死吧。"

难道，这还是对我莫大的恩赐吗？

听了他们三个人的话，我忍不住颤着双肩笑了出来。

"你笑什么？"叼着烟头的人皱眉。

我笑什么？

可笑的事情，有很多。

比如他们拙劣的台词，比如他们业余的举动，但最可笑的，还是他们可悲的愚昧——这三个人一定以为，有刀子的人，就只有他们自己。

那个叼着烟头的人依旧不明状况地蹲在了我的面前，于是，他的脖颈，就为我提供了最好的开刀点。

第一次握刀的人，即使生命受到了威胁，也没有几个能真正下得去手。谋杀一条生命远比想象中艰难得多，刹那之间，连自己都说不清的一念之仁更改了我的出刀轨迹，刀锋掠过那人的双目，对方本能地往后一闪，闭合的眼睑上便留下了一道明显的血痕，不足以致命，却也足以剥夺他的视力。

那个原本还想胁迫我去取钱的恶徒，此刻号叫着捂上了双眼，另外两人则微微一怔，恐怕完全是不曾料想，这个本应任人鱼肉的小女孩会陡然如此毒辣地出手。

而就是他们这发呆的短短一瞬,留给了我逃生的间隙。

跑!

心中只剩下这一个字,在我猛然转身的那一刻,出刀的战栗消失了,伤人的恐惧消失了,驱使我拼命飞奔的,便只剩下了源于本能的求生欲。叫喊声不绝于耳,待到回过神来的两人匆匆忙忙地将失去双目的伙伴救起,我和开始疯狂追逐起来的他们,已经拉开了数十步的距离。

朦胧间,西区市区的明亮灯光已经依稀出现在了眼前的不远处。

遥远的希望似乎已经触手可得,而只有我自己才知道,气力已竭的这副身躯,恐怕已经踏上了一条不归之路。

"所以,以后她和我们要一起回去?"熏衣茫然地问。

"你们以前不也是一起走吗?现在因为我来接你就让她一个人落单,未免有点过分。"

听到潮崎这么说,她的目光毫不掩饰地扫向了花拾,而后者匆匆避开了对视。

"有点过分……"熏衣喃喃低语,"你也被寄恐吓信了吗?"

终是没能躲开熏衣锋利的眼神,花拾浑身一缩。

"走吧。"

垂首沉默了片刻,她转身。

三人间的气氛凝成冰川,划分了彼此的距离。

而尴尬的行程,没能持续太长时间。

走在前面的熏衣突然停了下来,弯下腰,开始大口大口地喘着气。

熏衣潮红的脸颊转瞬苍白如纸,伴着愈加急促的呼吸,摇摇欲坠的她,在原地晃了两步。潮崎见状立刻向前快迈了一步,将她接入怀中。

"熏衣? 熏衣?!"

口不能言,熏衣发紫的嘴唇如搁浅的海鱼般抽搐个不停。

"糟了!"花拾见状匆匆绕到了熏衣的身后,从她的书包里取出了喷气雾剂,朝她的嘴里喷了喷,同时,快速摩挲起了她的后背,"是哮喘。"

女孩双手合拢,躺在床上。

那姿势优美,宛若等待王子亲吻的公主,唯独不同的,是她此刻清醒的双眼。

"什么时候开始的?"

床边,他将一杯温水放在桌前。

"不记得了,因为很久没有再复发,我自己差不多都快要忘了。"

"吃水果吗?"

说着,潮峋端来一盘切好的柳橙。

"这是我昨天给潮峋哥准备的吧?"女孩看了一眼,"你没吃?"

他促狭地笑了笑,作势将盘子挪开。

"放这里吧,"女孩按住了潮峋的手腕,"我过会儿再吃。"

"感觉好一点了?"

双手捂在热水杯周围,女孩点头,稍微坐起来了一些。

"对了,我有个东西要给你,能不能去前面的柜子,帮我把柜门打开?"

他照做,里面放置着的,是一个戴着礼帽的熊猫布偶。

"为什么?"

潮峋沉默不语。

洛光叹息着,搭在栏杆上的手中,正握着新的照片。

"我在问你话,没听到?"

"我做什么事,没有必要向你汇报。"

"你是打定主意把我当成敌人了,是不是?!"洛光手指陡然用力,栏杆发出了轻微的哀鸣,"你应该也注意到她穿的衣服了,那个仿制品现在就读的学校,和花拾一模一样。这家伙有什么企图我是不知道,不过,她肯定是在筹划非常危险的事。你不知对方的底细,还这么近距离地和她接触,最后的下场,一定会非常悲惨。"

之前是不由分说的暴怒，现在，则又披上晓之以理的外衣，对他进行恫吓。

教父说的没错。已经从他身上吃了太多亏的潮峋，不会再受骗了。

"让我见她一面，"洛光说道，"让我把真相告诉你。"

"我并不在意什么真相。"潮峋摇头，"既然你手里会被源源不断地塞进照片，就算要去探求真相，也不需要我帮什么忙吧。"

"我们做个交换吧。"失去了耐性，最后一次，洛光提出了条件。

"什么？"

"你也想知道一直暗中给我提供照片的人是谁吧？我会告诉你这个泄密者是谁，你只需要告诉我她的回家路线就可以，至于找不找得到她，全凭我自己的运气。怎么样？这样的要求，不过分吧？"

潮峋笑了。

"洛光，如果你真知道那个给你照片的人是谁，还会费尽心机地找我来问吗？那个匿名的泄密者留给你的除了这些照片，就只剩下这份无措与暴怒而已。我倒是很想知道，倘若我答应了你，你要怎么告诉我连你自己都不知道的事情呢？"

低级的谎言被戳破，恼羞成怒的洛光一个箭步冲过去，单手就拽起了潮峋的衣领。

"你以为这个世上就只有你最精明?! 是吗?!"声音颤抖，洛光瞪着他吼道，"我和你讲了这么多，就算我之前有做错的地方，看在我曾经帮助过你的份上，看在她对我如此重要的份上，让我见她一面就这么难吗?!"

算命师说的没错，花拾的确有可能遭遇不测。

洛光呼吸沉重，青筋暴起，看到洛光现在的这副嘴脸，潮峋就能够想象得到，他亲眼看见花拾后，局势会如何失控。

"没错，"潮峋漠然地整理着衣襟，"就是这么难。"

伴随着钢铁掩合的声音，门被关上，天台，就只剩下了洛光一人。

云卷云舒，阳光不时藏匿于起伏的云海之下，忽明忽暗。

他的嘴唇咬出了鲜血，指节被攥得发白，洛光的身体，开始剧烈颤抖了起来。

听从班长的召集,班中所有的同学都来到了教室。水桶里正堆积着大大小小的照片,两名同学守在水桶两侧,没有任何人被允许靠近。

焦虑与疑惑在各自妄断的窃窃私语中被压抑,明明是班长紧急召开的班会,但直到现在他还没有出现,有人说看着他向天台的方向去了,也不知是想做些什么。

就在这时,教室的门如炮弹般被轰然推开,骚乱被压制,看到洛光进屋,守在水桶旁的两人同时闪在了一旁。

"时间有限,我就直说了。"洛光直接走向了最前排,按住了桌面,"我把大家叫到这里的原因,其实很简单。"

说到这里,他逼视着眼睛底下的男生。

"这些照片,是哪里来的?"

"不……不关我的事,是别人给我的。"第一个男生刚刚说完,身旁的男生便战栗着,低头托了托镜框,"我……我也不知道是从哪里来的……"

"已经不是一次两次了,有人在暗中贩卖裁匠的作案现场照片,这不稀奇,网上类似的东西也有的是。但班中的流通量这么大,你们也过分了点。"

洛光踢了下水桶,坐在前排的人浑身一抖。

"你们是人,不是畜生! 看着东区的人惨死,就这么大快人心?!"

大家噤若寒蝉,四下死寂。

"我知道你们私底下已经有小团体了,有同伙监视,谁都不敢招供。小团体发展的速度不慢,警惕性还这么高,真是不容易。"

"把大伙聚集起来开班会,就是干这种事? 班长,你最近是不是闲得心慌? 我们喜欢什么,传阅谁的照片,和你有什么关系?!"

语惊四座,大家朝着抗议声望去。

洛光缓慢移过视线。

"你说什么?"

其他人的额头已经开始冒出冷汗。

"我是说,你是不是哪里出了毛病,一沾上裁匠就脑袋不正常?"

影潼从座位上走了出来。

"道貌岸然地站在这里,你还真觉得自己是正义的伙伴了?裁匠第一次作案的消息传进班里时,到底是哪个家伙魂不守舍,最后做贼心虚地溜了出去,你以为我们没看到?"食指揩过鼻尖,他笑笑,"喂喂,你可是我们最敬爱的班长,大家只要天天看着你表演就足够了。"

一石激起千层浪。

以影潼为圆心,原本安分的学生顿时纷纷小声议论了起来。

洛光没有说话。

"班长,"突然有人大声说道,"给我们个解释吧。"

"如果你和裁匠没关系,请拿出证据来!"

"我们又没伤害到别人,自己的兴趣有什么错!你的态度太奇怪了!"

这些人轻而易举就能被煽动,进而汇聚成声势浩大的洪流。

"你们要我证明什么?!"

只需这样一句话的镇压,乌合之众,顿时便安静了下来。

"想让我证明自己为什么不正常?我要是真的不正常,现在就该坐在这里,和你们一同欣赏杀人现场!只要意见相左,就被当成异类,只要心存反感,就被认作敌人。我懂了,你们就是这么壮大起来的吧?!"

咆哮震彻耳膜,大家卡在喉咙的气息也都被吓得吞了回去。

十分钟,无人敢于言语。

十分钟,一切如旧。

只有一人除外。

自然,这个人,就是毒瘤。

对他,洛光冷眼相望。

砰!

又是凶狠残忍的摔门,又是不容分说的冷酷。

力气用尽,如果再被拒绝,自己,就只能爬着去下一户人家了吧。

追杀她的人就在她身边的另一栋楼宇里,一个人在门口把风,另一个人则爬上了楼梯。用不了太久,他们就会钻进这座楼里,将困在楼梯上的她拽出去,施以恐怖的惩罚。

所剩的时间已经不多,她感到意识有些恍惚。

咚咚咚。

走到下户人家门前,颤抖着,她又敲了敲门板。

而这一次,没有不容分说的摔门,没有面露厌弃的皱眉。

出现在眼前的,是一个戴着黑框眼镜的大男孩。

相貌普通,身高普通,就连出现时的气场,也是平易近人的普通。

只有温暖的灯光,温柔如晨曦,拨开浓稠的黑暗,倾洒在了女孩的身上。

"求求你……"她气若游丝地哀求着,"求求你……救救我……"

不断加重的身体负担,使得最后的希望也变成了绝望。

"你……这是怎么了?"

"救救我……"睁大的双眼流露出心有余悸的惊恐,浑身颤抖的女孩突然伸出手,拽住了男孩的胳膊,"求你了,救救我!"

被猛然拉住的男生像是受到了惊吓般怔了一怔,随后,便仓皇地伸手摸向了门锁。

果然又是这样吗?

不要啊,求求你,不要……

女孩闭上了双眼。

虽说自己拥有相当坚韧的性格,但如果等待她的是无尽的考验,所谓绝处逢生的信念,也只不过是自说自话的谎言而已。

突然间感到身子一轻,等到女孩反应过来,自己已经被拉进了屋内。

"和我说说,究竟是怎么回事?"男生的脸上,是诚挚的关切,"是不是有人在追你?"

女孩,感到呼吸一窒。

在她的印象里,这种异样的感觉,已经很久都没有再出现过了。

那种遗失已久的东西,那种她终日探求却不可得的东西,叫什么呢?

天性使然,小孩子喜欢与人亲近……如果这些彰显年龄阶段的特征被强行磨去,虽然也有着向成熟老练进阶之可能,但说不定,也会成为父母眼中陌生的异形……

即便如此,即便是成为异形,她的心中,却仍旧期待着这份从来就没有被允许获得的感动。

如此的感动,如果非要用语言去形容的话,大概,就是温暖。

女孩其实早已过了做梦的年纪。

复写着悲苦与凄惨的稚嫩过往,最终可以迎来光明与希冀的未来篇章,是她在自嘲时才会勾勒出的愿景。

但那天晚上,在她眼前,如此的篇章确实是开启了。

有人向她打开了门,于是那洗尽晦暗的强光,便柔和地将她紧紧包裹。

在那一刻,熏衣,与那个名叫潮屿的男生,相遇了。

第三章　相之惑

时针指向了晚间六点,再过一个小时,女孩就要和学长在音乐厅见面,一同观看《艾格蒙特》序曲的演奏。从未想过竟然会有机会与学长欣赏自己所最喜爱的作品,此刻她的心情,如阳光一般明媚。

"我回来了。"

从学校回家,女孩例行公事地道出了一句问候。

明明重新回归这个家庭的时间还不足半年,且父母还曾经有过一次迁居,但女孩还是很快就适应了这里的环境。

外在的这些元素再怎么改变也无所谓,无论经过多长时间,只要爸爸妈妈还在,她就能找回原本属于自己的那份温暖。

女孩,是这么认为的。

唯独不能让她释怀的,是那个叫作洛光的男生。

没错,即便已经获得重生,即便再度开启了生命的新章,只有对洛光的仇恨,没有忘却一丝一毫。

生存下去的法则清晰易懂,如果非要为接下来的人生寻找方向,那么道路便只有一条。

她,想要复仇。

"我回来了。"女孩重复了一句。

父亲一动不动地端坐在沙发上，眼睛眨也不眨地望着她，对女孩的问候也没有反应，待她从屋里拿好了换洗衣服走向浴室，他仍旧保持着女孩回来时的姿势，与雕像无异。

最近的父亲总感觉有些不对劲，除了第一天带她回家的时候脸上还露出过笑容，后来这段时间里，简直可以说是冷淡得过分。

是因为工作上的问题而感到困扰了吧？

眼下心绪繁乱，她实在懒得过问。

他们的烦恼总会有他们的解决方式。

这样想着以寻求轻松的女孩，拧开了水龙头。

热水顺着发际滚滚流下，蒸气包裹的躯体倚在大理石墙壁之上，轻微的凉意攀附脊背，她缓缓闭起了双眼。

究竟要穿什么样的衣服好呢？

第一次和异性单独出去，女孩的心里难免会有些紧张。或许对方并没有把这当作约会吧，毕竟比她年长，看起来也十分稳重，虽然之前与他相谈甚欢，不过，此刻她的心还是跳个不停，这也是可以理解的吧？

对于和男生独处这回事，她，是一点经验都没有的。

将身体擦拭干净，捧着湿漉漉的头发任凭吹风机的暖流拂过，透过圆镜的雾气，女孩对自己的面容感到陌生。然后，像是受到了催眠般，她的脸庞不由自主地贴了过去，直至行将触碰到镜面，她那混沌的眼神才终于回归清澈。

女孩微微晃了晃脑袋，轻轻揉着额头，推开了浴室的门。就在此时，硕大的黑影陡然出现在眼前，受到突如其来的惊吓，女孩不由接连倒退了几步。

"啊……"

直到发现眼前站着的是自己的父亲，女孩才喘了口气。

"怎……怎么了吗……？"

"这个时候洗澡，一会儿你是要出门？"

"嗯……"愈加感到气氛有些不太对劲，女孩不由往后退了一步，"和朋友约了出去玩，今天可能会晚点回来……"

"要晚点回来啊……"未等女孩说完，父亲就将她打断，随后摆出了沉吟的思考状，"你和谁去？"

她皱眉。

不是说了和朋友吗？这段时间以来一直话不多的父亲，今天为何这么想要刨根问底呢？

"和朋友玩，很开心吧？"

"嗯？"

"比和家里人在一起，还要开心吧？"

不明白。完全，不明白。

眼下，好不容易与她重逢，且几个月来都相安无事的生父如今目光呆滞，口中又说着不明所以的话语，对女孩而言，这简直就是一番离奇怪景。

"不知你还记不记得，"说到这里，男人眼中异光陡现，突然伸手抓住了女孩的胳膊，"曾经背叛家庭，一心想要逃离这座城市的下场，是何等的凄惨。"

剧痛沿着被死死捏住的疼处蔓延开来，根本没有想到自己的父亲竟然会对女儿下此狠手，比起烙印在肌肤表层的痛楚，真正淹没女孩内心的，是震惊与恐惧。

"疼……"

承受的负荷终于超过了自身的极限，当她嗫嚅着说出这句话的同时，父亲松开了手。

男人喘息，女孩屏息。

皮下无数破裂的毛细血管勾勒暗红，一块鲜明的紫褐色印迹已赫然留在了雪白的臂膀上。

"好好珍惜自己的这条生命，"停顿了一下，女孩的父亲转身，走开了，"不要，再去想着重蹈覆辙。"

洛可可式的音乐殿堂灯火通明，璀璨辉煌。

恰似众星捧月，四周的科林斯柱如同遗迹之脊，撑起了遮天蔽日的交叉拱顶。

高耸阴影下，女孩一人站在门前。

娇小的身躯，彰显自身高洁的一身素裹，竟宛若殉道者般孤独、落寞和脆弱。

未干的发梢还弥散着洗发精的味道，她不时向远处的公交车站巴望，人来人往，车辆川流不息。

与泥泞接壤，白雪被挤向道路两旁。

冰天雪地，她咬起了自己的指甲。

父亲的怪异，令她心有余悸，一切美好的心情都被摧毁，女孩感到心中所剩不多的一缕光辉，也蒙上了阴影。

慢慢蹚步，仰望夜空。当第一千颗星星纳入眼中，她所等待的那个男生，裹着围巾，终于出现在了马路的对面。

萨拉班德舞曲，缓慢的二十四小节，密集长和弦镇压管乐断符。

纤细白皙的十指蜷曲，紧紧抓住了两侧的扶手，黯淡灯光下，花拾面色凝重。

b小调，音程调改，减七和弦，哀叹，卡农形式自由模进。

潮屿面带困惑，望向了花拾。

斗争，冲突，快板，音型复刻。

处于压抑之中的情感，终于爆发，花拾秀眉紧皱，唇角颤抖，怔怔地瞪着演奏中的乐队，眼中闪现的，却是飘忽不定。

主题突变，二度音程上行模进。

轻轻地，潮屿想要伸出手将女孩稳住，但刚刚抬起的臂膀，立刻就滞留在了空中。他看到女孩浑身围裹的负面情感，犹若化为实体的黑色，正将他身上每一寸肌肉都牢牢缚住。

展开部短促，副部对冲，疏远转调。

剧烈的情绪变化在女孩脸上接连闪现，似乎已经超出了常人的情感极限。望着花拾几乎扭曲的面孔，潮屿陷入了错愕。

是痛苦吗？是悲伤吗？如果都不是，那么，这如同水中影、镜中花般的凄凉，又究竟来自何处呢？

f 小调没落于忧郁,戛然而止。

女孩的挣扎,似乎也终于随之缓缓平息。与哀婉告别,花拾的脸庞平静如水,波澜不惊。

《艾格蒙特》的最终主题终于降临,伴随着和弦,恢宏的 F 大调回归场内,在经久不息的掌声之中,演奏落下了帷幕。

而与此同时,玉落珠盘。

黑暗中,晶莹的泪水,已经沿着秀美的面颊堕下。

大厅穹顶的水晶吊灯映出了她的苍白脸色,拥挤的人群中,潮峋紧紧跟在花拾身侧,保护着她不被他人撞到。围巾、手套和外套还在潮峋这,行至门前,潮峋只是为女生戴上了帽子。

"你身体不舒服?"

"没有……可能是里面太闷,出去透透气就好了。"

两人走出了厅外,冰冷的空气拍打着面颊,脚下积雪皑皑。

"《艾格蒙特》序曲,学长觉得怎么样?"

在这部歌剧中,艾格蒙特公爵为了解放祖国尼德兰,曾揭竿而起反抗西班牙的统治者,不过最终,他却因为遭到阿尔法公爵的背叛而被逮捕,就义于布鲁塞尔。

"之前了解过背景,听了这部序曲,觉得实在是振奋人心。毕竟不算是悲剧,序曲末尾的 F 大调已经交代了结局,尼德兰的人民不是就此奋起反击,取得了自由革命的胜利吗?"

"歌德当时所创作的这部《艾格蒙特》,是以事实为题材的。"花拾伸出手,雪花落在手套上, 化作点点湿斑,"尽管为其谱写序曲的贝多芬加入了自己的感情,但歌德所创作的剧作本身,却终止于断头台,是场不折不扣的悲剧。"

追求自由与解放的人注定要遭到背叛与毁灭,如果这就是歌德创作这部作品的初衷,女孩她,或许宁愿只将序曲听完。

就在这时,她注意到潮峋停在了她的身旁,弯下身,然后递过来了一个雪球。

"要玩吗？"

"嗯？"

父母死后，雕荷曾有很长一段时间都闷闷不乐，为了让妹妹开心，他曾带着她到小城外面的原野里打雪仗。

一开始，雕荷的反应和眼前的花拾简直一样，满脸都写满不情愿。

幼稚。

当然，与直接将这两个字说出口的妹妹相比，花拾只是微微勾起了嘴角。

"试试看吧，很有意思的！"

挡不住劝说，玩了几个回合，雕荷便同样露出了兴奋的笑脸。

究竟是为什么呢？

也许，是因为手里捧着洁白的冰絮本身就能让人身心愉悦，也许，是因为雕荷一直占据上风。

没错，身为男生与哥哥的他，并不是妹妹的对手。

不是眼睛不好使，也不是力道不对，而是雕荷的行动太灵活。

一会儿，她躲在小房了后，一会儿，她又逃进了林子里。

精疲力竭地跟着跑过去，脊背就从后面被点了点。

回过头，雕荷正笑嘻嘻地看着他。

"小心！"

松软的凛冽正中鼻梁，突然感到眼前一花，潮岣往后退了两步，跌倒在地。

然而，咧着嘴的他，依旧傻傻笑着。

因为妹妹的声音就在耳边，雕荷她，就在附近。

"要紧吗，学长？"

急切的语声，紧张的面容。

眼前的轮廓回归清晰，漆黑的夜空中，白色的雪花一片一片飘落下来，望着那与自己妹妹别无二致的红扑扑的面庞，他没有理由不沉浸在自己的幻想之中。

可是高耸的学校已经映入眼中，继续走下去，就会到分岔口。

于是片刻的嬉耍过后，是更久的沉默。

两人相对无言,最终,还是她先开了腔。

"学长……还有时间吗?"

两人走进无人的音乐教室,在正中央的演讲台上,端正地摆放着一架钢琴。

月华无垢,银色的光之流苏镶嵌在红松木上,浑然天成。

她坐在了钢琴前面,不好意思地吐了吐舌头。

然后,几乎是瞬息之间,华美流畅的天籁音律从她的纤细指尖倾泻而出。

琉璃易碎,珠玉难缀。

降 E 大调,那正是肖邦夜曲的回旋之诗,行板之歌,那正是潮峋曾为雕荷所弹奏过的唯一乐曲。

走进门,潮峋看到熏衣正坐在厅里的沙发上。

没开电视,也没在看书,如同闲置在储物架上的木偶,她只是这么工整、规矩地坐着,眼睛平视着前方。

叹了口气,竭力适应着与心情不相协调的寂静,他看到桌上的饭菜,一动未动。

"还没吃吗?"

"已经不饿了。"目光跃过冰凉的饭菜,她望向潮峋,"不是说要回来吃的吗?演奏早就该结束了,怎么现在才回来?"

"我和她在外面逛了逛,所以耽搁了。"

"你送她回去的?"

潮峋点头,从书包里取出了纸星星的玻璃罐。

"这个,是她让我给你的。"

"起来。"

男人的声音在她身后响起,显得遥远而冷漠。

天花板上刺目的灯光被打亮,揉着模糊的双眼,女孩从床上坐了起来。

"昨晚你去了哪里?这么久才回来?"

女孩蹙眉,胳膊上的阵痛,直至现在还没有消失。此刻的情绪只有怨怼,于

119

是,她选择了沉默。

"昨晚,你去了哪里?!"

对女儿的抗议置若罔闻,男人拉高了逼迫的语调,重复了问话。

女孩抬起头,眼神中透出了惊讶,微微张了张嘴,颤抖的双唇,只吐出了寥寥几字。

"我不想说。"

"你不想说?"男人笑了,"看来,昨天我是还没有把你教育明白。"

"我不懂!"女孩扭头笔直瞪向了他,"你到底是怎么了?!从昨天开始,突然就……"

啪!

脸颊响起一声脆响,疾速扩散的灼热伴随着巨大的羞辱涌上面庞,女孩流出了眼泪。

"说!私底下去见别的男生是想干什么?!你说啊!我把你带回这个家里,就是为了让你重蹈覆辙的吗?!啊?!你说话!"

"你疯了!"

"你说不说?!"

"你疯了!!!"

一边积郁着难以言喻的愤懑,一边怀揣着丧心病狂的暴躁,两人的冲突,迅速就有所升级。

男人一把拽起了女孩的肩膀,将她推进了洗手间。

"你要干什么?!"

看着父亲开始不停地向盥洗盆里放水,女孩终于放下了抵抗的勇气。

"你到底要干什么?"她发着颤音问道。

男人没有回答,直至水没盆沿,他才采取了下一个动作:将自己的女儿的头,毫不犹豫地摁了进去。

这是酷刑。

女孩在水中感受无法呼吸的绝望,而当头颅被拽出水面,重新呼吸空气时,对窒息的恐惧却只会更加深刻。

事态恶化到了这一步,拷问已经失去了意义。男人已经不想再知道答案,只是想要单纯地遵从自身的本能,发泄纯粹的兽性而已。

毫无抵抗的可能,光是拼命拉开按在自己头颅上如铁钳般的手掌,女孩就用尽了全身的气力。周而复始的痛苦似乎看不到尽头,不知过了多久,当醒来的女孩从湿漉漉的地板上爬起来时,那个男人早已不知去向。而她,则像是感到已经死了好几次般,只能趴在地上号啕大哭。

女孩感到迷茫。

为什么自己的父亲昨晚会去伤害她?

为什么今天又会变本加厉地折磨她?

一切暴行的背后,肯定藏有原因。

但,倘若有什么东西可以同时斩断一个人血缘的眷顾与人性的自持,对自己的亲生女儿施暴,一定,是最畸形的利刃。

严冬已至,市立中心公园依然人声鼎沸,未见萧索。

捧着热饮,花拾一语不发地跟在了潮峋的身后。

不想继续留在家里,不想去面对那个恶魔,今天,是她主动找潮峋出来的。

潮峋突然停了下来,花拾一时没能守住步伐,差点撞了上去。

"到了,"潮峋回头笑道,"就是这里。"

花拾从他的身后走了出来,一排排的雪人,便映入了她的眼中。

她震惊了。

不,应该说,她被慑服了。

"好漂亮……"

从未见过这么大的雪场专供摆放雪人,花拾眸中跃动着叹为观止的光芒,呆呆地望向面前的这片壮景,花拾口中,只能说出最单纯的赞美。

"进来,"迈进雪场,潮峋向她伸出了手,"我们不妨也来做一个试试。"

虽说只是堆雪人,但如果没有天赋的话,就真的只是两个堆在一起的雪球罢了。

两人费尽功夫打造的作品,并不具备令人驻足留看的神韵。

于是潮崎往前一步，就像是等着这一刻到来似的，从口袋里掏出了把雕刻刀，重新在那个较小的雪球上，勾勒出了它的面目。他的技艺相当娴熟，简单的几个动作，灵气便顺着刀尖注入了进去。

"学长以前就会这个吗？"

"小时候梦想过当雕刻家，今天带了工具，看来是用上了。"

"了不起！学长可不可以也教我一些？"

"好啊。"

略有些得意，潮崎抬眼笑看女孩。

可就在那一刻，他脸上的笑容犹如刀锋上一闪而过的阳光，转瞬便尽数消褪。

事出突然，已经来不及避开。潮崎在她的身后，看到了洛光。

潮崎脑中一片空白。面对此情此景，曾设想过无数种应对方案，而当这一现实终于降临时，却尽数化作了无法解读的片段。

"我说你怎么最近总是不见影子，"缓步走来的洛光脸上，气定神闲，"原来，是有别的事在忙啊。"

潮崎下意识地将花拾掇到了身后，不料这一举动恰巧迎上了对方扫来的目光。

"干什么？"洛光问道。

没从脸上褪去的笑意，与友善无关。

目光相对，潮崎只觉后背发凉。

"这女孩……"洛光的目光俯视下来，"是你朋友？"

明知故问的语气，装模作样的神态。

口袋里，潮崎握紧了雕刻刀。

"没错。"他回答道，"是我朋友。"

明显可以感到身边的女孩正在微微震颤，潮崎知道，被眼下这种压迫感所折磨的人，不只是他一个。

"这可不行啊，潮崎。"洛光叹了口气，"就算大学再怎么交不到朋友，也不能和她交朋友。"

"我们还有别的事,你话说完了?"

"嗯,对你的话,确实说完了。"

洛光瞟向了女孩。

战栗加剧,她畏缩。

"你和我认识的一个人很像,"他说道,"不知道你对我,是不是也很眼熟。"

缩着双肩,低下头的花拾竭力避免着和他目光触碰,她拽紧了潮峋的衣袖。

正是这一轻微的扯动,让陷于惊恐中的潮峋回过神来。同行的女生正在受到露骨的恫吓,自己,还有着身为男生所必须要做的事。

"让开。"

热血上涌,潮峋当下向前迈了一步。

潮峋有力的警告,换来了简明有力的回应。

一记直拳直接击中潮峋的眉角,潮峋还没能意识到现状,紧跟着命中腹部的重击,立刻剥夺了他的身体平衡。

话音未了,潮峋便已应声倒地。

"潮峋!"花拾失声尖叫,刚想要赶过去,却被一股蛮力按住了双肩。

柔弱的身体被反转过来,与目露凶光的野兽直面相对。

"说!你到底是谁?!到底想干什么?!"犹如将猎物控制在掌中的野兽俯视着花拾,他咆哮,"明明已经死去的人,你为什么还要让她活着!!"

前所未见的失态,毛骨悚然的嘶吼,不明所以的台词。

因为与在场的欢乐气氛太过格格不入,四周的人纷纷侧目。

纤细的双肩承受不住巨大的压力,女孩的面容开始露出痛苦。

就在这时,地上的身影猛然反扑,女孩肩上的压力陡然化解,洛光被撞到一边。

"走!快走!"

压制着地上的洛光,潮峋回头大喊。但很快,自己就被拽着衣领拉下,脑袋被摁到地上。

最坏的预想,已经成真了。

在失去意识前,这是潮峋脑子里最后的印象。

灯光惨淡,客人稀少。

桌上摆着清汤面,鼻青脸肿的潮岣取出筷子,头顶上的电视换了台。

"对于裁匠连续作案,我并不觉得奇怪。"男嘉宾道,"既然警方对此不闻不问,西区又向他提供了舆论支持,作为杀人狂,他完全可以放开手脚地大胆行事。"

"确实,"坐在中间的主持人予以肯定,"警方至今未还对外公布追查裁匠的具体进展,这种含糊的态度,多少会加剧公众的恐慌情绪。"

"我倒不这么想,日常工作中,我的同事们似乎都没有受到什么影响。"女嘉宾开口道,"毕竟死去的两名受害者都是东区人,恕我直言,这种谋杀对于我们来说,既不值得担心,也确实没有对社会造成什么实质性的影响。真正感到坐卧不安的,就只有东区人而已。况且,大家都明白,在针对东区的治理方面,警方每天光是对付东区的贩毒与军火走私,就已经焦头烂额。现在还要去指责他们不够尽职尽责,我觉得是有些苛刻了。"

"唉……"抬头看着电视,面馆的老板娘用毛巾擦了擦手,"明明杀人是违法的事,竟然还有人为犯人说话,也不知道现在这个世道是怎么了。"

她瞥了一眼埋头吃面的潮岣,张了张口,把话咽进了肚里。

电视里的话,潮岣一句都没有听进去。

将面条夹进嘴里,嚼碎,吞下,连如此简单的动作都牵扯着疼痛的肌肉,潮岣此时心里所想的,只有那个完全陌生的洛光。

潮岣不知其味地将面条吞咽下肚,又草草喝了一口热汤,便离开了面店。

天气,愈发寒冷了。潮岣系紧领口,裹上围巾,将双手插入口袋,他埋头走回了对面的公寓。

"在给谁发短信?"

听到熏衣这么问,潮岣的指尖在手机键盘上停了停,随后,又快速地敲打起来。

"一个朋友。"

说出明摆着的谎话,是连敷衍都觉得费事吧?

熏衣面色十分难看地走过沙发。

"最近很忙?一直很晚才回来,几乎看不见你。"

"嗯……"潮崎头也不抬地答道,"一会儿你还要去上夜班?"

"是。"

"多注意下身体,天冷了,睡眠时间不够容易生病。"

"知道了。"

不冷不热的关怀,还不如不说。

走进盥洗室,熏衣望向了镜子的自己。

"我一会儿就走,要是没什么事你也进屋休息吧。"

"好。"

听到干瘪的回答,熏衣咬了咬嘴唇。

"潮崎哥。"

"怎么?"

"这周六是我的生日……有时间吗?"满心期待,熏衣试探着问道。

"周六?这不就是明天?怎么现在才说?"

"你周六有事?"熏衣心底一凉。

"嗯,可能有事……"

熏衣指尖微微一颤,毛巾落到了地上。

"是花拾?"

潮崎不愿回答。

自从在中心花园分别,两人便断了联络。眼下,他完全没有陪别人过生日的心情。

"你打算怎么过?"潮崎漫不经心地转移着话题。

"就咱们两个人。我还想再和你逛一次街。"

"那大概不行……"

"就是因为她吧?"熏衣直截了当地将话题扯回了原点,"你和她不能改天?"

"抱歉,这次有些紧急……"

"到底是有多急?!"

对方,没有回应了。

"潮峋哥,人的生日,一年只有一次,你想和她见面,不是哪天都可以吗?"

"你不是还可以邀请其他的朋友过来吗?"

"这个生日,我就想和你一个人过,不行吗?!"

护手霜的罐子,"啪"的一声被甩了在了盥洗池里。

"我说,你和她见面,就真的这么重要吗?之前你不是答应过我,一定要和我过生日的吗?!为什么花拾一出现,什么都变了?"

"熏衣,你冷静点……"

"是我做错了事,还是会错了意?没错,你去和谁见面,我没有权利去管。但是,至少我也是个有血有肉的人吧?!哮喘复发也好,饿着肚子等你也好,都是我心甘情愿,咎由自取!就因为这样,我的感受就一点都不重要了吗?!"

"你冷静一点!"

高吼截断尖叫,只有表针还在一丝不苟地颤抖前行。

"我现在很烦,"潮峋的话语,没有劝阻,只有命令,"你少说几句吧。"

变了……一切都变了。

原来那个给予她温暖的人,原来那个一直与她亲近的人,突然间就变得冰冷起来,影像变得模糊而遥远,这个男人,此刻正在为她所厌恶的女生辩护。

"我知道了……"嗫嚅的话,就连她自己都听不清楚,"明天,我会请朋友来的,不会再给你添麻烦。"

一晚的工作过后,回到自己的房间,熏衣看到晨曦依稀洒落在了平整的床上。

昨晚,那三个曾经试图袭击她的混混又出现在了店面外面。连坐在收银台都不敢尝试,熏衣就这样站在门口,手里拿着门锁,盯着游荡在外面的他们,随时准备将门锁好。

这样的对峙,实际已经持续了一段时间。直至清晨巡逻的警察到来之前,她那紧绷的神经与警戒的双眼都不能得到休息,熏衣不知道这样下去,自己,究竟还能够坚持多久。

刚才路过鞋架,她发现潮峋已经出门。

果然,这个生日,只能由自己陪着自己度过了。

她的笑是苦笑、冷笑,但更像是凄凉的假笑。她刚刚站起身,就听到外面响起了敲门声。

抱着一线希望,熏衣还是托着疲惫的身躯,来到了门前。

"开门。"站在门口的人说道,"我看到和你同屋的人出去了,如果你不想牵连到无辜的人,我们两个就趁现在把事情说清楚。"

是老伯的儿子。

想起之前接到的电话,他能够找到这里,熏衣其实一点都不感到奇怪。

"你想干什么?"将男人放进屋,望着他的背影,熏衣开口道。

"你住的地方,倒是不错,"男人来回打量着屋里,"这样,就算是累了一个晚上,回来也能好好休息呀。"

"怎么,你手底下的那些爪牙,回去和你汇报情况了?"

熏衣露出讽刺的笑容,她自然知道,那几个人,正是他暗中调动的棋子。

"什么手底下的爪牙,你说的这些,我可一句都听不懂。"

她第一次被拦在路上时,熏衣就知道,他们绝不是临时起意,随机挑选目标的街头团伙。这附近的便利店共有三家,听她说明自己的工作后,他们竟然连问都不问,就知道她所在的一定是眼镜男所在的那家店,然后叫她去与那人接班,去把钱取出来。

熏衣相信,他们让她去里面取钱,是超出那个男人计划范围之外的,他们一心想着发笔横财,才会做出这么多露出马脚的事情来。到了最后,一直沉默的第三人竟然直接道出她是东区人,很明显,在背后,一定是有人暗中指使他们的行动。

"我知道你要的是什么,那种东西,我给不了。"

"是吗?哪怕知道了我的手段,你也还想和我继续对着干吗?"

"那家店面,不是老伯留给你的。"

"那也轮不到你!"男人愤然拍案,咆哮了起来,"我是他的儿子,子承父业,到底哪里说不通了?!"

不再遮遮掩掩,男人露出了獠牙。用东区人对付东区人,他只是不想让自己的手沾满血污罢了。

"事情闹大了,对谁都不好。你以为警方会帮助你吗?在查明你是东区人后,他们要做的第一件事不是为你伸张正义,而是将没有入住许可证的你直接遣返回去。这点,你比谁都要清楚。被赶回那片土地,你手里的那点权利,又有什么意义呢?"

"想去报警的人,从来就不是我。至于被遣返回去后,我的权利还有什么用处,"熏衣嘴角上扬,"反正,没有我的许可,你是无论如何也动不了那家店面的。"

"我不明白,你守着这家店的目的到底是什么?是钱吗?这样吧,你开个价,如果合适的话……"

"不是钱的问题。"熏衣将他打断,"你没有资格继承这家店。"

男人沉默了。

当熏衣说完最后一个字的时候,他已经一言不发地走了过来。

在中心花园的门口,潮崎看着花拾走来,一言不发地将装有雕刻刀的透明盒递了过去。

身旁的喷泉在耳边响起轰鸣,花拾的指尖,紧紧扣在了盒子的边缘。

她蹙眉,低头。

"昨天你去哪里了?"

"我……去叫警卫了。"

"之后呢?为什么和我断了联系?"

女孩沉默了。

"不知你是否人察觉,有人和我说,你现在的处境很危险。如果你真的碰到了什么棘手的困难,我是想要保护你的。"

即使说到这种地步,女孩仍旧缄默不语。如此的态度,令潮崎失去了继续探究的立场。花拾对他,一定抱有着好感,她捧着他特意带来的工具盒,泛红的眼眸中,甚至浮现出一丝氤氲。可说到底,自己还是没有被完全信任。

"看来你是什么都不想说,"潮崎看着花拾,而花拾望向了自己的脚尖,于是,他叹了口气,"那就这样吧,如果没有其他的事要说,我就回去了。"

自始至终,都只是他一个人在编导台词,潮崎感到有些无奈。花拾找他到这里来,估计本是想要吐露心声的。但是看到她的这份扭扭捏捏,潮崎并不想继续逼问。

尴尬的气氛结束,直至最后,看着潮崎转身离去,花拾,还是什么都没有说。

来到曾经去过的商业街,潮崎的身边,如今并无他人陪伴。

黑白色的礼服隔着玻璃橱窗映入眼帘,潮崎记得,那天,熏衣确实是对着它面露兴奋后,又因为价格昂贵而遗憾地摇了摇头。

生日总归是要有些惊喜,潮崎走进商店,付款,将衣服带回公寓。直至走进楼道时,潮崎还设想着此时的家中,应该是一片热闹欢腾才对。

不过,就在钥匙旋转的那一刻,他发觉事情有些异常。

太静了,屋里静得仿佛一个人都不存在。

"熏衣?"

回应他的,只有浴室的淋浴声。

大抵是水声太大了吧。潮崎看了看表,已经到了中午,她的朋友还一个都没有来。

没太多想,潮崎打开电视,坐到了沙发上。

半个小时过去了……一个小时……一个半小时……

淋浴头还在开着,呆呆地看着最后一个广告结束,他走到了紧闭的门前。

"熏衣,你在里面吗?"

没有回应。

"是不是闷得不舒服了?"

时间太久了,他有些急切地叩了叩门。

"能听得见我说话吗?"

他又敲了敲玻璃。

不祥感如乌云卷上心头,他抓住了门把手。

转动,推门,走进。

浅红色的液体从浴缸汩汩流出,浸泡了地板,沾湿了他的脚面。

刀片摆在台边,熏衣呼吸几乎断绝,她的神情凝滞在痛苦的那一刻。

而那眉头,或许已经永远不可能再舒展开来。

刺耳的鸣笛声,急诊人员的交谈声,当潮峋的耳畔还在不断回响着如此的杂音,急诊室的大门在他眼前"砰"的一声关闭,于是他眼中所能看到的,便只有凹凸不平的青色地面,以及宛若缓慢爬行的蠕虫般,倒映其上的惨白灯光。

坐在医院的长椅上,潮峋十指交叉,支撑着落寞的头颅。

为什么?为什么要自杀,又为什么要选在生日这天动手?

完全没有思考这些问题的余力,潮峋的脑袋,此时只如幻灯机般放映着往昔的景象。

他没能守护好身边的人。

熏衣这个女孩,正是在他眼前燃尽了自己最后一点生命力的。

急救室的门被推开,戴着口罩的医生站在了他的面前。

缭绕的雾气遮挡了镜片,沉重的喘息掩盖了耳膜。

潮峋仰起头,望着他,一字一句地,听完了他所说的话:需要输血。

橡胶绳捆缚,酒精涂抹,棉棒消毒,针头插进静脉,血浆顺着导流管淌入血袋。

"这样,就可以了?"

"现在只是确保了血量的供给,老实说,伤者被送来的时间有些晚,伤者失血过多,什么时候醒来,还很难说。"

潮峋走出取血室,迈入电梯,在封闭空间里,他看到电梯中映出了自己的身形。

楼层的指针停在了不该停留的位置上,潮峋皱眉,待到电梯门打开,面前并没有出现等待的人影。幽绿色的灯光笼罩空空荡荡的走廊,前方的笔直走廊被黑暗埋葬,在他的印象中,这间医院似乎并不存在这样的地方。他心中顿时泛起恶寒,潮峋匆匆摁按钮,待到电梯重新运转的时候,他看到了身旁的教父,正一言不发地望着他。

"你……"

潮峋惊恐地睁大双眼,与教父对视,刚想说话,就被对方打断。

"你这没精打采的样子,是怎么了?"他问道,"对那个女孩,你是觉得心中有愧吗?"

仿若洞察一切的目光,挟裹着莫名的笑意投射过来,潮峋不由得移开视线,扫向了电梯上方指示楼层的数字。

电梯终于上升到了正确的楼层,随着电梯门打开,映入潮峋眼中的,却是一片宽阔的户外场地。

"其实并没有什么可自责的,"不知何时,身边的教父已经站在了一座石雕脚旁,厚重的圣经被合上,尘土飞扬,"虽然此前你的态度很恶劣,但错不在你。"

"你……是怎么做到的……"

潮峋手心冰凉,冷汗从额头淌下,颤抖着发出了质问。

从破碎穹顶上透射而下的阳光,脚旁湿润的草地以及整齐排放在眼前的唱诗班席位,潮峋知道,自己当下所处的,正是那座自己唯恐避之不及的破败教堂!

"你是怎么带我来到这里的?!"

"你这问题,还真是奇怪。唯一能够让你到这里来的原因,就是你自己心中的想法。现在却反过来问我是怎么回事吗?"

潮峋想要转身逃回电梯,却发现那间电梯厢已经不知所踪了。

没错……攥紧拳头,潮峋缓缓扭头瞪向了教父……自己,是被强行拉进这个地方了。

"你想要走的话,随时都可以离开。"教父指了指教堂的入口,"只是,我曾和你说过,我很乐于为他人指点迷津,如果你是抱着求助的心情前来,我就不妨给你一个建议好了。"

"别被无聊的负罪感拖累,你还有很重要的事等着去做吧?"教父说道,"那个算命师交代下来的任务,如果不及时完成的话,真的好吗?"

潮峋的表情僵住，对面的教父脸上，则陡然呈现戏谑。

"怎么？都到了这个份上，你还有什么可感到惊讶的？"几乎是模仿着潮峋脸上的困窘，教父惊诧道，"莫非你以为，你拜托那个江湖术士来调查我底细这种事，不会被察觉？"

平淡语气中道出惊悚现实，阳光刺目，潮峋伸手遮住双眼，发现对面的人五官朦胧，轮廓模糊，眯着眼睛继续打量，所看到的，只剩电梯镜面中的自己！

"你是谁？！"潮峋失声咆哮道，"你到底是谁？！"

"这个问题，从一开始你就不停地问我，结果到了现在，你还是没弄明白。如果你做这一切的目的，都是为了拯救自己的妹妹，我劝你还是早点和那个算命师断绝关系为好。"教父宛若天庭的判官，"之前我曾说过，如果你擅自行事，就会迎来凄惨的终局。若是你这么急于看到结局，我倒是一点都不介意让它尽早上演。"

当熏衣从病床上醒来时，第一时间看到的，既不是皲裂的天花板，也不是洁白如洗的墙壁，而是在床头边上堆满的葡萄，樱桃和桑葚。

一如既往的丰盛，且尽是些价格昂贵的补品，这番特地为她送来水果的心意，本应令熏衣心生感动才是。

然而，除了叹息，熏衣便只是扭过了头，再也未曾向那些色彩缤纷的鲜果看上一眼。

自她恢复意识以来，已经三天了。

熏衣知道带来这些慰问品的人是谁，而那个人，却从未在她面前出现过。

"吃一些吧，好歹都是有用的。"

温柔的护士早前如此叮嘱，而熏衣的回答，只有一句。

"请你告诉那个每天托你把水果带进来的男生，除非他亲自到这里来，否则，这些东西，我是一口都不会碰的。"

如此强硬的态度，并没有换来潮峋的现身。直至她擅自拔掉输液管下床走动，院方被惊吓得立刻采取行动，熏衣的目的，才终于得以实现。

此刻，潮峋站在她的面前，却始终不与她对视。

"为什么不看着我？"熏衣笑了，"刀子割开的只是我的手腕，又不是我的面颊。"

病房里只有他们两人，空气黏稠，人在这里甚至连呼吸都变得有些吃力。

"我想知道你为什么会自杀。"潮屿开了口，"在浴室里割腕，把伤口泡在温水里……"抿着嘴唇，他垂下目光，"医生说，哪怕再晚一时片刻，就有可能回天乏术。"

"没错，潮屿哥你又救了我一命，在我完全不知情的状态下，将我又拖回了这个世界。"熏衣扭过头，望向了窗外，"你想知道原因？如果我说，真的是因为那天晚上的争执，你会怎么办呢？"

潮屿不语。

"放心好了，我不是那种小人。以自己的可怜去求得别人的同情，这么做，连我自己都觉得恶心。"

知道熏衣意指何人，潮屿不禁皱起了眉头。

"护士姐姐和我说，将我送到医院后，你为我输了血。之后在我危险期的一天一夜里，你还一直守在我的身边？"

看到对方仍旧沉默以对，熏衣叹了口气。

"我不知道她的这番话只是安慰，还是确有其事。不过，从我睁眼起就未曾看到你的出现，难道是在确认我性命无虞后，就急着去忙更重要的事情了吗？比起那个活蹦乱跳生活在这个世上的花拾，卧在病床上的我，就不值得你再多花一点时间来照看吗？！对潮屿哥来说，我究竟意味着什么呢？"

终归，她还是说出了这句话。

而她自知无法从中得到丝毫真切的回应。

"明天，我就要出院了。如果你还有事要忙，就不用过来接我了。"

女孩想到了向机构求助。

当工作人员如约而至敲开门的时候，父亲脸上的表情闪过一丝惊诧。

"你真的想好了吗？"

"想好了。"被提问的女孩，没有理由犹疑。

"我可不这么认为。"男人笑,"报警取证,申请保护,法庭诉讼,在他们问你我是否虐待过你的时候,你只要点点头,剩下的他们便都会帮你去做,一旦交由他们处理,我的前途算是彻底葬送,再无光明可言了。"说到这里,他叹了口气,"不得不说,你算是找对了人。但是,不知你想过没有,如果我遭遇不测的话,妈妈会怎么样呢?"

在这些年中饱受失去女儿的痛苦,妈妈现在的精神已经失常,如果此时再失去了父亲的收入,这个家一定会分崩离析。

关于这点,女孩并非不知道。可是在她眼中,父亲的恫吓,简直漏洞百出。对家中的经济情况,她已经有所了解。妈妈拥有社保账户并且享有公司的事故补偿金,就算没有父亲的帮助,也足够她生活很长一段时间。

"所以呢?"当她亮出自己最后一张底牌时,那个男人这么说道。

所以……呢?不祥的预感,动摇了女孩必胜的决心。

"被保险人如今患有重症,已经彻底失去了生活行为能力。只要开具一个这样的证明,里面的资金是可以悉数提前变现的。当然,是真是假并不重要,只要给足钱,医生都喜欢给病人开具更加严重的病情证明。"

"你……哪里来的钱?"

家中几乎一贫如洗,想要贿赂医生做这种违法勾当,对男人来说,这笔钱根本就是天文数字。

"你可真是不懂得变通啊,"男人脸上的表情相当自如,"他先开出假证明,我再将你妈妈的社保账户掏空,按照许诺分给他一杯羹不就好了?人与人之间想要合作,总是需要相互信任的嘛。"

在自己的人生中,女孩曾经历了不止一次的绝望。

她与眼前这个男人在心智水平上完全不是一个级别的事实,终于在交锋过后得以印证。

于是,在女孩的眼前,父亲向前来造访的工作人员微笑道别,然后两人一同回到了饭桌前。

"刚才来的是谁?"妈妈问道,"发生什么了?"

"没什么,鸡毛蒜皮的小事。"

"是这样啊……"听到他这么说,妈妈一点都不怀疑地就挑起了别的话题,"对了,老公,今早我给花拾画了眼影,竟然意外的好看呢,那孩子现在高兴的不得了呢。"

——我什么时候画过眼影了?我不是刚从自己的卧室出来和妈妈打过招呼吗?

如果是以前,当听到妈妈说这些话时,女孩还会勉强这么回应。可到了现在,听到妈妈开口,她已不再说话,现在她在桌上,只有当吃东西时才张开嘴巴。

妈妈自言自语的频率越来越高,她说话的对象,永远都是对面那个一直微笑的男人,就算花拾在她说话的时候插嘴,她也从来,都没有往花拾那看过一眼。

如那个男人所说,妈妈的病情,加重了。

走出病房,自己办理了所有的离院手续,当熏衣已经准备自己回去的时候,在门口,她看到了潮峋。

明明这种时候,只要不来就好了……只要不来,自己,就能下定决心了……可是,既然来了……

想要紧绷的嘴角不自觉地露出了笑意,熏衣挪开视线,感到自己的眼睛有些湿润。

在潮峋的搀扶下,身体还有些虚弱的她一步一步地迈上了回家的阶梯,直至进屋时,她看到了挂在墙上的横幅。

欢迎回来。

手写的字迹算不上漂亮,横幅边上有的图钉也不见了踪影,横幅其中一侧,也就跟着有气无力地耷拉到了地上。

"哎?不应该是这样的。"

潮峋面露窘色,快步走过去,四下搜寻着图钉。

当他仔细将条幅复位时,她的手环抱住了他的腰,她的头倚靠上了他的背。

横幅下面,摆放着黑白相间的礼服。

她记得,那是她与潮峋逛街时,从心底里喜欢的礼服。

"谢谢你,潮峋哥……"

在她逃亡的时候收留她也好,在她轻生后及时将她送到医院也好,现在精心为回到家的她所做的准备也好,女孩的这份感恩之情,根本就不需要特别的理由。

潮峋伸手回握着熏衣纤细的手掌,刚想说些什么,熏衣将食指抵在了他的嘴唇上,做出了噤声的手势。

"哪怕潮峋哥真的做错了什么,"像是没有办法似的,熏衣苦笑了起来,"我也是不会往心里去的。"

"过些日子,请花拾到这里来吧。"笑意褪去,如今,说出这句话的女孩脸上,只有释然,"有些话,我要和她说。"

"熏衣她……真的想让我过去吗?"

花拾迟疑着,望向了潮峋。

"应该是想要和你和好吧?之前因为一些误会而对你心生敌意,估计现在是终于想明白了。"

潮峋一边做出如此解释,一边蹲下了身。

两人曾经在雪场中堆砌的雪人,如今已经散碎一地。

"这个肯定是不行了。"望着白色残渣,潮峋说道,"熏衣那边还没来消息,不如趁这段时间,我们再重新做一个好了。"

"嗯……"她沉吟着,从口袋里摸出了雕刻刀。不料刀尖锋利,花拾又有些心不在焉,手指伸进去的时候,一不小心,指尖便被划出了伤口,血珠顿时便从伤口渗了出来。

"啊!"

"你把这个放口袋里?"

潮峋一把抓住了花拾的手,而花拾像是犯错的小孩般,缩了缩肩。

"以后记得带工具盒,雕刻刀这种东西非常锋利,很容易就会见血。"

他接过雕刻刀，仔细打量起了刀柄。

"贴纸。"

粉红色的贴纸上，印有卡通图案。虽然只有一张，却是花拾仔细挑选出来的精品。

潮峋目露困惑，完全不知道花拾这么做的意义何在，他将刀子放在一旁，然后抓起了花拾的手，在伤口上裹了一个创可贴。

像创可贴这样的东西，潮峋平常都会随身携带，可是花拾却怔住了。

"学长，你实在是个很温柔的人呢。"她垂下目光，说道。

从在图书馆借书起，从在音乐厅观看演奏起，从被鼓励着打雪仗起，其实花拾对他的温柔早就有所了解。伸手摩挲着创可贴的表面，原本还有些僵硬的面庞，总算露出了些许温和的笑容。

就在这时，潮峋的手机接到了短信。

"走吧，"潮峋站起身，"熏衣，已经全都准备好了。"

两人来到屋前，门开着，里面却没人。

"熏衣不在吗？"

花拾的双手紧了紧，又稍微欠了欠身，才拘谨地走了进来。

"可能是还在忙吧，应该是在屋里，一会儿就能出来。"

复杂的表情一闪而过，花拾点了下头。

"这里就是学长的房间？"

走进偏单，看到眼前的景色，老实说，她有些意外。

床铺平整，地板洁净。

很少有男生会把自己的住处打扫得如此窗明几净。

斧凿的痕迹很明显，但真正令人感到奇怪的，却是床上摆放的物件。

"学长你……莫非喜欢布娃娃吗？"

"也不算是……临走前，我的妹妹无论如何都想让我带上它。一开始熏衣看到时，还以为我哪里出了问题。"

"妹妹是想要寄托自己的感情吧，如果我也有个哥哥，说不定也会通过这种方式撒娇呢。"

花拾笑着靠近一步，刚想伸手去碰，脸上却赫然变色，指尖像是触到了火焰般缩了回去。

"怎么了？"

"学长……"她的手指颤抖着，"这个布偶的头和脖子那里，是不是重新缝合在一起的？"

"啊……不好意思……吓到你了吧？"潮峋苦笑着摸了摸脑袋，"我妹妹的那些布偶啊，或多或少都经历了些改造，身体上的零件拆来拆去，时间长了，很多布偶就变得有些古怪了。"

花拾的心情突然低落了下来，不说话了。

没错，这样的布偶，让人看到后心里确实感到很不舒服。

就算是再怎么笨手笨脚，也总不会把布偶的头拧下来吧？

不想在床边久留，花拾索性走出了房间。

"能带我去大厅看看吗？"

话未说完，走进大厅的花拾，已经僵在了那里。

欢迎回来。

白色绸布上，朱红的颜料如同流淌的鲜血般镌刻着字迹。

而就在它的正下方，巨幅画卷则盘踞了半面墙。

楼台高耸，赤焰吞吐，黑色的建筑被烈火包围，烤焦的尸体堆积成山。

一幅即兴涂鸦的画作，却很像一场灾难的写实。

似乎未曾预料画中的场景，潮峋止步，皱眉。

"花拾，你来了？"身后，有人说话。

两人回头，只见熏衣笑吟吟地站在了玄关处。

"欢迎回来。"

说着白色绸布上的字，像是重返温柔乡的轻声关照，她细语问候。

拆穿了，自己是东区人的身份，被拆穿了。

画面上的黑色建筑,正是自己绝不会认错的东区孤儿院。

女孩从未想过,同班的熏衣,竟然会知道自己曾经流落的地方。

她是怎么知道的?为什么对她一点印象都没有?

努力思索着过往,她突然想起,曾经,确实是有这么一个女孩因为妈妈死于哮喘而被带入了孤儿院。可是那个女孩在那里停留的时间并不长,院方对孤儿的逃跑不会加以干涉,因为他们拥有这份自信——东区的这些孤儿,绝对无法凭一己之力在这座城市里活下去。

女孩停下了脚步。

原来,她成功了啊……

她已经记不起来自己是怎样狼狈地从潮峋的住处逃出来的了。路途还有很长,一想到回家还会面对那个可怕的父亲,女孩就想断掉回去的念头。

当女孩迈着沉重的步伐终于回到家中时,坐在沙发上的父亲没有一如既往地将视线埋在报纸里,今晚,他似乎是在专门等着她回来。

心中预感不祥,女孩的视线跳向一旁,这才发现,一个硕大的蛋糕放在了餐桌之上。

"从来没有过过这么盛大的生日吧?"爸爸走到女孩的身后,双手放在她的肩上,将她推到了蛋糕前,"我可是想给你留下一个印象深刻的生日呢。"

"你在说什么?"她转身,挣脱了父亲的掌控,"今天,根本不是我的生日。"

"哦,对对,你们之间确实是差了几天……"

"别开玩笑了……"女孩颤抖着,将父亲的话打断,"姐姐的生日,也根本不是这一天吧?!"

父亲,沉默了。

"是什么时候开始的?"女孩的眼神中喷射着怒火,"到底是从什么时候开始,你变成这个样子的?!"

就算会这么问,女孩自己心里,其实已经找到答案了。

作为将这座城市分裂成东区与西区的原罪,当时的暴乱事件,给这里的所有人都带来了深重的灾难。疯狂的人群互相踩踏,没有东区人与西区人之分,同样的求生欲望,几乎呈现了所有的恐慌与凄惨。

当时父母已经被人潮冲得不知去向，唯一还紧紧拉住自己手掌的，就只有和自己同样弱小的姐姐。

一只手抱着灯杆，而另一只手则承担起了妹妹的全部重量。姐姐这份为了亲情的坚持，被淹没在黑压压的浪潮中，显得如此微不足道。

她们知道，手迟早都会松开，现在的坚持，根本没有意义。可是做出这种看似愚蠢的举动，背后所隐含着的是亲情的承诺。时间到了，气力尽了，姐妹两人纤细身体所能承受的，也终究走向了极限。

紧紧勾在一起的手掌彼此脱离，伴随着姐姐的嘶喊，妹妹被卷入人潮，转瞬便消失不见。哭喊着的姐姐，在暴乱事件过后，曾拼了命地在尸横遍野的街道中寻找，但妹妹，再也未曾出现在她的眼前。

姐姐从未放弃，甚至比父母还要努力地寻找妹妹，在搜索着妹妹踪迹的同时，姐姐也决定，要将这件事，永远地在自己心中封存。哪怕将来会遇到那个心中向往的人，会遇到那个可以将自身丑陋全部都说出来的人，唯独这件事，绝对不能够说出口。

"你的姐姐认为，你没能得救，是她的错。从很小的时候起，你们两人之间的关系就比任何人都要好，所以，当事情来临的时候，她觉得自己根本没有将你保护好。这无能为力的痛楚，再加上对你的搜救工作进行得并不顺利，曾令她消沉了很长时间。本来已经失去了一个女儿，如今另一个女儿也郁郁寡欢，你们的妈妈，一直以来过的都是以泪洗面的日子。不过看到你们沉浸在痛苦当中不能自拔，我的心里，却感到了无与伦比的快乐。"

"快乐？"对他所说的话感到难以置信，女孩睁大了眼睛，"你说快乐？！"

男人瞥了她一眼，并没有辩驳的意思。

"没错，是快乐。既然你们不是我的女儿，痛苦什么的，就和我一点关系都没有。"

什……么？

男人说得如此云淡风轻。

但对女孩来说，这样的事实，却是足以颠覆人生的晴天霹雳。

"你们的妈妈，实在是个水性杨花的贱人。在我面前表现得百依百顺，背地里却不知躺在哪个陌生男人的床上,嘲笑我的无知。她自以为生下来的孽种不会被我察觉,事实上,如果不是因为那个原因,我可能就被她欺骗了。"男人坐在了桌边,撑起了自己的头颅,"我,是患有不育症的。"

女孩说不出话来了。倘若眼前这个男人所说的都是真的,那么,女孩自从新踏入这个家门起,不,应该说,自从降生在这个世上起,就已注定了悲惨的结局。

"所以,当你们的妈妈兴高采烈地告诉我她怀上孩子时,我的第一想法,是想要剖开她的肚子,看看里面的那团肉块,究竟是从哪里偷来的种子。"男人顿了顿,随后说道,"当然,我没这么做,于是后来,她就又怀上了你。"

"我和姐姐……"女孩颤声说,"都是……"

"别人的。"男人接着说道,"是的。我的两个女儿,没有一个流淌着我的血液,我却还要承担抚养你们的义务,你说,天底下,怎么会有这样的道理呢?睡在她的旁边,没有一个晚上我不想着将她扼死,将你们这两个小杂种杀掉。那场来得正是时候的暴乱,省了我自己动手的麻烦。"

"可是你姐姐却活了下来。甚至在遇到了那个叫洛光的男生之后,开始变得更好。那个男生真是多余,看着你姐姐的笑容一天比一天变多,我心中的恨意,跟着与日俱增。连自己父亲都不知道是谁的孽种,哪里有资格去感受快乐呢?!"

"你……难道……"女孩的喉咙已经嘶哑。

"为了让她明白自己只能在痛苦中度过余生,我有必要对她进行重新教育。"

"你是禽兽吗?!"积蓄已久的情绪终于爆发,因愤怒而面红耳赤的女孩嘶喊道,"姐姐那时好不容易才恢复过来,你对她施暴,还能算作是人吗?!"

"这种事,你还是去问你的姐姐比较好。"男人挖了挖耳朵,"当时你的姐姐,反应还没有现在的你大。"

"为什么……"女孩眼中噙着泪水,盯着他,"为什么姐姐她……"

"如果把事情闹大的话,首先就要做好要将自己是野种这一事实公之于世的准备,在这点上,她比你要聪明,比你要看得明白,于是才选择了屈从。因为羞耻,她也不可能再和洛光待在一起了。你的姐姐其实是个心理洁癖相当严重的人,就算对方能够接受,她自己,恐怕也会永远无法接纳自己吧。"说到这里,男人叹了口气,"事情本该沿着这样的脉络发展,两人就此疏远,大家都会相安无事。可惜，那个男孩被拒绝后却始终阴魂不散，大概是这份穷追不舍的执念让你的姐姐有所触动，我注意到她的反抗意识又有些蠢蠢欲动了。那男孩是个威胁，我突然意识到，如果他能够对你的姐姐痴狂到这种程度，那么，就算她要求他陪她一起离开这座城市，他也有可能会答应。

"这样的想法，很快就得到了对方母亲的印证。那天，男孩的母亲给我打了电话，和我说明了这些情况。我们是站在统一战线上的，都明白事情已经相当危急，再不采取行动，怕是要来不及了。"将一根香烟点燃，男人开始玩弄着手中的打火机，"我的本意，是打算将你的姐姐永远囚禁起来。不过男孩的妈妈提出了更恶毒的建议。'孩子的叛逆心有时远比我们想得要强大，别低估了他们的能力'，这么说着的她，是想要让自己的儿子，彻底感到绝望。

"因为被折磨的时间远比你长得多，你姐姐身体上的那些伤痕，是常人无法想到的触目惊心。按照洛光母亲的意思，我把那些伤痕拍成了照片寄了过去，当然，这些事情也不是白做的，作为回报，她汇给了我一大笔钱。我相信，看到这些的男孩，心里一定会无法接受。说到底，他也不过是个乳臭未干的小孩而已，对他而言十分重要的那个女孩，如果背上了野种的罪名，身体又早就已经残破不堪，那么，就连继续与她相处下去的勇气，都不复存在。"

"所以姐姐的死，和那个叫作洛光的男生，根本就没有关系？"

"哎，可别随便就质疑我和你说过的话啊。"用指头夹下了烟卷，男人悠然自得地吐了一个烟圈，"你姐姐那天在列车的轨道上自杀，确实出乎我的意料，表面上看，也不是那个男孩造成的。不过，如果那个男孩足够坚强，没产生一点动摇，你那个敏感脆弱的姐姐，也不会这么急着结束自己的生命吧？"

谎言。一切，都是谎言。

如果所谓的真相，就是如今这个男人口中吐出的残酷，那么，自己假冒姐姐的名讳，以及迄今为止所做出的一切努力，究竟，又是为了什么呢?!

男人知道花拾有写日记的习惯，知道出了状况后，马上想到要消除罪证。可是他在花拾的房间里搜遍了每个角落，都没能发现她的日记本，这才想到，那次她出去，大概是已经把那本日记交给那个男生了。

完了。男人如此想着。如果自己所做的事情被公之于众，自己肯定免不了牢狱之灾。但手握日记的男孩,最终却什么都没有做。男人如履薄冰的日子没有持续太长,女儿的死亡最终被当作动机不明的自杀结案,男人从来都没有考量过自己犯下罪恶,也从未想过去认真反思男孩罢手的原因。

女儿的丧生,终于造成了妻子的精神失常,男人借此取出的保险费,很快也挥霍一空。当时家里已经负债累累,正巧听朋友说,如果是贫困家庭还有小孩需要抚养,就可以向政府领取补助。此时,他才终于想起,自己还有一个失踪多年的女儿。

因为在暴乱结束后就没打算认真寻找,现在,男人也只是抱着碰一碰运气的想法才去了趟东区的孤儿院。

两人的重逢,对她而言,究竟是福是祸呢?

伸出的援手,其实是恶魔的利爪,命运并没有真的想要给她指出一条活路。所谓的逃离苦海,也只不过是和她开的玩笑罢了。

女孩从桌子上猛然跳开,早有预料的男人立刻守住了门口,她只得疯狂地朝屋里跑去。

脚步声不紧不慢地跟在身后,她不敢回头。

"妈妈!妈妈!"

明知无济于事,女孩却依旧做着徒劳的努力。她拍打着房门,屋里竟然传来了气若柔丝的应答:"花拾,你怎么了……?"

"爸爸他……"

女孩一把推开房门,眼前的景象,却无情地砍断了最后一根支持她站立的神经。

"是伤到哪里了吗?"妈妈焦急的声音传到了耳畔。

乌黑的发丝垂到腰际,身穿雪白色睡衣的妈妈就坐在梳妆柜镜子前,一脸关切之情。

"爸爸他对你做了什么?"

"妈妈……"

"不要怕,有妈妈在……"

她用脸颊温柔地蹭向了手中那个布娃娃的面庞,抱紧了所谓的女儿。

女孩之前还以为妈妈只是在对空气说话,现在看来,她的确是幼稚到家了。

倚着门框,她滑坐在地,与此同时,厚重的压迫感,压在了她的肩上。

"老公,你欺负花拾了?"看到那个男人出现,妈妈总算把视线移了过来。

"啊,是我太粗心了,因为是花拾的生日所以想让她自己点蜡烛,结果她被烫到了。"

他挠了挠头,苦笑着道歉。

"要小心一点才行啊,咱们就只有花拾这一个女儿不是吗?在生日这天如果不注意的话,可是要招来坏运气的。"

接着,她的目光向下垂了垂。

几个月来,母亲第一次,与现实中的女儿对视。

"你,是谁?"

潮峋面若寒霜,坐在桌边,与身侧细嚼慢咽,旁若无人的熏衣,宛若身处两个世界。

对于那张涂鸦,潮峋并不明白其中的深意,可他却能感受到里面渗透出来的恶意。

"那幅画是怎么回事?花拾来的时候,为什么要把那种东西挂在墙上?"

"我想要画什么,都是我的自由吧?"

听起来似乎无法反驳的话语,正是这个女孩不知悔改的真实写照。

"怎么改确实是你的自由,但这和随意伤害别人是两回事!"潮峋拍案,熏衣的眼中闪过阴沉,"已经三天了,花拾既没来上课,也联系不上,我问你,那天她情绪失常,在那幅画里她究竟看到了什么?!"

"所以,"熏衣头也不抬地说道,"她情绪失常也好,上课缺席也好,都是我的错了?"

"你和花拾明明是好朋友,也要做得这么绝?"

"潮峋哥你说的话,还真是奇怪。明明你还不知道是怎么回事,就单方面地认为是我做了什么错事?还是说,只要沾上花拾,根本就不用去思考对错?"

"我已经问你发生些什么了。"

"你这种兴师问罪的态度,摆明就认定是我的问题了吧?不好意思,看到你这么武断,我实在是没有心情说太多。"熏衣冷笑,"我住院的事,她知道吗?"

突然被问这么一句话,潮峋不由得怔了怔。

"看来是知道。"她笑,"明明知道,却一次问候都没有。看到我大难不死,活蹦乱跳地出现在她面前,我从她眼睛中看到的,是惊恐。"

"花拾的音乐会,马上就要到了。"熏衣继续说道,"潮峋哥你既然这么顾念她,就去那里碰碰运气吧。如今,在你眼里谁是恶人,谁是无辜的受害者,我也看明白了。既然如此,还要披着友情的外衣勉强自己去做什么,实在没有意义。"说着,她当着潮峋面前,将自己那张音乐会的入场券撕碎,扔进了垃圾桶,"夺走我的当下,毁灭我的未来。我究竟是要卑微到何种地步,才会去与这种人重归于好?会相信这种蠢话的人,就只有潮峋哥你自己而已。"

手里攥着已经起皱的门票,站在音乐厅的门口,潮峋眼前,是雄伟的穹顶。

不知过了多长时间,也不知演奏的曲目都是什么,潮峋走进座位席,便头也不抬地看着手中的节目单,只是单纯地数着演出编号。

灯光熄灭,喧哗止歇。

不需要主持人报幕,观众手中的出场单上清清楚楚地写明,下半场的第一首曲目,将由年纪轻轻的新晋琴手演奏。

穿着长袖礼服上场,在热烈的气氛中,她仍然像是要拼命保护自己的壳似的,将身体包裹得严严实实。

掌声雷鸣,舞台探照灯聚焦,女孩没有笑容,坐在了白色钢琴前。

开始了。

一切平稳,正常,琴音涓涓如流水。

尽管失去了当时的灵动,起码没有瑕疵。

只要没有失误,如此流畅的演绎,足以为她在复赛谋得一席之地。

就在现场的观众都这么想的时候,第一个错音,突现于乐曲中段。

大多数观众没有听出来,但有一些人,包括他,皱起了眉头。

第二个错音接踵而至。

这次多数人的耳朵都不会错过,因为过于明显,许多观众的脸上甚至浮现出了错愕。

像是不属于她的某种音色蹦了出来,女孩在努力调整,大家都看得出来。

可是第三个错音,很快便如约而至。

观众终于无心观赏,席间甚至已经产生了不小的骚动。大家都没能明白女孩到底是怎么了,听到第四个错音的降临,潮岣闭上了眼睛。

女孩弹不下去了。

观众也无法再继续忍受下去了。

当她弃琴而去的那一刻,倒彩与嘘声如潮水般涌上舞台。

如果只是表现失常还好,连演奏都无法继续下去,弃观众和评委于不顾,是不可原谅的行为。

没人注意到她离去时洒下的泪水,她礼服被浸湿,掩面躲进了后台。

被女孩败了兴致,许多人不快地抱怨了起来。而潮岣不敢耽搁,穿过混乱,他匆忙奔向了门口,闯到外面的场地。

跑向后面的候场区,就只有这一条道路,就在这时,一个身影挡在了潮岣面前。

"就在那里停下吧。"洛光说道,"别动了。"

潮岣的目光,冷了下来。

"滚开。"

心中的紧迫,反映在态度上,就转变成了行动上的果决。潮岣说的不是请求,而是直截了当的命令。

"我劝你还是冷静一点为好,对彼此都有好处,"面对相似的气场,相似的怒意,洛光反而笑了出来,"活在理想乡的骑士,若是浪漫过了头,一头撞向风车然后骨断筋折,也是有可能的。"

当下,不再多说的潮岣,径直走向了洛光。

已经无处可逃。

花拾看着镜中的自己,感到有些错愕。

146

自己双眼失神，面容憔悴，和行尸走肉没有什么分别。

羞辱也好，痛楚也罢，将这些全都尝遍的她，无论如何，今天，都要拖着这副皮囊去上课。简单洗漱过后，套上校服，她走向了学校。

早到的同学们还在自习，看到她进来，班中的气氛诡异。

日光苍冷，暖阳退避云端。

空气的流动，有些不太对劲。

潮湿，黏稠，怎么说呢，一走进来，她感觉就像是被某种糨糊粘住了，如同落入蛛网中的蚊蝇。

走向自己的座位，女孩小心翼翼地确认着身边氛围的诡异。

突然间，花拾感到颈后闪过一丝刺痛。她匆匆回头，毒虫般的目光已经消失不见，除了埋头看书的同学，她什么都没有看到。

她坐到了自己的座位上，悄悄地把书包放好，尽量不出声响地把文具课本摆到桌前，直至一切准备就绪，她赫然抬头，才终于发现所有人的眼睛，已经齐刷刷地瞪向了她。

透过玻璃，遥望着窗外阴冷天空的熏衣，从床上坐了起来。

漫步到客厅，她从桌上拿起了盛满纸星星的玻璃瓶。

在很早的时候，早到她还将花拾当作朋友的时候，她曾对花拾说，自己也希望像其他女孩子一样，能够拥有一个装满美好记忆的储物罐。然而，直到两人关系恶化，花拾才想起这事。如今这些沾着银屑的小星星，在熏衣眼中，已不过是惹人生厌的纸团而已。

——不好意思，因为夺走了对你而言非常宝贵的人，所以，就送给你这些当作是补偿吧。

友情，善意，这些东西熏衣是一点都没有看到，她所能知道的，就只有花拾所要表达的这层含义。

于是熏衣转身回到屋中，解锁，从抽屉中取出了等大的三个瓶子。

瓶身外侧污迹斑斑，似乎已经经历了相当长的年头。拧开盖子，就看到里面的昆虫堆积如山，汁液连同生命一同干枯，只剩下了空空如也的外壳。无数的细脚朝向瓶口,宛如等待救赎的苦难人海,迎接着救世主的降临。

熏衣将瓶口朝下,用力倾倒。

小提琴的协奏曲,从CD机中响起。

纷繁的纸星星,如雨点般坠落到地上,如珍珠般弹向四处,稍时,又如弃婴般一动不动。

最后,花拾送给她的生日礼物,变成了一个空荡荡的容器而已。

旋律逐渐清晰,她突然觉得有些熟悉。

拾起碟片的包装,熏衣恍然大悟。

原来,是《冬》啊……

自己是如此熟悉这首曲目,怎么会忘记呢?

身处东区孤儿院的人,即便重返西区,也会永久地被贴上东区人的标签。将花拾的经历上传到备案区上,今天她所迎来的,一定会是意想不到的惊喜。

深灰弥漫,寒流侵袭,套在宽大睡衣里的熏衣缩了缩身子,抱紧了双肩。

属于他们的季节,终于,来到了。

奔跑,用尽全身力气地奔跑。

刚才冲出去的时候,不知道被什么东西砸到头部,现在还头晕目眩,花拾伸手去摸,指尖便碰到了血液。

二楼,三楼,交叉走廊,四楼……

伴随着高速的移动,眼前的视野无论切换到何处,却总会有人守在前方。

下行道路早已被堵死,她只得继续往上跑。

教学楼与图书馆彼此连通,如果速度够快,她仍然有可能从其他出口逃走。

灰色的阶梯通往求生之路,东绕西绕,好不容易甩掉了后面的追兵,就在她踏上四楼地面的那一刻,脚踝却不争气地失去力气,花拾猛然跪倒在地。

追逐声从走廊上方传来,她匆匆忙忙起身,却再度跌倒。

不是失去力气,而是致命的扭伤。在关键时刻,她却丧失了关键的行动力。

自己会死,会在被残暴的蹂躏过后,痛苦地迎接死亡。

没有侥幸的余地,没有求饶的可能。这里已经发生了十五起东区人的命案,作为刽子手,他们对此早已轻车熟路。

咬着牙,撑着墙面,她一瘸一拐地向前走去。脑子里,唯有一个念头:我不想死……

追逐声更近了。

潮峋,救我……

脆弱的身体承受不住剧烈地奔跑,她向前倒去,情急之下想拽住眼前的门把手,不料一把将它拉下,门应声而开。

失去平衡的花拾摔在地上,恍若与外界隔离,白色安详的屋内,古老的唱片转个不停。

目光透过花镜的边缘,一位白发苍苍的老人,与她四目相对。

咚咚咚!

粗鲁的敲门声。

老人打开了门,一群人堵在了外面。

"我们在找一个女生,有人来过吗?"

将球棒立在地上,站在门口的男生嘴上边这么说,眼睛边不住往里瞧。

"我没看见过。"

"我希望您能明白,她是东区人,"男生收回视线,盯住了对方,"就算是教师,您也不能包庇他们。"

"我不知道你在说什么。"

"我们能不能进去看看?"

未等回答,男生便伸手将她推开,几个人跟着闯了进来。

房间很小,没有窗户,也没有隐蔽的地方。

带头男生打量着储物柜,来回绕了一圈。

"能不能请您把它打开?"

教师的神情有几分动摇,但没有采取任何动作。

"您该不会不知道吧?现在我们的这一系列行为,都受到了法律的保护与支持。如果班里混进了非法入境的东区人,我们的生命就有可能受到威胁,我们拥有正当防卫的权利以及抓捕嫌疑人的义务。"

不再多说什么,教师递出了钥匙。

为首的男生一把夺了过来,打开了储物柜,里面只有几件散乱的杂物,几个人围着它来回敲了敲,也确认了没有夹层。

带头男生嘴唇紧闭,下颌动了动,像是在打磨臼齿,毛骨悚然的声音从两腮里透了出来。可除此以外,他什么都没做,也什么都不能做。瞥了一眼教师,他将棍子收起。

"走吧。"

几个人听从命令,纷纷走了出去。

"等等。"

就在要出去时,他突然停住。

"这梯子,是干什么用的?"

教师面色骤变,带头男生并没有漏过。他立刻对周围的人下达了命令。

"你们踩这梯子,看看天花板是不是松的。"

旁边的男生立刻照做。

连续推了几块,累得他们大汗淋漓,却始终未能推开。

"上面放了什么?"

"书。"

"咱们还是走吧,我看不太可能。"最后一个男生从梯子上爬了下来,"这上面的天花板,我们都推不动,她更不可能走这条路。"

为首的男生点了点头,又瞄了瞄四处的天花板,终于将门摔上,一走了之。

看到人已走光,教师一边整理着被翻过的物品,一边重新将储物柜上了锁。

啪!

猛然间,门被再度推开,为首的男生走了进来。

"您在干什么?"

"我在收拾你们弄乱的东西。"

他目光阴鸷,笑了笑,与教师对视了几秒,随后,再度转身离开。

这份敏锐,哪怕辅以少许的逻辑,情况都会截然不同——倘若房间里所有的天花板真的都推不开,那么,梯子究竟是用来做什么的呢?

门才刚刚又被合上,最靠近角落的那张天花板,就露出了不易察觉的颤动。

用冷水浸湿毛巾,平躺下来的潮峋再次将它覆上了身上的瘀伤。

一个晚上过去了,浑身的剧痛仍不见好转。

那场钢琴比赛是他唯一的机会,却被洛光彻彻底底地毁掉了。

算命师和他说到了最后一切都会水落石出,但并没和他讲明,所谓的真相,究竟由花拾亲口所说,还是由自己亲自探索得来的。

潮峋能够感到,错过了那场钢琴比赛,自己与花拾的距离,已经变得愈加遥远了。

想到这里,难以名状的不安便涌上心头。

他辗转反侧,就在他焦躁地从床上坐起时,枕边的手机,突然响了起来。

计划,没能成功。

上网浏览过了备案区的猎杀记录,看到预期中的名字没能出现,熏衣的心,一下子就沉入了谷底。

到底是哪里出了差错?

倘若集结全班的力量,都无法围住一个虚弱的小女生,那么以猎杀东区人而闻世的这所学校,也只是浪得虚名罢了。

这下可糟了,熏衣心想。

如果花拾真的侥幸逃生,接下来,就麻烦了。

她会去找潮峋哥吗?然后把所有的事情都说出来?

形势一下子陷入被动,她显得有些不知所措。

"老实说,在那次事情过后你还能活下来,我很惊讶。"老伯的儿子坐在她的对面,将熏衣的意识拉了回来,"不过,我更没想到的是,今天你会主动来找我,和我谈签署协议的事。"

"就算我不来找你,你也会来找我的吧?"熏衣说道,"在得知我没死之后。"

男人扬起眉毛,头一次,他对熏衣的敏锐感到了赞赏。那天将熏衣击晕后,他就已经动了杀意。虽然入室杀死一个东区人并不是什么大不了的事,考虑到与她同住的还有一个男生,并不想招惹无谓的麻烦,男人才伪造出了熏衣自杀的假象。既然今天熏衣主动过来找他签约,以后这种费力气的事,也就不需要再做了。

"我还是很好奇,"男人一边将文件递过去,一边说,"究竟是什么原因才促使你改变主意的?"

想要用心守护的东西,如果从一开始就不属于自己,那么到了最后,无论何等努力,也不得不面临失守的结局。

刚刚切身体会这一法则的熏衣,正在强迫着自己一步步将这法则应用到自己的生活中去。

面对那个男人,她什么都没有说。将字签好,熏衣把文件递了回去。

"我希望从此以后,我们之间都不会再有任何瓜葛。"

"好的,"男人心满意足地接过文件,"如你所愿。"

两人从公证处走出,男人伸出了手。

"那么,就这样吧。"他说道。

没想到他还会做出这样善意的举动,熏衣茫然地回握了过去。

"以后,我们都不会再见面了。"

随着男人这句话的出口,熏衣身后,一个麻袋迅速套上了她的脑袋。

Feux Follets,是李斯特的 12 首超技练习曲之一。

这首被拉赫玛尼诺夫誉为"世上最难"、在钢琴家鬼才辈出的年代却鲜有演奏者敢于挑战的练习曲,如今,在一个年纪轻轻的女孩手中展开华舞。

刁钻而急速,轻灵而疯狂。

看不到他人脸上的神情,听不到自身心中的渴求,当单翼天使在乌云彼岸奏出天籁,世人唯有慑服与朝拜。琴声转瞬即过,劫难中的洗礼戛然而止。雪白浸染鲜红,女孩在演奏结束之时,注意到了自身的伤势。

从我,迈入痛苦悲惨之孤城。

从我,踏入永世凄苦之深渊。

从我,陷入万劫不复之人群。

阿利盖利·但丁在地狱之门咏此铭文,而夜色如墨,冥幽郡主此行尽兴,凄冷作陪。

指尖从键盘上撤离,花拾扭头望向了潮峋。

完全被独奏的场面震慑,场下,唯一的观众口不能言。

被唐突地叫到这里,来不及说话便被摁在了座位上,他本以为,自己并没有心情听她演奏。

女孩的情感势如奔流,而最终,音瀑敛于绝壁,收如斧凿。

余音绕梁,直面这份宣泄,还想要从容地做出评价,潮峋他,委实没有那种余裕。

"这段时间以来,你一直守在我的身边,努力保护着我……"离席的女孩,走到台下,向他深深鞠了一躬,"真是辛苦了。"

待到脑袋上的袋子被解开,视线重新恢复,地下室里的灯光,刺痛了熏衣的双眼。

"还记得我?"

面前的人说道。

听到曾经听过的声音,熏衣微微眯起了双眼。

"当然还记得,你是那人的走狗。"

"我要是他的走狗,你现在已经是个死人。"头领蹲下,望向了熏衣,"第一次围住你的时候,我们也不会说这么多废话,一上来就会把你解决掉。"

说着,他站起身,走到桌旁给自己倒了一杯酒。

"你以为两个成年人,还追不上你一个小女孩?你当时就在我们搜的旁边那栋楼里,如果我们想要你的命,你根本没有机会。"

"你现在这么说,是想让我感激你吗?"

"感激倒不必,我只是想说,在这世上,只要是还有人性的家伙,就不会愿意双手沾满血污地度过余生。这么说,或许你不太相信,虽然我们东区那里治安差,偷盗多,凶杀案件更是屡见不鲜,但是不法活动的幕后者多数都是西区人,

153

说起为了利益可以不择手段,我们东区人,真是远远不及那些西区人来的狠毒。而作为他们手下的走卒,我们所干的,就尽是些听凭指挥,自相残杀的蠢事。所以,如果你非要把话说得那么难听,我现在,也只是金钱的走狗而已。"

"那你怕是要失望了,"熏衣冷笑,"不会有人过来赎我,你留着我,也没有用。"

"我知道你没有做人质的价值,"头领笑道,"不用这么急着求死,我想这么做的时候,自然会做。"端着酒杯,头领坐在了她的面前,"你和之前的表现不太一样,我记得那时的你,求生欲很强。"

"你好像误会了,从刚才到现在,我都无意求死,只是在和你陈述事实。"

"既然你这么喜欢陈述事实,不妨和我说说接下来你会面临怎样的命运吧。"

熏衣脚边,汽油的味道已经漫入鼻腔。没有人将她捆缚在凳了上,但熏衣知道,当着这个男人的面,她不可能再次逃出生天。

"你前面说了这么多好听的话,最后,还不是要将我置之于死地?"

"没错,毁尸灭迹的勾当,我不是第一次做,也不会是最后一次做。既然走上了这条路,就不能回头。大家都只是迫于生计罢了,这点,你能理解。"

说着,头领从口袋里摸出了打火机,扔到了熏衣脚下。

火焰没有像想象中腾空而起,是因为打火机上的金属翻盖,依然牢牢地合在一起。

"那个晚上,你并没有对蹲在你面前的那个家伙痛下杀手。"边说,头领边站起了身,"偶尔,一念之仁,也并非一无是处。"

惨淡月光下,潮峭看到女孩一件件地褪下了自己的衣服。

从手背到手腕到手臂到肩头,从胸口到小腹到腿部到脚面,犬牙交错,烫伤与割伤密密麻麻地排布开来。她体无完肤,整个身体都被嫩红色的血痂与棕褐色的疤痕所覆盖,妙龄女孩所应有的那身光滑细嫩的皮囊,已经完完整整地被活剥了下去。

将自己的女儿从东区的孤儿院领养回来,却施以如此令人发指的暴行,女孩的父亲,是一头货真价实的禽兽。潮峋眼睁睁地望着这个徒具人类头颅,身体却已与恶魔交换的女孩,喉咙因压抑已不能发声。

会有这种反应,也是理所当然的。

女孩惨笑。

"与你共处的这段时间,我时常感到很温暖。可是现在,你的眼神和其他人并没有什么两样,我只想问,看到这糟糕的身体,你也会认为我是一个怪物吗?"

外强中干的诘问,含在眼眶的泪水,都说明了女孩做好了被羞辱的准备而说出这样一番话语,而这究竟,是为了什么呢?

没有犹豫太久,潮峋走过去,将自己的外衣脱下,裹住了女孩的身体。

"带我走吧,潮峋……"依偎在他的怀里,女孩道出了唯一的请求,"请你带我,永远地逃离这里。"

没有东区人以外的人陪伴,只凭自己,他们是无法离开这座城市的。

看起来只是限制自由的禁令,却是对他们的终身诅咒。

他们身处地狱,也无处可逃。

潮峋很清楚,对于那个被逼入绝境的女孩,自己是唯一的希望。

为了营救可能处于危险之中的妹妹,潮峋曾以为,自己的行动,会因为单纯而变得迅速、果决乃至冷血。可时至如今,他很清楚自己所设想的那个行动力如机械般高效的人,委实违背了自身所恪守的准则。

花拾的要求并不过分。

送她离开这座城市,简直是举手之劳。

潮峋重新确认了口袋里刚刚预定的车票,列车明天一早就会出发,目的地是距此不远的一座小镇。具体的住处可以到那里再去找,只要自己能够跟在花拾的身边,总归不会让她遇到太大的危险。

就在这时,他的脑子里,教父的形象一闪而过。

那个至今尚不明底细的人,始终都在阻挠着他离开这座城市。

在未能从算命师那里得到进一步解释的情况下,忽视教父的警告贸然出城,潮峋知道,自己是在冒险。

不过时间紧迫,由不得他再多做思考,匆匆将简易的行李收拾完毕后,潮峭便走向了门廊。

关掉顶灯,就当他想要推门时,门却自己开了。

站在外面的女孩与自己只隔一道门槛, 两边流露出来的神色都是意想不到,意味,却各不相同。

"你……这是要去哪?"

感到喉咙干渴,潮峭咽下了口水。

"上次不辞而别是为了花拾,这次,也是一样吧?"

"熏衣,你误会了。"

"你这么怕我误会,怎么不解释清楚才走?"

解释?还要解释什么?

就在刚才,花拾不仅和他讲述了关于父亲和算命师的事。

眼前的这个女孩,正是可以为了谋害花拾,而想出借刀杀人这种毒计的恶魔。可以说,若不是她赶尽杀绝地将花拾是东区人的消息散布出去,花拾也不至于被逼到如此绝境。

即便顺利度过了这次的风波,潮峭知道,自己也并不可能再和她同住在一个屋檐下了。

既然在开始就做好了这样的打算,冷硬的话,便迟早要说。

"刚才,"潮峭抬眼,"我去见花拾了。"

悄悄地潜入家中,不出一丝声响,女孩靠近了父母的寝室。沿着门缝看到床上只躺着母亲一人,她不由得松了口气。

每周的这一天,都是那个男人外出寻欢作乐的时候。

一般情况下,他要在早间五点左右才会回来,如果计划顺利,时间会很充裕。

女孩走进自己的屋内,从床底抽出了空的行李箱。

所有能用得到的东西都已在抽屉和衣柜中进行了分类,只需按部就班地整理十分钟,她就可以不留遗漏地将所有必备品一同带走。这么做,自然也是为了防备那个一贯多疑的男人频繁抽查。

按理说,对那个男人了解到这种程度,女孩逃跑的计划,应该非常顺利才对。

然而,越是准备周全,就越是会遭遇意外。虽说大家常常将此当作上天恶意的玩笑,但当这种情况真的发生在眼前时,没有人还能够笑得出来。

因为那份恶意,没有人可以承受。

咔嚓,伴随着响起的缓慢开锁声,她的动作也陷入了僵滞。

咔嚓,咔嚓,咔嚓,咔嚓……

门锁的杂乱音律响个不停,女孩闭上了眼睛。

——想要逃跑,想要安全地离开这座城市。

那竭力向上漂浮着的,只要在阳光下就会五彩斑斓的气泡,就这样破灭了。

门开,本应投射进来的光线被身影强行阻隔,站在外面的,是"劫难"与"毁灭"的代言人。

"看来,"男人走了进来,脚下发出了"嘎吱嘎吱"的响声,"你果真是有逃跑的打算啊。"

地板已经代替女孩提前发起了哀求的呻吟,只是这个男人,是不会听见的吧。

"即便原本不相信这回事,现在,我也不得不承认,我的女儿,是个比我还要诡计多端的家伙。"

僵持没有持续太久,女孩立刻就竭尽所能地尖叫了起来。

是想要引起左邻右舍的注意吗?还是想要起到幻想中的威吓作用呢?

尖叫着的她,一路往门外——往那个男人的方向,拼命跑了过去。

大概是被她陡然发出的大喊大叫吓了一跳,在他愣住的短暂瞬间,女孩已经钻出了他的腋下。

两脚已经迈出了黑暗,就当女孩伸手摸到光明的那一刻,身后巨大无比的力量缠住了她的身体,将她拖回了黑暗。

"回来!"

男人愤怒的嘶喊声,在那一刹,令女孩的心房停止了跳动。回来……吗?没错,回到这个家中,正是她迄今为止所做出的最错误的决定。

纠缠中,不知何时,口袋里的美工刀,已经握在了女孩的手中。

自从得到这柄美工刀后,女孩就一直羡慕着刀刃上的华彩,本想着能够造就美轮美奂的雕刻泥塑,最终,却被用来见证了生命深处,最完整的悲歌。

亮出利刃、刺入父亲脖颈里这种事,终究,没能停留在"想想就好"的层次上。

什么嘛……原来切入人体的肌肤,也并不比切入冰雪费力啊……

当女孩这么想着的时候,男人已经大声哀号着一跃而起。

咒骂的话语一句也说不出,大概是伤到气管了吧,由于一片黑暗的关系,女孩无法看到他脸上的表情。

血腥味攀附着鼻腔涌入脑内,事情到了这一步,她反而冷静了。

没有一击致命,说不定,不是遗憾。

女孩站起身,听着那个男人只剩下低声嘶吼,她不急不缓地按下了灯的开关。

房屋里的昏黄灯光照射下来,与外面的光晕融为一体。

于是,她看到了那个男人倚坐在门口,鲜血从捂着脖子的手指缝里汩汩流出,身体还在不正常地抽搐着。

"父亲,您还有什么想说的吗?"女孩走到他的身前,俯下了身子。

即便是这种距离,他也只能眼睁睁地望着她,看来,是真的无能为力了。

"嘿嘿……"女孩挠头笑道,"不行了吗?如果爸爸没有办法把心里的想法说出来,就算是我,除了无奈和不理解,也是什么都做不到的。"

所以,就不要再费力气了。

因为这么大的伤口,只是用手去捂住的话,不是完全行不通吗?

"一直以来……"女孩跪在地板上,向他恭恭敬敬地磕了一个头,"承蒙您的关照。"

她拨开了他的手,刀子再一次地,以极其凶狠的势头,笔直插了进去。

男人身体的抽搐开始变得剧烈起来,是想要抵抗什么吗?

平常总是传递着绝望的父亲,现在自己陷入死亡的泥沼,死命挣扎的姿态,女孩总觉得，这时的他，倒是相当的无助呢。

鲜血弄湿了眼眶，视线也跟着变得红了起来。薄薄的刀刃在伤口里反复旋转，男人拼尽全力举起的右手，在触摸女孩脸颊的那一刻，终于彻底垂了下来。

只是这样吗？

难掩失望，女孩摇了摇头。

就只是这样吗？！

父亲啊，你为求生所做出的这份努力，和你的女儿相比，简直宛若蝼蚁般微不足道。

电话，无人接听。

拖着行李箱，在约见地点徘徊，潮峋揉了揉额头，又过去了十分钟，道路上仍旧一个人影都没有。

不能再耽搁了，他也没有那份耐心再去等待了。

向着花拾家的方向，潮峋开始仅凭自己的双腿横跨一个个街区。

花拾究竟在哪？

脑中依稀勾勒出了答案的轮廓，他却不敢肯定。潮峋竭力驱赶着不祥的预感，稍做休息，便挣扎着挺直身体，继续往前走去。

潮峋疾奔，环顾，祈祷。

如无头的苍蝇，如失措的猎犬。

两边的景色，变得有些不一样了。

至少，潮峋并不记得自己曾经走过这条路。

云雾缭绕，在这条空寂而模糊的道路上，仿佛就只有他一人在踽踽独行。

这种宛若被拉入异界般的错觉，令潮峋开始感到精疲力竭，他放缓了脚步，这时，在前方的路口，他看到了有人正在卧睡。

在这种地方，就算是流浪汉，都不会躺下睡觉。潮峋皱起眉头，不足百步的路程，在猜忌中结束，待到潮湿的薄纱隐去，他僵在了那里。

是一具尸体。

是一具头颅被砍掉后，又被缝合在脖颈上的尸体。

潮峋不知该说些什么，不知该做些什么，甚至不知道眼前发生了什么。

潮峋没有大叫，也没有哭泣，只是茫然地望着。

果然，是被拉入异界了吗？

就算心里这么想，生理上却没有办法再假装正常。

心律失常，呼吸不均，冷汗伴随着颤抖从身体上的每个毛孔渗出，眼眶被灼热的液体灌满。

"花……花拾……"

他轻声唤着，刚想有所动作，一道身影便疾冲过来。

简短有力，猛然刺进腹部的凶器，直接贯穿了肠道。

一切发生得太突然，潮峋甚至没有看清凶手的模样。

隐藏面庞的兜帽下只有一片阴影，即便将赴黄泉，对方也没打算让潮峋知道自己的面目。

大量鲜血涌入胃袋，沿着消化道，与胃酸一同倒灌入口腔，呕出，然后浇洒在了尸体上。

潮峋双膝跪地，视线行将堕入黑暗。

在失去意识前的最后一秒，潮峋看到对方手中所持的凶器上，粘贴着似曾相识的粉色贴纸。

叮……

心电图机器有条不紊地运行着。

叮……

绿色波浪在屏幕上掀起，落下，周而复始。

叮……

坐在床上的人眼神空洞，脸上，是一片空白。

"潮峋先生，很抱歉这时候还要过来请你协助调查。院方只给我们十分钟，希望您能在有限时间内和我们配合。"

看到他毫无反应，两人对望一眼。

"我们查到您订了两张今早启程的车票，一张是您的，一张是花拾的，方便透露您当时的行踪吗？"

第一名警员开口，第二名警员将笔尖撂在了笔录本上。

没有回应。

"请问您与花拾，是什么关系？"

没有回应。

笔录的警员碰了碰询问警员，微微摇了摇头。

深沉长久的叹息，询问的警员站起了身。

"我能理解您现在受到的冲击，过来打扰，真是不好意思了。"说到这里，警员顿了顿，"花拾是东区人，本来，关于她的死，我们是不打算插手的。不过她的父亲当晚死在家中，根据现场调查，凶手多半便是他的女儿。这种东区人亲手酿造的恶性事件，近几年在西区已经相当罕见。即便是外来人，也有义务配合我们对犯罪嫌疑人进行侦查。"

官方的口吻，强硬的立场。

潮峋对他们的行事准则早已有所耳闻，现在他们还要这样刻意强调，委实没有必要。

"今天就到这里吧，希望以后您能配合我们调查，主动和我们联系。"

案件的侦破在两天之后就宣告结束，潮峋没有去联系警方，而警方自然也没有必要再来找他。花拾弑父的证据确凿，而将她分尸的凶手，毫无疑问，便是那个作案手法鲜明，向来只以东区人为目标的裁匠。

社会舆论划分得相当泾渭分明，东区人被收养后弑父的现实，终于将裁匠推向了国民英雄的顶峰。抹杀罪恶的人一定站在正义这边，为民除害是大家都应恪守的道德法典。

扭曲的鼓吹在民众间引发了前所未见的轰动，比起裁匠的三度作案，更多的人则开始关心最近提议的公开表决，他们，是想要将此前迁入的东区人彻底逐出西区。

你的亲人被杀了吗？你的爱人被杀了吗？你的宠物被杀了吗？如果都没有，请不要担心，因为住在你身边的东区人刚刚残杀了生父，他们，正在路上。

将这样的标语挂在胸前,上街游行的西区人,正在一天比一天增多。多家媒体以直升机的高空视角直播实况,当看到黑压压的人潮涌向街道,所有人都不会怀疑,曾经那场暴乱前的骚动,正在重新上演。

每天清晨,护士都将黑白两色的报纸,摆在眼中只有黑白两色的潮峋面前。可是潮峋看也不看,便将它们纷纷扔进了垃圾桶。住院一周,当从病房走出时,他第一次望向了屋中的镜子。

未经修理的胡茬如野草般疯长,遍布到了整个下颌。

如今的他,眼窝深陷,面色惨白,更像是早已死在了那天夜晚。

潮峋走出医院,便看到了最不想见到的人。

"我知道你不想和我说话,但我今天特地带来了和花拾有关的东西,你总该看看。"

从影潼身侧走过的潮峋停了下来。

"现在,你一定很想找到裁匠。"

"那是警察的事。"

"这种自欺欺人的话还是免了吧,"说着,影潼递过信封,"到这里来,我是想要诚心诚意提供帮助的,即便你没那个想法,好歹也该看看里面装的是什么东西。"

提供帮助?

潮峋拆开信封,看到的,是一沓照片。

每一张都刻画着鲜明的色彩,每一张,都描绘着花拾死去的惨状。

心中的阵痛发作,随后,悲戚之情,便杂糅着愤怒冲上了潮峋的头顶。

"怎么样,是不是心动了?"

自己,是被耍了。潮峋顿时将手中的照片尽数扔掉,一把拽住了影潼的衣领。

"你这家伙究竟是有多恶毒,到了这时候还拿我来寻消遣?!害死了赋城,威胁过熏衣,现在,你又玷污了死去的花拾,竟然还敢厚颜无耻地说来帮我?!"

162

看到潮岣的愤怒,影潼颤抖了起来。

不是因为恐惧,而是因为兴奋。

对方大概已经失去了理智,但绝对,会听他把这句话说完。

"我本以为你能看得出来,那些照片不是网上流传的资源,而是我亲自在现场拍下的记录。"

拉拽的力量,变小了。

而影潼下垂的目光,正嘲笑般俯视着潮岣。

"那个裁匠啊,"影潼说道,"正是洛光。"

第四章　障之局

"影潼他啊其实是一个非常聪明的孩子,但还是不够努力。"

对着我的妈妈,班主任曾不止一次地这么说过。

而在听到这句话的时候,我的母亲就会和其他的家长一样,一边微笑点头,一边相信着班主任的话和我的潜质。

说到底,那位班主任只是想要图个轻松罢了。

因为只要说出"您的孩子还不够努力",不仅能够轻松地推卸掉自己的责任,还可以使家长对孩子满怀信心,盲目信任。

真是,蠢透了。

每当遭遇如此场景,站在母亲身边的我,都会涌起强烈的反胃感。

拿着难看的成绩单回家,暴躁的父亲对我大声责骂乃至拳脚相加是常见的事,对这些我都可以忍耐和适应,唯独妈妈的那声无奈叹息,却令我怎么也承受不了。

她完全相信了老师的话,直到现在还认为我是"不够努力"。

看到问题的,仿佛只有我自己。

我对那个早出晚归的父亲谈不上感情深厚,可是那位早上五点起来便为我做新鲜早点和午饭的妈妈,每次家长会都从不缺席的妈妈,还有一回家便对我嘘寒问暖,就算我说"好烦啊!"也从不生气的妈妈,我啊,是从心底里感激着她,并深爱着她的。

唯独对妈妈的这份坚持的希冀,我想守护到最后。

将如此的决心转化为实际行动,并不是一件轻松的事。我从此开始挑灯夜读,甚至一度放弃了自己的摄影爱好,花费全部时间对之前遗漏的知识进行补习。对此颇感欣慰的妈妈常常切水果给我吃,然后一直陪我到深夜两点都不去睡觉。

父亲曾经当面指出妈妈是在浪费时间,而妈妈的回答是:"我相信影潼,他一直都在更加努力,你为什么就看不到呢?"

月考的成绩发下来了,我的名次,从倒数第三上升到了倒数第十。

完全不是值得令人欢欣鼓舞的进步,妈妈却在家举办了小型的庆祝宴会,桌上,有我最爱吃的腌制泡菜。做这种麻烦的东西,要至少提前一个月就着手准备才行,而妈妈正是相信着这场庆功宴能够如期举办,才会早早准备的吧。

我哭了。

在那一刻,我明白,无论成为怎样的孩子,无论是赢家还是输家,妈妈都会不离不弃。在心灵上,连接自己与母体的那根脐带,从未断裂。

深夜,我悄悄下床,透过门缝看到妈妈正迫不及待地把成绩单给父亲看。

"有什么值得高兴的?"父亲不耐烦地应付道,"能够进入班里的前二十再说吧。"

那紧皱的眉头,就连一丁点儿认可的意思都没有。

"怎么能这样说呢?"妈妈兀自喋喋不休地跟在后面,"只要影潼取得进步,不就是一个良好的开端吗?像你这样冷漠,孩子会有多伤心你知道吗……"

"吵死了!"他猛然回身,将妈妈一把推在了地上。

白色的成绩单不知飘落到了哪个阴暗角落,消失不见。

跌倒在地的妈妈一言不发地愣在那里,过了好一会儿,才跪在地上开始找成绩单。看到这样的一幕在眼前上演,我什么都没有说,也什么都没有做,只是默默地走回了床边。两个月后,付出终于有了回报,期中考试,我如愿以偿地考进了班级前十。

妈妈喜极而泣,在例行的庆功宴上,父亲也头一次出席。在妈妈眼神的不断示意下，那个男人勉为其难地咧了咧嘴："真是了不起的进步啊，影潼，连爸爸都觉得这样下去，你会走向成功。"

说着，他拍了拍我的头。

"有什么想要的吗？作为鼓励，我会尽力满足你的。"

将我的冷笑错认为是高兴，和以前一样，他是个一点都不懂看脸色行事的家伙。

"虽说一直以来我的努力都和你无关，不过既然你有这份心意，就跪在地上向妈妈道歉吧。"

"什……么？"他站起身来，假笑横死当场，额头青筋暴起。

怎么了？只是这样，就感到面子上挂不住了吗？和此前你对妈妈所做的事情相比，我这点讥讽，又能算得了什么呢？

"等等……"妈妈也慌了，处在中间不知道拦住谁才好。

"你该不会是忘了吧？之前你对妈妈都干了些什么，"我继续说道，"为此跪在地上道歉，一点也没有委屈你吧？"

"你这不知好歹的畜生！"他暴喝道，一拳打在了我的左肋上。

眼前一黑，伴随着妈妈的惊声尖叫，我被击倒在地。

桌子上用来庆祝的东西，全都掉了下去，摔了个稀烂。

"你以为自己考进前十就是伟人了吗？就有资格这样对我说话了吗？你活到现在，吃的，住的，穿的，哪一样不是用我的钱买下来的？竟然丝毫没有感激之情，反而想要羞辱我吗？！"

"啊，你说的没错，就连我的命都是你的，现在要不要收回呢？"仰起头，我望着他说道，"父亲？"

那个男人面容狰狞，立刻便又是一拳朝我的脸上打去。

就在这时，妈妈扑在了我的身上，脸上早已布满泪痕。

"不要，不要……"她紧紧地抱住了我，扭头对他哀求着，"求求你，不要……"

他愤然走了出去，留下了我和妈妈收拾满地的狼藉。

事过之后，妈妈没有责怪我，连最起码的训导，都没有说。我和父亲进入了战争状态,两人在家中见面形同陌路,新的学期开始了,我踌躇满志,准备再接再厉,然而,距离期末结束的倒数第二次考试,令我感到万分惊恐。

我再次,滑落到了班中的倒数行列。

妈妈看到成绩单后没有流露出过多的失望之情,在家长会上,班主任也觉得这只是我一次失误。

只有我自己知道,这并不正常。

我,不是已经花了整整三个月的时间证明自己不是废物了吗?

事到如今,没有被打回原形的道理。

但下次考试,我的成绩,是倒数第一。

"影潼其实是一个非常聪明的孩子,只要认真努力的话,就一定可以取得长足进步。"老师对双眼失神的妈妈这样说道。

已经很久,都没有听到这句话了。奉行"欠缺天赋就用辛勤的汗水去弥补吧!"所能够做到的极限,也已经就到此为止了。

回到家后,妈妈依旧将成绩单轻轻放进上锁的抽屉中,依旧陪我读书到深夜,依旧在睡前为我盖好被子,道声晚安。

要说和以往相比有什么不同的话,大概,就是"希望"的消失吧。

转年,毫无悬念地,我被分到了全年级排名最低的 E 班。

和学校最底层的同伴们相处了一个学期,影潼便清楚地了解到,别人对他们产生不屑是有理由的。

——我和他们是不一样的。自己绝对不是他们其中的一分子。

这样的自说自话,显得如此苍白无力。

影潼默默忍受,将歧视当作一种日常去看待,影潼心理的扭曲,大概就是从那时开始的。

转年升至高二,在新学期的分班测试中,A 班竟然有人直线下降到了 E 班。

在这所学校,这几乎是不可能发生的事,于是在开学的第一天,全班的焦点,便锁定在了那个同学身上。

"喂,他不是洛光吗?"

"是啊,听说是因为某个女孩在他眼前死掉了,所以精神不太正常了。"

"嘿嘿,不管怎样,落到我们这里,就算是他倒霉。"

A班人将大部分时间都花在了读书上,并没有什么思考其他事情的闲心,因此他们对E班人的态度,只能算是轻蔑,可E班人对A班人所怀有的情绪则是仇视。

窃窃私语中,四下似乎都在策划着阴谋。影潼顺着他们的视线望去,坐在角落里的那个人,那张本应焕发神彩的面庞,确实蒙上了一层不该有的阴影。

霸凌事件肯定是少不了的,洛光是新来的,又不懂规矩,遭到欺侮,都是家常便饭。整个班里的人都没来由的讨厌他,没人愿意和他做朋友。

总之,被分到错误的地方,就会是这种下场。

那天,十几个男生将洛光围在了操场后院。

站在众人身前的男生身材魁梧,和他相比,洛光完全像是小了一号。

"喂,我们这里,你到底是看哪个不顺眼啊?"他俯视着洛光,"自从进班那天起,你就一直摆着张谁都瞧不起的臭脸。"

阳光从树叶中的缝隙射下来,伴着蝉鸣,光斑晃动。

"说话啊!"男生咆哮道。

震颤耳膜的嘶吼让在场所有人都心中一颤,跟在后面的影潼摸了摸额头,黏稠的汗水不断渗了出来。

蝉鸣更响了,天气,更热了。

洛光低着头,始终没有说话。

两次冷场,男生的脸色阴沉了下来。

关于这个男生,影潼曾听到过很多不好的传闻,他曾经甚至向维持治安的警察出手,所以,请你快点跪在地上,叩头,然后痛哭流涕地承认错误吧!

影潼默念着。

因为若非如此,局势,便一定会往最恶劣的方向发展。

废话太多,就会被当作白痴。洛光眼下的沉默,已经算是赤裸裸的挑衅。

打了个响指,身后立刻就有人向他呈上了棒球棍。

男生并不会打棒球,这根棍子,是纯粹用来敲碎骨头的。

"你可要小心。"递过棍子的瘦子奸笑道,"我听说这家伙以前在街头打架,竟然把人给咬了。"

"哦……"硕大的身躯,对着多话的瘦子扭转了过来。

"所以你是觉得,"男生面无表情地望着他,"我也会被咬?"

"不……不是,我不是那个意思。"

"那你让我小心,是什么意思?"

"我……我只是……"瘦子往后退了一步,面露惊恐,"因为那家伙可能会用到这些下三烂的小动作,我只是……"

像是厌倦了身边飞绕的蚊子,男生掏了掏耳朵,一脸不耐地倏然挥起球棒,笔直扫向了瘦子的脑袋。

真的聪明也好,自作聪明也好,若真想保全自己,就该当一言不发的傻瓜才是。

所以,望着瘦子倒在血泊中,众人噤若寒蝉。

"站在那里不要动,"向着洛光,男生迈出了沉重的一步,"不然打偏了,可是会死人的。"

总共十棍。

每一棍都皮开肉绽,每一棍都拆骨见血。

那个瘦子连一击都承受不住,这样的连续重创,恐怕连野牛都不得不命丧当场。

但是洛光并没有死。

因为他确实没有动。

男生喜欢听话的人。

"如果最后还能扶着树勉强站立的话,就饶你一命吧。"

最终,他确实履行了自己的承诺。

人群散去,有人将瘦子抬走。就在最后一人迈出院子的那刻,洛光轰然倒地。

醒来时,映入眼帘的依旧是那片树阴。

自己，究竟在这里待了多久呢？

被人殴打，然后拖到阳光底下暴晒。即便被如此对待，路人也会谈笑风生地从此路过。洛光很了解这里的法则，因为是 E 班的人，所以，就算是死了也不要紧。

他这个人已经完了。他原先班里的那些同学，一定是这么想的。

如果不能回到 A 班，与他继续做朋友，会是一种耻辱。

树干上的血迹已经被晒干，洛光吞咽着口水，喉咙如刀片划过般痛楚。

"给。"

装着水的塑料瓶被递了过来。

"你是渴了吧？"

洛光感到诧异，竭力转动着干涸的眼球，看到了一个相貌平平的男生。

对这个人，他有印象。

好像，是叫影潼来着。

清澈的凉水滑入喉间，浑身的力气慢慢恢复，洛光挣扎着，坐起身来。

"是你把我拖到树下的？"

"继续烤下去，估计你是活不了了。"倚坐在树阴下，影潼将胳膊搭在了弯起的膝盖上。

"为什么？"洛光盯着影潼，没有接过水瓶。

"你不用这么谨慎，我和其他人不是一类人。生来没有学习的天赋，我也没有办法。"他摊开了手，"换句话讲，我是被硬塞进来的。这么说，你信吗？"

沉默着，洛光别开了头。

"你走吧。"过了片刻，他说道，"不管是出于什么原因，被那个人知道，终归对你不利。"

"你放心，我也是很谨慎的。把你打倒后，他们簇拥着那人出校了。一时半刻，他们不会再到这里来。"

"帮我对你没有好处。"

"有好处。"影潼接道，"救了你，我就能和自己说，我和他们不一样了。"

这种执着的态度，若换个角度去想，就会被当成顽固。

洛光不想多说，只得任由影潼留在原地。

影潼是一个好奇心非常重的人，也是一个为了满足好奇心，必须要去亲眼观察的人。正因为此，他才会喜欢摄影，也总会想要拍摄下自己想去观测的事物。小学的时候，影潼曾拿着摄像机在蚁穴边上守候了足足一天，初中时看到一只死去的猫，他便以各个角度记录下来了它的姿态。如今，看着眼前这个有血有肉，与众不同的男生，从他心底里再度涌出的，是一股想要接近、想要探索的欲望。

因为女孩的死而堕落虽然令人惋惜，但，也总比在她死掉后还开开心心的人强得多。在影潼眼里，这样的家伙，并不让人讨厌。

"我是瞧不起那群家伙的。"影潼说道，"明明自己很差劲，看到其他人比他们出色，就摆出一副嫉妒和憎恨的模样。以那副嘴脸对待人生，永远只能待在底层。"

"我并没有比他们出色，我也只是 E 班的一员而已。"

"你和我们不一样。来年，你是一定能脱离这里，重新回到 A 班的。"

影潼斩钉截铁说出来的这句话，确实发自其肺腑。

傍晚，影潼独自走在回家的路上，依旧认为自己在今天做出了非常正确的决定。

冒着被发现的风险救助潮峋，要说除了好奇以外就没有一点儿其他想法，是不可能的。

他打算脱离这个班级，想尽一切办法逃离这个班级。

师长的漠视，同学的歧视，以及整乌烟瘴气的 E 班，如果单是这些，影潼还能够忍受。可是由于自己的不争气，连妈妈也被拖累，在父亲面前抬不起头来，一股强烈的自我憎恨，便陡然在心中膨胀。

在这所学校里，从未有过 A 班优等生降到 E 班的先例，在影潼看来，这未尝不是命运的安排。只是，就算所谓的机遇摆在眼前，抓住它的方式也会存在区别。

倘若操之过急，就会适得其反。

目光幽暗,脑中想着事情,只顾埋头走路的影潼并没有注意到,跟在他身后的人已经越来越多。

直至撞上挡在面前的硕大身躯,他才抬起了头。

"不好意思……"

简单的一句道歉,还没来得及说完。

"你……你?"

"哦。"眼前的庞然大物点了点头,"是我。"

"您……您怎么会……"

"影潼……"说着,男生挠了挠自己的光头。

"是……是……"

"我听人说,你下午好像做了一件不怎么让人愉快的事啊。"

"嗯?"

身后的脚步声明显多了起来,影潼回头望去,身后宽敞的去路已被堵死。人群里有 E 班的,也有许多其他陌生的面孔。

"没……没有啊,我……"

啪。

粗大的手掌猛然拍在头顶,连稍微直起脖子的勇气都没有,影潼老老实实地低下了头。

"我不想听解释。"

"好……好的……"

"不过,你也可以试着说说看。"

或许是正午羞辱洛光的快意还没有完全消失,今天他难得来了放生的兴致。

不抓紧时间开动脑筋是不行的,不趁着这个机会给自己找条活路,是不行的。

影潼的脑袋里,开始迅速拼凑起足以应付得过去的谎言。

有了!

看到洛光身受重伤,又在阳光下暴晒,奄奄一息,如果闹出人命,对你也不好,所以就壮着胆子,想要私底下帮你息事宁人。

非常成熟,非常中听。

对这套说辞相当有信心的影潼,刚想开口,就遭到了打断。

"好了,我懂了。"

"嗯。"

"不管是什么理由,总之,你是帮助那个人了吧?"他动了动手腕,"这样,就足够了。"

从一开始,就没有所谓的机会,影潼的身后,有两个人突然冲了出来,把他架在了半空。

"影潼啊,你知道为什么我们会被分到 E 班里吗?"

"求求你……我知错了,求求你……"

"会沦落到这种境地,我一点都不认为,是我们这些差等生脑筋不好使。相反,正是因为脑筋太灵活了,我们才会这样吧?不听父母的劝告,也不在乎社会的看法。对于这些外在的观点,我们不为所动,才会坚信着就算不走寻常的道路,也可以取得成功。想要管教这样的一个集体,实际上要艰难得多。不像 A 班的同学,只要定下一个目标,所有的人就都会乖乖去做,我们 E 班的人,就是因为过于聪明,所以才不会理这一套。"

"我真的知错了,求求你……求求你……"

"每个人都有自己的小算盘,每个人都觉得自己才是那个最聪明的家伙,可以把别人玩弄于股掌之中,"一边这么说着,他的手中,一边被递过了血迹还未被洗净的棒球棍,"你不知道他们想干什么,也不知道他们想要什么,一点,都不单纯。"

早晨,当影潼走进教室时,班中的人看到他,立刻忍不住窃笑着指指点点。

一番痛打过后,除了浑身遍布的伤痕,他口中的牙齿,也被打掉了两颗。

如此的惨状在 E 班其他人眼中看来和小丑无异。自己究竟是怎么熬过来的,影潼也并不清楚。因为在中途时,他就已经昏过去了。

整天下来,洛光都没有和影潼说话。自己正是造成影潼这般境遇的原因,不能再给他添麻烦。这么想的洛光，直到傍晚放学，才在回家途中找到了踽踽独行的影潼。

"怎么回事。"他说道，"昨晚，到底发生了什么？"

影潼侧过身，继续埋头走路。

洛光按住他的肩头，他如烧着了火般跳到一边。

"别碰我！"

喊叫从漏风的嘴里泄了出来。

洛光叹了口气，移开了目光。

"没和父母说？"

说了。

遭遇到超出自己掌控能力的事件，他自然是向父母求助了。

"那是你自己的事情。堕落到 E 班，和那群人为伍，你以为还能体无完肤地毕业吗？"

父亲会有这样的反应还在他的意料之中，但妈妈的懦弱，令他感到愕然。

除了痛哭流涕，在影潼的印象里，他的妈妈只说了一句话。

"明天你和老师请一下假吧，妈妈带你去镶牙。"

这样，就算是圆满解决了？

你的孩子血流不止地失去了两颗牙齿，被疼痛折磨到失去了意识。但是，只要重新将牙齿镶上，事情，就算是圆满解决了？

男生的社会背景非常复杂，母亲并不想招惹是非。

就算是父母，也不可能在孩子受到任何欺凌的时候都能挺身而出。这与校园无关，这是这个社会的无奈。

影潼忍不住了，眼泪汩汩流出，想要嘶嚎，但滑稽到足以令人发笑的怪叫却从嗓子里冒了出来。

洛光站在他的身边，就这样一直默默地等待着他将情绪发泄干净。

看到影潼渐渐稳定了下来，洛光说道："还有三个月。"

什么？

影潼望向了他。

"还有三个月,我就带你离开这里。"

洛光说的,是每个学期期末都会到来的分班考试。

影潼的基础其实并不算差。只是因为从一开始选错了方法,再加上降入 E 班后的心理打击,他对自己的评估才出现了严重的偏差。

他们从陌生人,发展到彼此有了一些了解,封闭的心扉有所敞开,源于影潼的喋喋不休。他会经常提起自己的事情,其中大部分,都是和班中同学相处的不快。而洛光只是在旁默默地听着,不给出什么建议。影潼需要的只是一个倾听者,一个能够将毒素转移的媒介。两人此时同病相怜,是身处同一个战壕的战友。

洛光将大部分的时间都用于学习和指导影潼,如果倾听也算是一种交流,那么洛光确实是渐渐地从一个人的世界中走了出来。身上背负的阴影正在淡去,他正在重新变得开朗,宛若尘土被擦拭干净的璞玉,再度找回了属于自己的光芒。

"这里,就是你家?"

周末,两人约好在影潼的家里学习。带着洛光走到自己家门前,影潼的心里十分忐忑。听说洛光有一位非常强势的母亲,家境相当富有。带他到自己这种平常人家里来,影潼心里难免会有些自卑。

"是洛光吧?"影潼的母亲闻声走了出来,满面的笑容与温和的语声,"在学校里,影潼受你照顾了。"

"不,没什么……"洛光低下了头。

两人进屋没过多久,影潼的妈妈就在外面敲了敲门,亲切地端来了夏季的果盘还有饮料与冰糕。

而自始至终,洛光都看着地面,不怎么说话。

大抵是有些不太适应吧?

随着妈妈将门关上, 好奇的影潼不禁开口问道,"你今天有点儿无精打采啊,怎么了?"

"你的妈妈……一直就是这样?"

"什么意思？"皱了皱眉，影潼并不明白洛光问这话的真实意味。

"真好啊……"叹了口气，洛光伸手握住了覆着清凉水雾的玻璃杯，"有这么温柔的妈妈，你很幸福吧。"

这还是第一次，洛光会和他主动谈及家里的事。

"也就是那样吧，谈不上幸福……"影潼想起了妈妈在家里受到的种种委屈，"那种温柔，更像是软弱。要是她能有你妈妈十分之一的强硬，我在外面被欺负这件事，就不会就这么轻描淡写地掩盖过去。"

"我的妈妈吗……？"

听到影潼这么说，洛光脸上的表情与其说是苦笑，倒不如说无法遮掩的痛苦。

没有那样强势的妈妈，他就不会失去那个女孩。

打开钱夹，洛光从里层翻出了一张照片。

"这是……"

"她叫花拾，"洛光说道，"她，就是那个死去的女孩。"

这世上从来就没有一事无成的废物，只有埋没才能的歧途。

对课业知识的掌握已经相当完备，在分班考试前的一周，影潼对分班考试充满信心。重新回到 A 班对洛光而言是必然的事，大抵是意识到了两人同班的生活即将结束，临考前，洛光找到了影潼。

"这次考试过后，我们可能就没有办法像以前一样经常见面了。"

对此，影潼十分理解。此前在 E 班，影潼和他也只是尽可能保持私下接触，况且升学压力已经到来，光是应付毕业考试就应接不暇，两个人都没有那种余裕去频繁见面。

市立大学只有一座，因此报考竞争就显得非常严酷。无数想要留在这座城市的学生都在为这一刻而奋斗多年，没人想要最后黯然离场。影潼清楚自己的实力，将自己的第一志愿定在了冷门专业上。这是非常明智的策略，当年许多优等生都因为执着于热门专业而被卡在门外，不得不屈居第二乃至第三志愿，最后的结局，其实和影潼并无不同。

看着手中的录取通知书,影潼第一时间想到的,就是给洛光打电话。

那个家伙,肯定是凭着绝佳的成绩,被最好的专业选中了吧!

这么想着的他,在拨打电话后,听到对面传来了人工语音。

洛光的号码,停用了。

这是什么意思?

他更改了电话号码,却没有告诉自己吗?

连续拨打三次都是这样的答复,怎么想都不合情理,影潼想要起身去洛光的家里问问,但突然想起,对方从未带他去过自己的住处。

"影潼,暑假不去找洛光玩玩吗?"

时不时听到妈妈这么说,影潼也只得烦躁不安地敷衍过去。

时间越久,他就越是感到洛光更换了号码而没有告知他,并非是个意外。

三年里,影潼真正的朋友只有洛光。整整两个月的暑假他没有外出,百无聊赖地躺在床上,将大部分时间都耗费在了清点天花板上的裂痕,这样的心烦意乱,一直持续到了新生的开学典礼。

在那里,他看到了上台致辞的学生代表。

所谓始料未及的状况,多半都会分为好事或坏事。然而看到洛光出现在眼前,影潼甚至不能确认自己的情绪,纷乱的脑中,是一片空白。

典礼结束,逆着人群,影潼鬼使神差地走向熟悉的背影,拍了拍他的肩膀。

洛光!

本来,他是想这么叫的。

但,看到对方的反应,这个已经被嘴角两侧的肌肉记住如何发音的称谓,却被卡在了喉咙里无法道出。

对方回头,困惑、皱眉。

一连串的表情,以三个字的问话收尾。

"你……是谁?"

影潼口干舌燥,羞辱的潮红涌上面颊。

说给自己听的童话,若是与现实相差太远,就会慢慢走向崩溃。

没有想过会被这么反问,影潼的脸上,只剩一个竭尽全力的假笑。

"学校里的生活怎么样？"

电话里，当妈妈这么问时，影潼不知该说些什么。

"挺好的……"回答的声音异常干瘪，"我，见到洛光了……"

"是吗？这么巧？"

与这边的消沉相比，那边还不知情的妈妈显得喜出望外。

"看来，你们的缘分是还没断呢。到了大学，两个人做朋友也轻松了，平时互相帮衬着点……"

"妈妈，"影潼听不下去了，生硬地将她打断，"洛光他说，并不认识我。"

像是都在等着对方说话，一时间，两人都陷入了沉默。

"不可能吧？难道你认错人了？"

"他作为我们的学院代表上台致辞，千真万确就是洛光。"

"是吗……"妈妈笑了起来，只是那样的笑声，听起来实在显得有些勉强，"大概是太紧张了吧……毕竟是上台致辞……"

牵强的借口，忙乱的措辞，这样的安慰，倒还不如不说。

"总之，明天你再去找一趟他吧。"

"什么？"影潼没能听清妈妈的话，"你让我再去找他一次？！"

"嗯。"妈妈的回答很坚定，"影潼你这一年的变化也不小，他认不出你，也是情有可原的吧？你告诉他你是谁了吗？"

"没有。"

想起在洛光说出那样的话后，自己一言不发便落荒而逃的狼狈，影潼顿时感到了羞耻。

"那就是了。明天，再好好重新地介绍一下自己，他肯定就知道啦。两个人有一年多的时间没见面，疏远也是正常的。你和他说，这周周末，还到咱们家里来玩。"

"哎，妈……"

"不行，明天一定要去说。"

明天一定要去说。

如此强势的话语,他还从未从母亲的嘴里听到过。

在这所大学里,同样也有着宽敞的后院。

"是你发短信叫我过来的?"

"是,我……"

"你是从哪里知道我手机号的?"

影潼怔住。

"大家现在都是同班同学,知道手机号很正常吧。"抱着最后的一丝希望,他支支吾吾地说道,"我是影潼啊,洛光你真不记得我了?"

"我记得,"对方的反应,非常冷淡,"没想到,你也考上了这里啊。"

这话,是什么意思?

真的只是单纯的惊讶吗?那为什么,在洛光的眼睛深处,他看到了一丝鄙夷呢?

"是的……"影潼傻笑着,迟钝地又开了口,"从 E 班升上来后……"

洛光的脸上突然闪出一缕不快,影潼顿时语塞。

"对了,"看气氛转冷,他立刻又找到了新的话题,"我妈妈她说,这周周末你可以到我们家里来玩,不知道你……"

低声下气的建议,被不耐地打断,洛光盯住影潼。

"说吧。"

"啊?"

"你想找我的原因,到底是什么?"

想找你的原因?

因为是你的朋友,所以想要来叙叙旧,这样的原因,难道不可以吗?

"是想要要挟我吗?"没有等待的闲心,洛光直接道出了结论,"如果不是的话,我希望关于 E 班那年的事,以后不要再提了。我与你,只是普通的同学关系。"

当他说出这句话的时候,影潼想,两人之间的关系,一定连普通同学这种程度都不复存在了。

"还有，"洛光在临走前，居高临下地说，"请你转告伯母，我最近很忙，并没有可以耽搁的时间。"

E 班那一年，对洛光而言是羞耻的一年。

与大学的同学打交道，难免有时会谈及高中时期的经历。现在的班长竟然是曾经待过 E 班的人，这样的污点，他并没有做好准备再去背负四年。

只是，影潼的脑子始终没能转过弯来。

他们不是好朋友吗？曾经有过一年 E 班的经历，对洛光而言，就这么不堪吗？视他如累赘，避他如蛇蝎，就可以保证其所谓的名誉完好无损了吗？

影潼很清楚，洛光之所以会如此绝情，是想要让自己断绝与他接近的意图。

不过，"请你转告伯母，我最近很忙，并没有可以耽搁的时间。"倘若连这样的话语都能说出口，倘若为了让影潼望而却步，就可以无所顾忌地道出最令他感到疼痛的话语，那洛光就都该知道，如此不敬的拒绝，是在逼着影潼与他决裂。

不惜公然反抗父亲，影潼为了守护母亲所付出的代价，不仅仅是拳头带来的伤痛和几颗丢掉的牙齿。

你不是说过我的妈妈，是温柔的人吗？你不是说过，我有那样的妈妈，一定会很幸福吗？

可如今当你提到她时，浮现在嘴边的冷笑是怎么回事?!

流露在眼中的不屑，又是怎么回事?!

自己被人愚弄，难免会感到悲伤和恼火，但自己的母亲被愚弄，这些复杂的情感，反而就不存在了。

心中泛起的，唯有刻骨的恨意。

不再纠结于是否要去揭发他曾身处 E 班这样的琐碎小事，影潼要做的，是要让洛光身败名裂。

一旦确立了卑鄙的目标，任何可耻的手段，就都成为了达成目标的必然选择。暗中跟踪着洛光、一刻不停地想要寻求丑闻的影潼，并没有想到自己这么快就能挖掘出惊人的真相。

没能一开始就对洛光进行跟进，是他的失误。

洛光他，竟然会去嫖妓。

这可真是……不得了的新闻啊……紧握着摄像机，影潼的手指颤抖不已。

出入色情场所的录像已经被完整地拍摄了下来，想要让他堕入万劫不复之地，只要动动手指，在网络群组里按下发送键，就能轻松如愿。可影潼并不打算立刻就这么做，洛光在班中的工作非常努力，人气也在慢慢地积累，迟早有一天，他会在班中出人头地。到了那时，他才算是真正具有被摧毁的价值。

然而病态的执着，没有让他收获耐心的果实。影潼在随后不久，遭遇了事态的突变。

"既然如此，为什么你不去找那个女孩呢？"那天在废弃大楼里，他听到了洛光和那名援交小姐的争吵，"是因为已经死了吧？"

"就算我是供人泄欲的工具，起码我还活在这个世上，而你心中的那个女孩，无论有多高贵，现在，也只不过是一堆白骨了。"

听她这么说，影潼感到心中一紧。那个妓女，还真是说了不该说的话。争吵并没有继续下去，在影潼看来，被这样恶语相向，洛光绝对不是那种还能一笑了之的人。

那是怎么了？发生什么了？

不祥的预感已经溢满心头，但好奇心使然，他还是小心翼翼地从立柱后面，腾挪出了半寸视线。

于是，瞬息之间，思维的回路便与目睹情景的眼球同步灼烧，僵硬的喉结发出了怪异的响声，听起来，就好像他才是那个被他紧紧扼住喉咙的被害者一样。

没错。

洛光他，正准备将这名妓女活活扼死！

影潼抬起手中的摄像机，仍旧听从着累积的直觉而将摄像机颤颤巍巍地对准了现场。

与此同时，双手如铁钳般注满力气的洛光，头颅扭转，目光笔直地瞪向了这里。

两人对视，影潼看到的洛光既不狰狞，也不暴怒，而有一双能够诱发心底恐惧的黑色瞳孔。

摄像机差点就从手中坠落下来,他急匆匆地闪身缩回了立柱后面,自欺欺人地告诉自己一定被没有对方发现。心脏像是要从喉咙里跳出来般跳动着,冷汗从额头冒出,沾透衣襟,滴湿地面。

杀人犯距离这里还有数米的距离,若是还能动弹,赶紧趁现在拔腿就跑吧!

理性构架出的逃生之路摆在眼前,抖若筛糠的双腿却不听使唤。

到了这时,他竟然哑然失笑了。

自己明明连急促的呼吸都控制不住,又怎么,还能够操控完全失灵的四肢呢?!

越来越近的脚步声,终于传到了耳畔。

噔……噔……噔……

地面上响起的,是沉重而不可逃避的死亡预告。

完了。他心想。一切,都结束了……

强烈的战栗过后,后遗症般的痉挛,席卷了影潼的整个身体。

很快,我就要命丧此地了……绝望蔓延,崩溃从毛孔里渗出。闭上双眼,他静静地,等待着死亡的来临。

如果没想着拖这么长的时间就好了,如果没想着去报复他就好了……

脑中的闪回播放个不停,等到意识里终于泛起一片空白,这一次,连他自己都不知道已经过去了多长时间。

直至重新睁开眼睛,影潼的第一感觉,是自己还活着。

冰冷的月光铺洒在地面上,像是欢欣晃动的精灵,铁锈般的血腥味游荡在鼻腔中,令他感到了喉头的炽热。

劫后余生的欣喜赋予了影潼力量,喘着粗气,他站起身来。

洛光走了,他并没有被发现。

从立柱后面走出,他简直想要为自己的运气放声大笑!

只是,这样的冲动,随着另一番场景的呈现,便伴着错愕冻结在了他的喉咙里。

奇怪的声音从死去的那名小姐身上响起,死者的眼睑上,镶嵌着折射银辉的闪亮丝线,而她整个肚子更像是砸在地上摔得粉碎的西瓜,稀烂的红瓤从四分五裂的口子里流了出来。

一名穿着雨衣的男子,双手伸进去,似乎正在埋头寻找着什么东西。

死者安静,生者沉着,而站在后面的观测者,则宛若僵死般,一动未动。

血淋淋的场景在脑中久久挥之不去,我一夜未睡。

走入教室,我才发现炸开锅般的班里,已经四散着昨晚凶案的传闻。

如果单是东区的妓女被杀害,本来只是不值一提的谋杀案。但是死者的腹部被抛开,眼睑被缝合,如此残忍的手段,使其成为众人所关注的话题。

凶手与处理尸体的家伙,并不是同一人。正因为自己亲眼看见了整件事情的过程,我才能够下此定论。不过,那个人是谁,还重要吗?

昨晚通过搏命获得的成果,正清清楚楚地反映在了录像当中。洛光亲手杀死了一条生命,是他自己选择走上这条毁灭之路的。就算我什么也不做,那个人,也会就这样慢慢地腐朽下去,然后人间蒸发吧!

回顾几个小时前的惊心动魄,现在已经冷静许多的我,决定去找洛光谈谈。

"怎么了? 找我有什么事? "

好不容易约见了对方,我见到的,仍旧是一脸厌烦的对方。

"不……没什么……"影潼吞咽着口水,想要说的话,在这时,却一句也想不起来了,"今天早晨……你的表现似乎不太正常。"

当班中在讨论杀人案件时,大家都兴致勃勃,没人会注意当时的班长已经露出了满脸的慌张与惊恐。

"你想说什么? "

洛光皱起了眉头,似乎并没有出现我想象中的茫然失措。

感到有些口干,我下意识地伸出舌头舔了舔嘴唇。

自己,一定是哪里不正常了。

想要明哲保身就守着那份录像乖乖地躲在家里,想要展开报复就毫不犹豫地将证据交给警方,现在独自前来与凶手会面,再蠢的人,也不会这么急着自寻死路。

洛光盯着我,那种因为摸不着头脑而有些恼火的目光,几乎要让我以为昨晚的那个杀人犯,并非眼前这个一脸莫名其妙的男生。

当然,也只是"几乎"而已。

"影潼,我是不知道你把我叫到这里来有什么目的。"洛光说道,"不过,我希望我们不要再以这种形式见面了。"

我又被厌恶了吗?洛光是不知道他的把柄已经握在我手里了吧?

昨夜的畏葸逐渐淡化,遭到羞辱的黑色情感终于再度盖过了理智,我,总算是笑出了声。

"我明白了。以后没有特别的事,我是不会再来找你了。"

与洛光告别,我迈开步子走出了校园。

占据主动的是我,为何反要将自己逼向劣势呢?

我手中持有的是足以反转局势的王牌。机会还有很多,通过刚才的对垒,我至少确定了,我是绝对,不会将这段录影交给警方的。

摧毁洛光的扳机将由我按下,也只能由我按下。

这时,我感到有人在身后拉了拉我的衣袖。

回望过去,眼前是一个身材娇小的女孩。

高中时期看过的照片,不可能记忆得十分清楚。

而强烈的窒息感袭上心头,难以置信的情绪,夹杂着犹如看到亡灵的惊恐逐渐弥漫开来,在那个女孩的身上,我看到了一副绝对不可能认错的皮囊。

"也就是说,你是花拾的妹妹?"

听女孩讲了这么多,若不是早前知道洛光的女友确实已经身亡,影潼绝对无法相信,这世上竟会有面容如此相近的姐妹。

"你是怎么找到我的?"

"你在追踪洛光的时候太用心了,"女孩莞尔,"我跟在你的后面,你却没能发现。"

听到这话,影潼心里一沉。

莫非她也看到洛光在废弃大楼里杀人的经过了?

不行。对洛光造成致命的打击的真相，是只属于他一个人的财产，绝对不能被他人染指！

谋算至此，他的目光立刻变成起初的冷漠。

"那你都看到什么了？"

"我追踪的技术并不怎么好，跟了两次，就跟不上了。"

影潼并不傻，眼前的这个女孩伶俐过人，自己一定是被跟踪了很久，分析了很久，才会被认定作为说服的对象。不过最重要的，还是在于她是否已经知道了洛光杀人。

如果知道的话，她就没必要再来找别人联手了吧？

对女孩了解不足，他只能做出这样的揣测。

"你复仇的原因是什么？"

"洛光伤害了我的姐姐，否则，她不会自杀。"

对女孩的解释，影潼觉得有些不可思议。

洛光的苦楚，影潼是清清楚楚看在眼里的。

女孩可能是误会了，或者被骗了。他心想。

"这事，是谁告诉你的？"

"我的父亲。"女孩瞥了他一眼，"怎么了？"

"不，没什么。"将困惑压在心底，影潼开始了新一轮的试探，"洛光并不是我的仇人，我想你恐怕是找错了盟友。"

"你这么说，就没意思了。我一直以为，制订计划，主动出击，总比一直漫无目的、鬼鬼祟祟的跟踪要强。我们能够认识，是彼此的机遇，我看，"女孩微微一笑，"你还是别浪费了它为好。"

影潼不得不承认，女孩的计划，确实非常周详。

"我们需要一个棋子，手中有牌可打，要比亲自上阵好得多。"女孩说道，"我们的计划里，需要这么一个角色。"

"那我们该怎么做呢？"

影潼问出这句话的时候，他便意识到，复仇的权杖已经转交到了这个女孩的手中。

"这是什么？"

看到女孩将皱皱巴巴的人皮面具和各种各样的化妆道具摆在桌前，影潼不由问道。

"你猜呢？"

女孩的喉咙里突然发出犹如七八十岁老人的嗓音，让他吓了一跳。

"你会变声？"

这是她在孤儿院里向别人习得的技巧，那个地方什么样的人都有，可以说，真正让她迅速成长起来的地方，正是东区那片万人禁足的修罗场。因此看到影潼的反应，女孩并不感到意外。这是她长时间练习的成绩，理应达到这种效果。

"这里最贵的就是这张画皮，"女孩举起那张苍老面容的面具，"我买的是便宜货，自己在上面做了加工，你觉得怎么样？"

"这种事，你不戴上我怎么看得出来？"影潼始终都没能跟上女孩的思路，令他感到一丝挫败，"你想用这个做什么？"

"我在网上看到，这座城市里曾经发生过一起特大交通事故。"

"忽然提这个做什么？难道和你有什么关系？"

"本来不会有，不过在事故生还者里，有个小孩讲的故事很有意思……"对着镜子，女孩戴上了人皮面具。于是整张面庞，除了那对笑弯的清水双眸，完全变了模样，"所以，要说现在那场事故和我有什么关系的话，那一定是相当紧密的。"

随着准备工作一一落定，影潼开始按照女孩的吩咐，将精心拍下的女孩照片附着信笺，一同寄送给了洛光。

内容言简意赅，简短的指令，甚至不容反驳。

想要见到照片里的人，就邀请潮屿参加暴君游戏，并取得胜利。

计划进行得很顺利，恰如女孩所说，对方如同看到香饵的鱼，轻而易举便上了钩。

"最难的是一开始。"女孩说道,"如果潮峋不答应洛光的要求,接下来的步骤就难以实施了。"

真是故弄玄虚。尽管这么想,影潼还是按照女孩的吩咐,完成了自己的分内之事。

那天,他将赋城叫进了宿舍。

"不用装傻了,我知道你曾经在东区的孤儿院里待过两年,"赋城脸色苍白,两腿颤抖。单看这种反应,影潼就可以断定,女孩给出的消息并没错,"还是说,要让我把你的资料传到备案区上面辨一辨真假?"

"你想让我怎么做?"

对方很灵光,这就省了不少工夫。

获取潮峋的信任,并找到适当的时机向他引荐算命师,对他人进行定向诱导的难度虽然很大,但影潼相信,如果不想被追杀,被逼入性命攸关的绝境,赋城一定能发挥出最大的潜能。

"潮峋现在住在外面,学校已经发了通知,他很快就会回到这里收拾房间,"影潼说道,"到时,我会为你制造契机。"

"这是什么意思?!"影潼拍案而起,影潼怒目圆睁,"以我为中间人,潜进我们的班级群组,结果,就是用来给你做这种事的?!"

在影潼的记忆里,他已经有很长时间都没有这么愤怒过了。女孩,最终还是通过班级的网络群组,将赋城是东区人的消息公布了。

"你是故意的,"影潼压抑着自己的怒火,想要听到一个合理的解释,"你到底想干什么?!"

"你急什么?"女孩不急不慢地说道,"在同班同学眼中,你能将藏在身边的东区人揪出来,他们都会视你为英雄。你到底在害怕什么?"

"少来这套!"影潼咆哮着打断女孩的诡辩,"消息是你放出去的,赋城却一定以为是我干的,他要是在死前把这些事都告诉了潮峋怎么办?!"

"赋城不是什么都没说吗?"女孩的语调非常平静,"你放心好了,在那种情况下,他哪里还有讲话的余地。光是想着怎么躲避追杀,就足以令他应接不暇了。"

话说到这种程度,影潼无力反驳。因为女孩所讲的确是事实。

"和我说说你的打算吧,全部的打算。"

不想再被牵着鼻子走,如果女孩还是闪烁其词,他就要考虑是否退出了。

"我发出的信息还留在你们班级的网络群组内。只要稍微用点心,潮崤就一定能够明白,是有人暗中想要谋害赋城。"

"你口中的这个人,不就是我吗?"影潼冷笑。

"因为死去的是东区人,警方肯定不会插手。我又已经将账户注销,我相信,只凭潮崤自己的能力,是无法找到真凶的。"

"所以呢?"

"之前领略过了算命师的本领,如今走投无路的他,除了来找我,并没有什么更好的方法。"

"然后你要向他指认我是凶手?!"

"是的。"

没有多做思考,或者说,也没有多做思考的必要,女孩迅速给予了肯定。

"你这家伙!"影潼一把拽起了女孩的衣领,他忘记了对方只是一个女孩,他甚至忘记了,这种力道只要再持续一段时间,就会让她窒息而亡。

"这是难得的机会,"呼吸困难的女孩,脸色已经有些泛紫,"若是心里有报复的想法,他肯定是不会和一般人说的。怀揣着隐密的动机,如果他问到了这里,我们的手中又恰好有准确的消息,是能够让他彻底相信算命师的重要契机。"

"你想让他杀了我吗?啊?这就是你的复仇计划吗?把我当作弃子?!"

"你放心,我为你争取了足够多的时间。我会和他提出交易条件。"

"交易条件?"

影潼松开了手,双脚离地的女孩重新回到地面,她捂着胸口,第一反应就是竭力呼吸着新鲜空气。

"你说。"影潼冷酷地命令道。

"他必须要在这座城市中找到我,才会被告知谁是谋害赋城的凶手。"

"什么意思？作为算命师,他不是已经和你见过面了吗？"

"我需要他在生活中和真实面孔的我有所接触,对他直接施加影响。"女孩说道,"算命师的装扮非常隐蔽,我有这个自信他不会分辨出来。"

"原来费了这么多事,"好不容易恍然大悟,影潼此时的心里,却再度涌上了怒火,"就是为了让他和你见面?！"

"是。"

"有必要兜这么大的圈子?！你想和他接触,干脆找个机会装作偶遇岂不是更好?！"

没有无意义的步数。

只有女孩自己知道,如果想要方便自己的出场,那么潮崎与洛光之间,就必须要产生下反目的基调。他们要互不信任,彼此猜忌,只有判断对方的基准错误,才会变得更加容易被利用。同样的,像影潼这样的蠢货,是不可能知道在接下来的计划中,算命师的介入将发挥何等作用的,她也没有必要全部向他说明。

"与潮崎同住的那个女生是我的朋友。关系这么近,你这种故作聪明的小伎俩,在她面前立刻就会被戳穿。"

不善交际的男生会在这座茫茫人海的大都市中偶遇自己最好的朋友,在这世上,根本就没有如此的巧合。

"那你直接以熏衣朋友的身份与潮崎见面不行吗？"

"熏衣这女孩占有欲很强,虽然她会和我说很多关于潮崎的情况,但见面这种事,若是由我提出来,只会适得其反。"

"你这么说,就好像通过算命师的授意让潮崎去行事一点都不会引人怀疑一样。"

影潼冷笑。

"潮崎的朋友不多,为了寻找图片上的女生,他必然会去求助熏衣,由他那边开口,熏衣十有八九就不得不安排我们的见面了。这样的安排水到渠成,熏衣不会直接怀疑到我的身上,潮崎也会更加相信算命师的能力,是一举两得的考量。"

对影潼所做出的解释,女孩当然有所保留。但她并不否认,避免熏衣的怀疑,是整体计划中非常重要的一环,可以说,正是熏衣无意间向她提供的信息,才构成了这个烦琐计划的关键。

"啊?!"女孩脸上露出了惊奇的表情,"幻觉?"

"是啊……"愁眉苦脸的熏衣轻轻叹了声气,"那个家伙,似乎总以为自己的妹妹会给他寄信。"

"什么意思?"听到这句话,女孩纤细的眉毛皱了起来。

熏衣和她说起这个名叫潮峋的男生,也不是一天两天的事。可时至今日她才发现,在熏衣对那个男生微妙的好感之下,埋藏着某种忧虑。

"难不成,和你住在一起的那个男生,自己幻想出来了这么一个妹妹?"

"不,那倒不是。"熏衣摇了摇头,"我看过他妹妹的照片,兄妹俩的眼睛,就像是从一个模了里刻出来似的。怎么看也不像是在说谎。只是……"

她顿了顿,像是在思考该不该说出口。

"怎么了?"

"那些所谓寄来的信件,我亲眼见到,是由他自己放进信箱的。"

"自己放进信箱?又假装自己接收?"

熏衣嘴角勾勒起无奈,点头。

"关键是,看他收到信件时那副开心的样子,似乎一点也不知道自己曾经做过些什么。"

是有些蹊跷。女孩暗想,这确实像是精神出现问题的人才会做出的事情,怪不得熏衣疑心。

"这还不是最可疑的地方。"熏衣接着说道,"有时我在便利店值夜班,回来时却发现他根本不在屋里。"

"你怎么知道?"

"因为有一次我刚回家后不久,便撞见了他也进门。当时,是凌晨三点多。"

"结果呢?他说什么?"

"我根本就没问呀,"熏衣摊手,"这是人家的私生活,总在旁边问东问西,会招人厌的。"

"但半夜出去游荡，实在是有些令人毛骨悚然啊。"

"会不会是梦游？"熏衣一厢情愿地做出善意的揣度。

抚着额头，女孩微微吐了口气。就好像用梦游解释这件事就不那么可怕似的，在很多方面都很老练的熏衣，唯独在谈到这个男生时会失去判断力。她对他怀有很深厚的好感，从每天都喋喋不休的谈论中就能看出，想要让她客观地分析这件事，根本就不可能。

"那你打算怎么办？"

"我想再观察一阵。"熏衣说道，"就算你现在这么问我，我也不知道该如何是好。"

直到此时，女孩仍未对熏衣所说的事过多注意。自她从东区的孤儿院重返西区以来，已经过去了一段时间。在得知姐姐自杀的消息后，受到重度打击的她，单是从中恢复过来，就已经竭尽全力了。

事情发生在两周之后。

那天，熏衣抱着异常严肃的态度找到了她。

"花拾，关于潮峋的事，我私底下问过心理医生了。"

"他怎么说？"

"解离性同一性障碍。"熏衣面色凝重，目光有些晦暗，"也就是人格分裂，医生是这么说的。不过，想要进一步确诊，就必须带着患者去。"

"这不就好了吗？"这么说的女孩，当然只是看到了事情简单的一面，"带他去心理诊所看看吧。"

"你真这么想?!"熏衣目露不满，认为她完全没有为自己设身处地去思考问题，"你要让我带着潮峋哥去看心理医生吗？这样的请求，我连说出口都觉得困难，又怎么可能去付诸行动？"

没错，要是这么做，就相当于告诉对方，我认为你的精神出了问题。以目前熏衣的这份痴迷而言，这种做法实在是太残忍了。

"难道你就要和这样形迹可疑的男生一直住在一起吗？我对心理问题啊，精神疾病啊那些事是不太懂的，不过，这个叫作潮峋的男生，是拥有其他人格了吧？"

在同一天内接连听到两个人将这个事实叙述出来，熏衣的心，又往下沉了一截。

"我会想办法帮他医治。"

"你疯了吗？"女孩差点就喊了出来，"我说，这种情况可不是一般的病症。专业的心理医生尚且没有十足的把握能够治疗成功，你能做什么？"

熏衣埋着头，没有说话。

"你该不会是真的想去犯傻吧？"女孩按住了熏衣的肩头，"一不小心，可是会丧命的。"

"没关系。"熏衣扬起脸，露出了温和的笑，"我有自己的办法。"

人格分裂最常见的诱因，起源于琐碎杂乱的记忆碎片。对妹妹的执念，一定是深刻地印在了潮峒的脑子里，才会使他刻意制造来信，形成心理暗示，从而避免有意识本体受到伤害。

虽然心理医生是这么和她说的，但熏衣大概并未完全理解其中的意思。因此，她口中所谓的治疗方式，近乎门外汉般的简单粗暴。

她准备将全部所谓妹妹寄来的信件，尽数藏起来。

因为信件投递的地方是两人共用的邮箱，在转天他前去收信之前，熏衣有整整一天的时间可以随时行动。

"你确定要这么干？"

"嗯。"熏衣点了点头，"再过些时日，我就会着手去做。"

回答得如此果决，熏衣其实并没有注意到，对方的眼中，已经闪出了异样的光芒。

无疑，在面对潮峒时，算命师的手中，又多出了一个具有相当分量的砝码。

那个女孩并非前来复仇的亡灵，而是货真价实的恶魔。

现在才有所发现，是我的疏忽。

"你说争取时间，"那天，我曾问道，"我想知道，我又能拿争取来的时间做什么？在潮峒知道我就是凶手之后，要是前来寻仇，我不是一样没有办法自保？"

"熏衣这么重视潮峒，对方也不是那么薄情寡义的人。以她的人身安全作为护身符,无论如何,他也是不敢动你半根毫毛的。"

你说得倒是轻巧。清楚对方的软肋,和如何施以痛击,完全就是互不相干的两回事。

"熏衣那边我会为你安排好。到时,他追到了你,你只需要按照我教给你的话,一句一句全都说出来就好。"

女孩这么说,不由又令我感到一阵心寒。

连自己的朋友都可以出卖,这样的人,每句话都是谎言。

赋城作为她的第一枚棋子,在被利用过后,很快便被残忍地抛弃了。继续这样下去,我不知道会有什么样的结局等待着自己。

所以我,在目睹眼含杀意的潮峋时,便已经做好了赴死的准备。

"怎么样? 现在,你可以相信我了? "她气定神闲。

我相信了女孩的阴险,相信了女孩的毒辣,也相信了女孩的运筹帷幄。

和想象的一样,很快,女孩就和潮峋认识了。她的计划,也随之进入了下一个阶段。

"常去的地方? "被这么一问,我也有些发愣,"平常除了上课,他连学校都很少来,根本就……"

"我不是让你在校园里跟着他了吗? "听我这么说,她的面色陡然阴沉了下来,"怎么连这点小事都做不好?! "

这点小事?!

啊,真是不好意思。我也是有我自己的生活的。不可能每天都陪着一个小姑娘在这里玩过家家,忍受着你颐指气使的嘴脸,给你当地位贫贱的下仆!

"怎么? "女孩瞪着我说道。

"没,我是在想……最近,他倒确实是比以往更愿意待在学校里了。我在图书馆里,曾经碰到过他两次。"

"我知道了。"女孩点头,"拍摄的事,就麻烦你负责了。"

事到如今,何必还要在这里装腔作势?

寄给洛光的照片也好,寄给熏衣的照片也好,哪张不是出自我手呢?!

然而,视我的恼怒如无物,就在前一秒还提出蛮横要求的女孩,此刻,对我露出了甜美的微笑。

将女孩与潮峋同行的照片拍摄下来，再寄送给洛光。这样的行径对影潼而言，也只不过是在偷鸡摸狗的罪行中，又添加了算不得浓墨重彩的一笔而已。

真正让他感到困惑的，是女孩接下来的计划。

"去让他保护你？这算什么？你不是说他还有个妹妹可以利用吗？到了现在，我也没见你有所行动啊。"

"想要制造冲突，就要找到两个人的矛盾点。潮峋那边，已经答应了要完成这项委托。"

"然后呢？那个假想的迫害者，就是洛光了？"

"是。"女孩答道，"姐姐在生前一直没和他提起过我，从他现在的反应就能看出，他心中一定是非常暴躁。你不是也说，他在班里的表现越来越异常，越来越让人感到可怕吗？他人自然就会慢慢地将他当作危险分子。尤其在关于我身份的这个问题上，现在，他们两个人彼此猜忌，很容易就会被引导上敌对的立场。"

"就算两个人真的中了你的计谋，我可不觉得只是这样，潮峋就会为你拼命。"

"他这么做，不是为了我，而是为了自己的妹妹。"

"他的妹妹？"

关于潮峋人格分裂的事，影潼还一无所知，女孩也并不打算浪费时间多做解释。

"他和他的妹妹失联了，想要回去一趟。却被那个教父拦了下来。"

影潼记得这个所谓的教父。第一次和算命师见面，潮峋提出的要求，就是调查那个人的身份。

"为了阻止他离开这里，教父给出的理由玄乎其玄，"女孩继续说道，"倒像是在告诉他，要是赶回去的话，妹妹反而会遭遇不测。所以，他想要拜托我们查明教父的身份。"

拜托我们？影潼冷笑，这时候，倒是把两个人绑一起了啊。

"所以,这就是交换的筹备码？"影潼问道,"调查那个教父？"

"应该不是什么难事吧。"女孩瞧了一眼影潼,"算命师第一次和他见面之后,我不就是让你着手去查了吗？"

没错,对这件事,影潼确实已经调查了一段时间。

但,不是因为女孩的命令,也和复仇的计划无关,而是因为他那颗已经蛰伏很久的好奇心,再次搏动了起来。

自出生开始,影潼就活在这座城市之中。凭借他对这里二十年的了解来看,那座破败的教堂里,根本就不可能存在所谓的教父。

没有私家侦探的专业技巧,更不具备理清事件脉络的高强逻辑。影潼所能想到的最精明的办法,就是在那座教堂不起眼的草丛里,埋放一个微型的独立录音器。

成本低、易操作,最关键的是,各方面能力都有限的他,确实别无他法。

就在这时,衣衫凌乱的女孩闯进了自己的工作室。

"你这是怎么了？"

看到女孩惊魂未定,影潼的第一反应,是笑。

两人都知道,影潼的这番话,是明知故问。

女孩曾提醒过,当她与潮峋见面时,影潼要将每次见面的照片拍摄下来,然后不间断地匿名寄送给洛光。想要加深两人之间的裂痕,这么做当然会起到作用。

但是,对于如此一成不变的进展,潮峋已经有些厌倦了。

早在今天午后,听从女孩命令,一直跟随在后的影潼,正准备拿起摄像机,就目睹了洛光与他们正面相遇,对质乃至厮打的全过程。

"为什么不站出来？"女孩瞪着他,"当时你在场吧？潮峋差一点就没命了！"

影潼也回瞪着女孩只是其中的意味,却大不一样。

"我为什么要站出来？没有记错的话,我的工作,不过是站在幕后负责拍拍照片而已吧？"

影潼是有意的,女孩知道。看到如此狼狈的自己,他是在幸灾乐祸。

"这下，你也该明白了吧？"影潼站起身，俯视着面色憔悴的女孩，"不是每个人都是任由你摆布的工具，也不是谁都可以按着你的计划乖乖地被戏弄。你真的以为自己的计划就这么天衣无缝？洛光他啊，可一点都不傻，能够被你算计到这种地步，已经很不容易了。"

"你想说什么？"女孩的语气冷了下来。

"你说潮峋差一点就没命了，"影潼皮笑肉不笑地扫了一眼女孩，"不是正好符合你的心意吗？彼此仇恨，甚至痛下杀手，这不是已经距离你的目标很近了吗？"

女孩贝齿咬着樱唇，别过了脸。

"死了又有什么关系？反正，若是死了，就说明是没用的弃卒，和当时的赋城一样，当作废品直接扔掉不就好了？"揪住女孩露出的一丝脆弱，影潼继续着穷追猛打，"还是说，因为你对那个潮峋在乎得不得了，所以看不得他受伤害了？"

像蠢货一样。女孩心中默念着。自己竟然会去找到这种家伙当作自己的同伴，当时的自己，真是犯下了致命的失误。

亲生父亲对自己的虐待，已经到了无法容忍的程度。就算是她，也不可能再按部就班地按照原计划行事了。

"喂。"

影潼的一句呼喊，唤醒了女孩的思绪。

当她回过神来，眼前所见的，是一张刻满着丑陋与恐吓的嘴脸。

"你，该不会是想要背叛我吧？"

为了满足自己的好奇心，每天回收录音机，将音频传输进电脑，再把录音机重新安置在教堂的固定隐蔽地点，已经成了我日常生活中的一部分。

习惯性地将录音快速播放，我本以为今天依旧会一无所获，却在录音的末尾，听到了对话的声音。

桌上的盒饭一下子被碰倒在地，手中的筷子也应声摔落。连自己都早已放弃期待，这份突如其来的惊喜，于我而言，就算称之为奇迹也不为过。

大概是录音器摆放的位置不太理想，听到的尽是一些琐碎的词汇。

按下停止键,仰望着天花板,心中涌起的犹如发现新大陆般的兴奋,很快就回归了平静。

算命师的事,大概是已经被那个自称教父的人发现了。

可最令我感到震惊的,不是对话内容,而是对话双方。

因为那个教父和潮岣的声音在我听来,竟像是从同一个人口中说出的!

整段对白从一开始,就是潮岣的自说自话。

好不容易获得了更多的线索,情况的进展并非一路坦途,我与潮岣见面的机会不多,对声线的辨析难免存有疑问。如果能让那个女孩来听,则多半可以得出结果。

那么,要不要给她打电话呢?

几天前,那个女孩到我这里慌慌张张地寻找着什么东西。随后,我看到她在角落里找到了一柄雕刻刀。

我依稀记得,在那里,在本应紧握在手心中的刀柄表侧,除了那张粉红色的贴纸,还粘附着一枚已经用过的创可贴。

不,我不会给那个女孩打电话。

她,已经完全不再值得信任。

指尖的鲜血彰显着酿下的惨案,前方的道路指引着深渊的归途。

无论曾构思过何等周详缜密的复仇计划,无论曾展现出多么令人发指的阴狠冷酷,眼下,刚刚亲手杀害自己父亲的女孩,只是一个饱经创伤的弱者而已。

赖以为生的世界观被糟蹋得不像样子,面对自己那已经残破不堪的人生,所剩不多的那些信仰啊,憧憬啊,也都被一股脑地吸入了名为绝望的黑洞。

沉重的呼吸路过胸腔,滑过气管,四分五裂地从嘴里和鼻子里爬了出来。

然而,不想放弃,不想就这样自生自灭。

这样对自己说的女孩,开始调转了步子的方向。

脑子里回响的声音,像是锈迹斑斑的齿轮在艰难滚动。唯一浮现在意识里的,是男生走上台阶,脱下衣服为她裹住身体的画面。

回去吧……

只要回去,只要找到那个温暖的人。那么,我的人生,就还有重新开始的可能。

女孩笑了。她一边用沾满鲜血的手掌揩抹着泪痕斑斑的脸颊,一边笑了。

血水混合着泪水模糊了视线,突然间,前方投射过来了耀眼的光线。女孩眯起眼睛想要辨清那道晃动的人影,却怎么也看不清楚,于是她试探着,忍不住伸手去感知。

未经打磨的幻想纵然美丽,却承受不起现实的触碰。

女孩纤细的指节微微颤抖,眼前那片好不容易才拼凑起来的琉璃墙幕,就这样破碎了。

映入眼帘的景象清晰,黑色的人影显露真身,确与女孩心中所想的轮廓相符。

只不过光芒死去,四下游走的,只有不可断绝的卑鄙哂笑。

为什么……要将自己藏在那样的壳子里呢?

看到眼前的那个人,女孩感到奇怪。

黑色的雨帽,黑色的雨衣,黑色的雨靴。

这样的打扮,不正是相当于告诉别人,他是一个危险分子吗?

怎样都好,压抑住不停上涌的困惑,女孩走上前去。

他是来接我的……我知道,他是来接我的。

这样一厢情愿的妄想,终究随着雨衣人亮出手中的凶器,而彻底失去了根基。

在尼德兰的人民斗争中,追求自由与解放的艾格蒙特伯爵,最终被他所信赖的阿尔法公爵背叛。歌德的故事并没有给理想主义者留下情面,女孩想要从经由贝多芬之手编写的童话中寻求安慰,其实并无不妥。

但至少一点,需要她提前有所察觉:

序曲,并不能篡改戏剧的终局。

自上次断了联系以来,已经过去了不少时日。

影潼明白,自己,大抵是被骗了。

陪着女孩玩了这么多天的游戏，真正的玩家却从来都只有女孩自己，长久以来对她积累的歹意终于失去了抑制，失去理智的影潼在认清事实的那一刻，将工作室里所有的东西都砸了个稀烂。

本就可笑的人生，被人戏弄一次，就已被贴上耻辱的标签。但，如果先后被不同的人接连戏弄的话，与其心怀愤恨，倒不如再好好重新思考一下自己走过的道路。

满地破碎的镜片倒映出他的冷酷，他松开紧攥的拳头，发现本应粉红的指甲，已经一个个都沿着黑色的血迹迸裂开来。

他要毁掉这个女孩。从下定决心对洛光展开报复起，他就发誓，对那些胆敢愚弄他的人，自己一个都不会放过。实际上，影潼早就发现了，尽管能够设计巧妙的计谋陷害他人，女孩保护自身的能力，其实很弱。如今的情况非常危急，她根本不会注意到，她身后已经跟上了终结她的魔鬼。

今晚的雾色，尤其浓重。

尾随着女孩来到了音乐教室的门口，他看到了坐在里面的潮崎，听到了女孩的演奏，两人在距离影潼只有一墙之隔的地方谈话，自己那充满仇恨的咬牙切齿若是再凶狠一点，嘴里发出的异响，怕是要直接传到他们的耳朵里去了吧！

想要借助潮崎的庇护逃离这座城市，女孩不知从什么时候起，变得天真得可笑。

是在经历了什么巨大的打击之后，连思维能力都差了？

在影潼的眼中，如今的女孩早已失去了往昔的机敏，就算这样一直跟着她，直到最后一刻再施以凶狠的痛击，他也有自信能够非常愉快地完成。

然而女孩回到家中，过了很长一段时间才从房里跑出，她的手中，空无一物。

怎么回事？

看着双手沾满血污的她开始漫无目的地在街区中兜圈子，这时亦步亦趋的影潼，本来有机会就此止步。当事情的发展开始超出自己的预料，如果想要保全自身，最明智的举动便是迅速逃离。从小就已从现实中修得这门课程的影潼，至今还是未能很好地将它运用到实际中去。

正因为此,他才会一直将自己暴露在巨大的危险之中。

街道对面出现了模糊的身影,影潼本以为那是前来迎接女孩的潮崤,却在确认轮廓的下一秒,被唤醒了曾在废弃楼宇里的恐怖记忆。

是洛光。

"啊……"两腿一软,影潼的身体不由自主地倒了下去。

洛光没有注意到他。

挟裹着令万物枯萎的气息,高大的身影自他身边擦肩而过。与死亡几乎打了一个照面,影潼连抬头的勇气都没有,俯卧的身体,就这样老老实实地被钉在了地面上。

而跟着那个女孩走在平行的道路上,自己竟然没有被发现,影潼觉得毕生的运气,大概都在与洛光的这两次相遇上用尽了。

求生欲击败了好奇心,恐惧感压垮了报复欲。

待他心神甫定,极目所望时,眼中,便只剩下了一片蒙蒙的惨白。

回去吧。艰难挪动着脚步,影潼那畸形的兴致突遭一桶冷水泼来,差不多,也该到此为止了。

洛光为什么会在这时候出现?他又是怎么知道女孩行踪的?

不,最关键的是,他跟着她,到底是想做什么?!

不知走了多久,也不知走向哪里,已经完全看不清五步之内状况的影潼,突然间听到了前方的异动。

一惯凭着好奇探索是非的人,也会有止步不前的时候,而此刻,或许正是这拉扯着他放慢脚步的畏葸之情,才拯救了他的性命。

等到影潼慢吞吞地赶过去,巷子里已经没有了人影。扶着湿滑的墙壁,他走到深处,一股浓重的血腥气味,顿时扑鼻而来。

循着那股令人作呕的恶臭,影潼来到了下水道的井盖旁。

一道道狭长的通风孔遮住了视线,他蹲下身,想要观察里面的事物,却怎么也看不清。影潼将手指深入缝隙用力往上扳,一边测试着重量,一边尝试着将它移开。

井盖是活动的,藏在里面的,是个黑色的包裹。

有人会将这里选作藏匿地点，是因为他很清楚，随着血腥味被老旧巷子里垃圾的恶臭掩盖，那些引人注意的痕迹，绝对会在一晚之内就消弭干净。若不是血液还很新鲜，加上今晚的空气实在黏稠，误打误撞走进来的影潼，是本不该发现这些东西的。

"这是……什么？"

不祥的红色液体兀自汩汩渗出，影潼缓缓打开油纸覆上的包裹。

如暴风雨覆盖其上，黑色的雨帽，黑色的雨衣，一柄舔舐过内脏残渣的钢锯，被围在中央。

灯光昏黄。

回到工作室，我迈过一片狼藉，难得为自己沏了一杯咖啡。

几天前在巷子中捡到的包裹，就锁在壁橱里面，那天晚上，怀揣着意外的收获，我在回去的途中看到了那具身首异处的尸体，以及躺在一旁，人事不省的潮峋。

再次目睹受害者死去的场景，远没有第一次令我惊慌失措。怀着恶意的快感观赏着背叛自己的罪人被虐杀的惨状，我心间所涌起的，是心满意足。

究竟是从什么时候开始，鲜血，死尸，这些对于人类而言本应反胃的事物，在我眼中也会慢慢变得无足轻重了呢？

理应在脑海中出现的那个标志着剧变的时间点，于我而言，却是圆滑到足以忘却的转折。

女孩死了。以这种近乎耻辱的方式，退场了。

当时的我，甚至大声笑了出来。

自作聪明的恶果，迟早都会成为拦路的毒棘。倘若努力的方向从一开始便是沿着谬误行进，那么再多的付出，也只不过是加速自己的败亡。

当然了，我从来都没有告诉过她，我的手中早就已经握有了毁灭洛光的王牌。

洛光不是裁匠，如果是从死者的死法来判定的话，那么从第一场案件开始，真正的裁匠，就另有其人。可是，唯独知道这个秘密的我选择沉默，背负恶名的那个人,除他以外,便别无他人。洛光第一次杀人时的摄像,就存留在电脑里面,如果连带着那套作案服装与工具一同发送给警方,我的复仇大业,便可以画上一个完美的句号。

可是,我并非是一个如此无趣的人。

行事需要讲求享受,至少,基于对此种享受的追求,我认同那个女孩所说出的话。

——手中有牌可打,总比亲自上阵要好上许多。

女孩的遗产,还有利用的价值。

比起事必躬亲,躲在幕后暗中操纵,更能令我感到有所成就。

就在刚才,我接到了一个电话。

潮岣想要在一个小时之后和我见面,尽管白天还露出一副誓不两立的敌意,他会改变主意,在我眼中是迟早的事。

那么,到底要不要和他见面呢?

日记不能继续写下去了,因为握笔的手指抖个不停。

看到镜子里面的映像,连我自己,都不得不摇了摇头。

影潼啊,你,实在是一个卑鄙小人。

面馆门口的摇铃声响起,潮岣等待的人,终于来到了他的眼前。

"说吧,叫我过来,究竟是有什么事。"洛光坐在了他的眼前。

"我以为你不会来。"

"你不会这么以为,对我到这里来,你很有信心。"

就在此前,潮岣在电话里告诉洛光,他已经掌握杀害花拾的凶手的绝对证据。

"杀她的人,是裁匠。"

"不然呢?"洛光向后倾了倾身子,"我说,把众人皆知的事实当作秘密讲给我听,你该不会是特意过来愚弄我的吧?"

两人现在的这种关系,早已容不下向对方开些无聊的玩笑。

"如果你是裁匠,倘若现在有人和你说,他已经知道了裁匠的身份,你会怎么做？”

洛光心中一抖,不敢肯定自己的脸上有没有泛起波澜。

"如果我是裁匠,"尽力保持着语调的平稳,他望向了潮峋,"既然那个人有这个胆量和我说,我就会将其杀之而后快。"

"没错,"异常认真地,潮峋点了点头,"我,也是这么想的。"

第五章　业之理

班中所笼罩着的沉重气氛,已经持续了两天。

"怎么回事……"红衣女生喃喃自语着,"已经过去这么长时间了,警方那边怎么还没有动静?!"

"别着急啊……"虽然嘴上这么说,黄色蝴蝶结的女生,此刻脸上的表情也好不到哪里去,"也许影潼真的是东区人。"

"开什么玩笑!"

压抑已久的神经像是终于支撑不住,红衣女生高声嘶喊了起来。

"备案区的记录里一直都没有出现他的名字!那个网站根本就不会有这种失误!我告诉你,影潼他不是东区人!裁匠那条乱咬人的疯狗,已经完全忘记他的猎杀原则了!"

"他也从来没说过一定要杀害东区人吧……" 黄色蝴蝶结的女生小声嘟囔着。

"你说什么?"红衣女孩瞪向了她,"你再说一遍!"

黄色蝴蝶结女生不再言语,将脸扭向了一侧。

红衣的女孩,已经神志不清了。这点大家看在了眼里,可他们,也并不比她好到哪里去。

和外面的天气一样,每个人的脸上都浮现出了阴霾。短短两天,班中同学已有三成请假，整个西区的中小院校更是将放学时间提前到了午后。媒体像是炸开了锅般对裁匠最新一起谋杀案进行跟踪报道，裁匠重新划定了受害者范围，无异于抽了他们一记响亮的耳光。

影潼被发现死于东区的废弃大楼，全身被大卸八块后，又被一一缝合起来，可说是裁匠手里死状最惨的受害者。可就在大家刚刚得知这个消息时，所有人还自顾自地以为他是东区人，一边慨叹着这家伙将身份藏得这么深，活该受到制裁，一边谈笑风生地开始对裁匠歌功颂德。

而转变的发生，没有超过二十四个小时。

"我告诉你们，"红衣女孩对着在场呆若木鸡的人喊道，"裁匠已经盯上我们了！之前连续杀了两名妓女，现在又对学生痛下毒手，我们这些人，就是他的下一个目标！"

这些天来，一直压在所有人心底的畏惧，终于露出了崩溃的迹象。

"啊啊啊啊啊！"坐在不远处，一名男生突然抱住了头，"你不要说了！我不想听啊啊啊啊啊！"

"喂，你冷静一点。"身旁的好友刚想劝阻，就被一把推开。

"你这个局外人给我滚！"他嘶吼着，"别以为我不知道！昨天我看到你爸爸开始大包小包地往车里塞东西，是想着尽早离开这座城市了吧！嗯?！但我们可不行啊，少爷！我的父母只是普通工人，去了其他地方，连找个糊口的工作都不行啊！"

癫狂，是可以传染的。以男生的失态为发端，全班顿时陷入了巨大的混乱之中。

有个男生捂住了耳朵，另一个人则干脆闭上了眼，嘴中念念有词。还有两个女生，已经开始止不住地抽噎了起来。而更多的人面露愁苦，犹如即将赴死的刑犯，垂着头什么话都不说。

到了这时，更没人会去在意那个平常几乎不和他人接触的家伙会怎么想。

但潮崤就坐在角落里，对他们冷眼相看。将无情的观众扯进场内，使其沦为跳梁的小丑，并不需要多么高深的心机。

完美的不在场证明，完美的嫁祸手段。

杀死影潼，既是裁匠向过去道别的仪式，也是他正式向警方宣战的开始。

那天，饱含着极致的杀意，用尽了平生最大的力气，他将刀刃刺入潮峋的腹腔。

倘若第一次杀人只是场无意识的事故，那么第二次尝试，洛光他，确实是非常用心，非常努力地想要把它做好。

可是，伤及内脏的创口也罢，足以致死的流血量也罢，这些都没能让潮峋命丧黄泉。

为什么呢？

当他看到那个早该死去的人又活生生地出现在自己面前，洛光的心里，不禁如此反问。

为何如此罪大恶极的家伙，还能继续活下去呢？！

洛光比复仇的女孩更清楚她的计划。自从不断接收到照片以来，洛光便开始怀疑，从被欺骗去参加暴君游戏，到现在与潮峋反目，都是他人暗中做的手脚。

看过寄来的照片，做出简单的推理，接下行动的方针，可说是异常明确。尽管搬迁过一次，他没有耗费太多力气，就找到了花拾父母现在居住的地方。

和那头曾经虐待过自己女儿的禽兽对话，完全无须客气，所以洛光的口气才会非常强硬。

"你应该记得，花拾的日记还握在我的手里。"洛光将收到的匿名照片摊到了桌上，"我不想听谎话，也不想在你这里浪费时间。"

与那样咄咄逼人的目光相对，男人的人生阅历告诉他，自己如果有所隐瞒，代价一定非常惨重。在男人非常老实地道出实情后，洛光明白，自己，是被素未谋面的花拾的妹妹怨恨了。

总算掌握了女孩的行踪，看着她与潮峋相处，看着她的一颦一笑，他就忆起了曾经的时光。脑海中略微有些发旧的片段，只要拭去尘埃，鲜艳的色彩，就会活蹦乱跳地回归原点。

或许，女孩并未想着要对自己做些什么吧。

看到她脸上纯真的笑靥,洛光的判断不止一次地发生了混淆。

当意识到自己正以兄长般的怜爱注视着女孩的一举一动时,他终于明白,就算这个女孩真的对他展开了致命性的报复,他也绝对不会忍心进行反击。

想要筹划反击的人,从来不是他。打算对女孩造成伤害的人,也从来不是他。

这点,直至他看到潮峋带着女孩来到那片雪人遍布的雪场,才终于有所觉察。

"小时候我梦想当雕刻家,今天带了工具,看来是用上了。"

"了不起! 你可不可以也教我一些?"女孩的脸上闪耀着兴奋。

"好啊。"

这句听起来再正常不过的回答,如果认真看潮峋当时的眼神,就完全能明白其中的意义。

潮峋眼里,白色的轻蔑中杂糅着黑色的嘲讽,黑色的嘲讽里渗透着红色的杀戮。

那是洛光见过的的最恐怖的眼神。而露出这种眼神的人,却以造物主般的冷漠去睥睨眼中的一切。

沉浸在接触新鲜事物的喜悦里,女孩并没有注意到潮峋眼中的异色。

洛光不自觉地站起身来,立刻就暴露了自己的行迹。

对方敏锐的目光,瞬间就捕捉到了失态的自己。

女孩并不知道自己的计划已被识穿,当着她的面,洛光仍然需要装出一无所知的模样。

那么,要怎样才能向她传递危险的信号呢? 要怎样,才能将眼前这个人逼出原形呢?

一边思索着对策,一边不留痕迹地与潮峋对话拖延时间,就在这时,洛光从对方的嘴里听到了警告。

"让开。"

让开?

这种大义凛然对敌人才会发出的警告,应该是自己的台词才对吧?!

除了对眼前这个男人的演技感到惊诧，洛光心中涌起的，还有怒火。

出手，厮打。

洛光已经做好了那种诡异目光再度闪现的准备，可潮峋，只是被打倒在地而已。为了发泄心中的暴怒，他凶残地伤害了潮峋。为了让对方相信自己不是跟踪过来的，他过火地质问了花拾的妹妹。洛光承认，或许，最近自己的许多行为，都显得有些过于激烈了。但自从在东区杀害那名妓女开始，每个晚上他都会被杀人的噩梦折磨，自我憎恨的时日，并没有因为逃脱法律的制裁而宣告结束。

所以今夜，他知道自己或许已再也不能逃离了。

距离上次在雪场看到女孩已经过了很长时间。洛光感到她变得更加纤弱，更加憔悴了。从单音失准到彻底失常，那勉强而为的琴声并没有持续太长时间。目睹流泪的女孩躲入后台，几乎是同一时间，他便与潮峋分别从两个出口冲到了外面。在那里，洛光行动了。

洛光揉着额头，走下了床。

将外衣披上，鲜见地，他想要到外面去走走。

月冷星稀，今夜的雾色格外浓重，他不禁打了个寒颤。

洛光漫不经心地来到校门口，记忆中，隔着那条夕阳铺洒的道路，花拾，就是在那里被那群不良少女欺负的。

当着女孩的面逞强得到的那点尊严，根本一文不值。当时的自己，只是一个无药可救的笨蛋。

所以，不要再说对不起。

救护车里，无法开口的少年想对身边自责的少女这样说。

因为即便轻声叨念出再多的抱歉，也只会将她引向忏悔与自责的尽头，也只会令她在今后的时日里，失去快乐的机能，丢掉相处的勇气。

洛光沉浸在亲手缔造的温柔乡中，哪怕生死两隔，似乎只要跨过这条街道，他就能抵达彼岸。于是，向着略微有些遥远的校园，洛光伸出了手，露出了一如过往般青涩的笑容。

就这样吧。

记忆尘封得越久,当浮土吹散时,空气,就会越浑浊。

保留着尚未冷却的温存,洛光本想就这样离开。如果,在那时没有看到一个模糊人影从校园里溜出来的话。

怎么回事?

看到潮峋与那个女孩在门口分开后朝着相反的方向而去,洛光怔住。

女孩并没有在躲着潮峋,望着渐行渐远的人影,洛光能够追逐的方向,只有一个。

往左边迈了两步,洛光最后,还是掉头去了另外一边,潮峋的一边。

雾色的掩护得天独厚,守在门口的洛光清清楚楚地看到潮峋拖着行李走出来时,心脏,不由得停跳了片刻。

洛光不知道他们两人在学校里面商议了什么,也不知道最终达成了怎样的协定。但是,如果女孩希望潮峋带着她离开这座城市,无疑是非常冒险的举动。

两人一前一后地来到一条不知名的死巷,那里偏僻荒凉,堆满的垃圾散发恶臭。怎么看,也不像是两人约见的地点。

他们……要在这里见面吗?

守在小巷口,洛光皱起了眉头。

而这样的疑问,很快,就得到了解答。

当潮峋重新现身时,洛光,不由得感到呼吸一窒。

黑色的雨帽,黑色的雨衣,黑色的雨靴。

他看到了,从不祥的预感正在变成黑色的现实,他离两人数百米,而距离一场他绝对不想亲眼看见的杀戮,也只剩下不足十分钟的时间。

事已至此,他本该想到情况正在发生可怕的变化,但洛光什么都没有做,只是木然地尾随着潮峋,直至下一个拐角处,目睹了他与女孩的相遇。

"潮……峋……?"瘫坐在地上的女孩,仰望着面前的雨衣人缓缓摘下了兜帽。

"本来,我是不打算插手的。那孩子还很单纯,遭遇欺骗是成长中必然经历的一环。"

花拾听不懂。完全听不懂眼前的这个人到底在说些什么。

洛光在女孩脸上看到的,是自己也曾在潮峋面前露出的茫然无措。

"你很用心,也很努力,设下的棋局步步为营、环环相扣,以一个小姑娘的能力来说,确实已经做得非常出色。可是,如果那孩子真的答应了你的请求,出城后,他做的第一件事,定然就是返乡。让他与雕荷见面,这样的事,我绝对不允许发生。"

说到这里,像是要宣告此次的主题似的,潮峋亮出了凶器。

那是一柄足以将人头轻松砍下的钢锯。

"其实,我也不是不能理解你的处境。不过即便是在孤注一掷的赌局里,也有绝对不能触碰的界限。小姐,躲在兜帽下,摸着水晶球的算命师游戏,就到此为止吧。"

话音落地。

人头落地。

看着女孩以如此爽快的形式命丧当场,直至娇小的身体如同失去平衡的布偶倒在地上,洛光空白的脑海里,才隐约呈现出了一行黑色的行文。

死了。花拾的妹妹,死了。

一动不动的尸体被他当作死去的猪羊般处理,在砧板上翻来覆去地拨弄,裁剪,缝合。

眼睁睁地看着一道道血肉横飞的血腥工序在面前上演,洛光却和坐在电影院里头等席的观众没有什么两样,倒映在瞳孔中的一切,都显得如此真切而不真实。

对方的利器始终没有离身,洛光很清楚,手无寸铁的自己倘若贸然出手,也只会落得同样下场。

没有办法了,束手无策的洛光,索性闭上了眼睛。

怂恿自己扑上去的火焰在心中燃烧,而畏葸之情则肩扛保持理性的大义,勒令身体后退。微妙的平衡将洛光钉在原地,至少,他已认清了现实。

继花拾死后,当看到她的妹妹被虐杀时,他再一次什么都没有做。

他什么,也没能做。

撕心裂肺的过程没能持续太久,旁若无人的刽子手乐在其中,任何欢愉,都存在着自身的时限。随着裁匠意犹未尽地离开犯罪现场，封锁呼吸的压迫感被陡然抽离，洛光扑通一声，跪倒在地。

眼泪伴随着难言的情绪流淌出来，四肢发软的他，啜泣着，爬向了那团已经不成样子的肉块。

对不起……

与雾色再无关联，红肿的双目无法视物，是因为羞耻的心，剥夺了他直视的勇气。

没能救你，真的对不起……

洛光将女孩抱在怀里，所捧着的，是支离破碎的尸体。

当啷！

有什么东西，突然从女孩的口袋里掉了出来。

紧紧抱着女孩的身体，洛光的目光扫向了地面。

粉色的贴纸已经被染红，饮血的雕刻刀，正沉静地躺在那里。

一个布偶的双眼被穿梭的银丝交叉编织，腹部咧开了血盆大口的狂笑。

一个布偶的双手紧握眼球，如同获得挚爱的珍宝。

一个布偶用手丢了头颅，四处奔跑着想要找回遗失的零件，让身体复原。

还有一个布偶被七七八八地砍成了碎片，破碎的肢体虽然被缝合，也只得静静地躺在原地，其余什么也做不了。

四个乖巧的布偶面朝中央，如同围绕着父亲般，簇拥在了他的四周。

于是，轻抚着它们的脑袋，他终于站起身来，踏上了无光的道路。

梦，醒了。

咚咚咚。

听到了礼貌的敲门声，一名四十岁左右的中年妇女从屋里走了出来。

"你是哪位？"她来回打量着眼前的洛光，"找谁？"

"您好，我是到这里来租房的，听说您还有空房。"

说着，洛光毕恭毕敬地递上了纸条："就是这间。"

房东抬眼看了看他,转身回屋,拿出了一串钥匙。

整座高楼一共分为二十层,每层都有十几个独立房间,是这座城市有名的出租大厦。但是因为年头久远,很多地方都已失修,墙壁上也贴满了大大小小的广告,居住环境实在算不上好。

"到了。"房东将钥匙插进孔内,防盗门被打开,除了极度简陋的家居,便只有几个摞在地上的纸箱。

"你运气不错,上次那个租户刚走不久,还没有人住。"

"请问这些纸箱子是?"

"哦,都是没用的东西,上次的那个租户不要了,就都留在了这里。你要是住,我立刻就把它们搬走。"

"上次的那个租户,是一个叫作影潼的男生吧?"

房东愣了愣,随后,便面露敌意。

"你是侦探?拿着张纸条过来找我,我就知道不是什么好东西!告诉你,要是不来租房,就别耽误我时间,赶紧滚出去!"

"我是来租房的。"洛光从口袋里掏出了一个信封,"但是,还想再向您问些问题。"

房东掂了掂重量,惊诧地看向了他。

这样的数目,对于洛光这样家世的人而言或许不值一提,但对于房东来说,已经足够撬开她的嘴巴。

"这些东西都是影潼的?"

"啊,没错,都是我收拾起来的。屋子乱七八糟,我还怎么让人住。真是的,人死了,还要留下这么多麻烦事。"

"这些东西,警方都没有收回吗?"

"人才死了两天,他平常似乎也并不住在这里,警方应该是还没有查出这个地方来。"

"你怎么知道他不常住在这里?"

"有一次整个大楼的水管破裂,家家漏水,很多人都急着报修,唯独他没来。后来我才听说,平常他基本都待在学校宿舍,没办法天天检查屋里的情况。等他出事后,我整理了房里的东西,大部分都是照片、录音什么的,我看,他可能是把这里当作工作室了吧？"说到这里,房东像是想起来什么似的顿了顿,"你是怎么知道这里的？"

洛光此前一直跟着花拾的妹妹,总共看到过她有两次出入这座大厦。

比起对外宣称要抓紧调查的警署,洛光拥有更为重要的情报与更加果决的行动力。这点,是他能够先于警方来到这里的关键。

"我是他的朋友,"洛光解释道,"之前,曾经和他来过这里。"

"是吗？"房东将信将疑。洛光点了点头。

"我要在这里住上两天,您把钥匙借给我用用吧。"

"那这些东西？"

"留在这里。"

"可这些好歹也算是个人隐私吧？不是我多事,但和命案相关的事,我劝你还是……"

话未说完,房东的手里便又多了一个信封。

花了两天的时间,他在影潼的房间里把两箱资料研究了个遍。

只是辨明那非人的眼神还不够,只是自己亲眼看到他对花拾的屠戮还不够,洛光清楚,如果想要给潮峋定罪,自己的这些一面之词,距离法庭上的一锤定音,还远得很。花拾死后,影潼很快便步其后尘,而作为裁匠、理应对影潼之死直接负责的潮峋,在那天晚上,确实有着近乎完美的不在场证明。

影潼那四分五裂又被胡乱缝合的肢体,是在凌晨时分被人发现丢在东区的废弃工厂里的。根据法医对外公布的鉴定结果,影潼的死亡时间是在 10 点至 11 点之间。而在这段时间,那天,众目睽睽之下,潮峋正稳如泰山地坐在面馆中,等候着洛光的到来。

影潼尸体所在的废弃工厂距离面馆约有 30 公里,即使按最短路程的乘车速度计算,单程也需要一个小时。老板娘说潮峋在迈入面馆时,晚间的新闻报道才刚刚开始不久,最多也不会超过 10 点 10 分。10 分钟的空当,在此种的距离下,根本不存在任何作案可能。

那么,这场不可能犯罪,真的就与潮峋无关了吗？

洛光将箱子收拾好,走出门时,他笑。

终归没能像答应房东时所说的那么老实,临走时,他的口袋里揣上了两样本不属于自己的东西。

那是一本日记和一支微型录音器。

没有任何多余的辅料,热气腾腾的清汤面,被端到了潮崎面前。

肉比以前放得要多。

潮崎抬头望了望,刚想说话,满头银丝的老太摇了摇头。

像是连站立都有些艰难,她一边摆了摆手,一边捶着腰,坐在了潮崎桌子的对面。

"看你经常过来,多给一点也没什么。再说,我们也快要打烊了。"

的确。现在,已将近深夜,空旷的面馆里,除了潮崎便再无其他顾客。

"三日前,我市某大学学生在晚间于中央教堂遇害。经调查,死者已确认不是东区人,警方宣布正式介入。由于犯罪手法相似,其首要嫌疑人,已锁定为日前连续作案的杀人犯裁匠。总警署发言人在新闻发布会上称,对于危害公共治安的恶性犯罪分子,一定要施以严厉打击。目前,警方已紧急成立裁匠专案组,向公众承诺,该案件一定会尽快告破……"

悬在天花板上的电视还在播放着夜间新闻,老板娘叹了口气。

"真是可惜啊……还这么年轻……"

潮崎将筷子伸进汤里,埋着头,将挂面一口一口地送进嘴里。

"听说这次的受害者,不是东区人?"

大概是客人少,所以想要和人聊聊天吧,老板娘继续说了起来。

"我和老头子,真是越来越不了解这个世界了。杀人凶手能够像明星一样被追捧,警察也跟着袖手旁观,仿佛只要死者一直是东区人,就和他们完全没关似的。现在的经济不景气,大家的生活压力都很大,自杀,他杀,这种事情,在西区也变得越来越多。这时,如果能塑造出一个假想敌,把所有的错都推在某个人身上,那么很多人的情绪就有了发泄的出口。对于政府而言,只要能平息社会的不稳定,无论做什么,就都可以接受。"

"但是，这样就足够了吗？政府不去致力于解决问题，而是习惯于推卸责任，如此换来的稳定，又能够维持到什么时候呢？我和老头子的想法，可能已经过时了，小时候也没上过什么书，所以有时思考问题大概单纯得很。民怨这种东西，真的只要像这样不停地转嫁出去，就能确保自身安然无恙了吗？在东区人被屠杀的时候，就摆出一副事不关己的冷漠嘴脸。一旦西区人遇到了危险，处理的态度则立刻发生了一百八十度的转弯。政府这份过激的丑态与不堪的狼狈，即便是在它所庇护的那群人眼里，恐怕也没有办法再被信任了吧。"说到这里，老板娘站起了身，望向了门外的夜色，"在政府的眼中，民众只是用途不同的工具，其实无论分成怎样对立的群体，到了最后，东区人和西区人之间，其实都没有太大的分别。"

在咖啡厅里，洛光与约出的人相对而坐。

"电话里你说有重要的事，需要我帮忙，"对面的男生托了托眼镜，面色凝重，"发生什么了？"

他是洛光的好友，也是刑事侦查学院的学生。洛光这个时候特意过来找他，肯定不会是什么可以笑谈的趣事。

"我想问问你，如果想要调查一个地方有没有残留的血迹，应该采用什么手段？"

"残留血迹？"面对洛光的单刀直入，男生的腔调顿时就有些僵硬起来，"你问这个，是想要做什么？"

"我希望你能相信我，这件事和我无关，但我必须要调查清楚。"

听他这么说，男生反而皱起了眉毛。

"不是不相信你，我们在不知情的情况下，不能向任何人提供技术援助。"

"不，你知情。你比任何人都知道，我是什么样的人。"

男生垂下了视线。

不行吗？

对此，洛光是有思想准备的，他是在逼迫着朋友冒违规的风险去提供帮助，如果被拒绝，不是对方不讲情义，而是自己太自私。

"鲁米诺和氧化剂。"

"什么？"

"哪怕只有微量的血液，只要碰到发光氨和氧化剂，血红蛋白中的铁元素便会催化产生鲁米诺反应。尤其是在周围环境比较暗的时候，因为产生的是蓝绿色荧光，一般来讲，效果还是很明显的。"

"这些东西可以买到吗？"

"如果知道一些化学常识，氧化剂可以使用碱性氢氧化物和过氧化氢进行调配，至于鲁米诺，"男生拿出本子写了一串网址，随后撕下递向洛光，"去这个地方买，试剂的纯度，很高。"

潮峋将手插进口袋，面朝寒风，走出校园的他微微吐出了白色的气团。

期末将至，又逢裁匠闹得人心惶惶，从今天起，学校已经放起了复习备考的长假。

花拾死后，算命师那边再无音信，潮峋已经下定决心，打算返乡看望雕荷了。

就在此时，口袋里响起铃声，潮峋掏出手机，屏幕上显示的是原先房东的号码。

真是奇怪……

潮峋已经从原来的住处搬了出来，虽然熏衣可能还会继续在那里住下去，不过押金等相关的交接事宜早已办理完毕，房东委实没有现在还来找他的理由。

"您好。"

他满腹疑窦，接通了电话。

"是潮峋吧？我有重要的事情找你！"

"怎么了？"

像是发生了不得了的事故，对方的语气非常急切。

"熏衣那孩子今天来找我退房，临走时留给了我一封信，让我明天转交给你。"

"哦。"果然,又是熏衣那边闹的名堂。

"唉,是我不好。因为看那孩子走的时候脸色不太对,也没有人来接她,问什么都不肯说,我就私自把那封信给拆了。"房东的话音,变得更加慌乱了,"那孩子,大概是要自杀。"

有那么一瞬间,潮峋没能理解最后两个字的意思。

话筒中的声音变得遥远起来,潮峋想要努力去听,却越来越听不清楚,直至传到耳边的,仅剩嘟嘟的忙音。

没有!

没有!

没有!

搜遍了草丛,唱诗班席与回旋阶梯,蓝绿色的荧光,在哪里都看不到。

莫非,真的是自己想错了?

影潼,是在某个地方被杀之后,才被搬运到那座大厦里去的。

尽管唯有以此为前提才能揭穿潮峋不在场的说法,但这样的假设,在现实中却很难实现。

在家里杀人藏尸,是最优先排除的选项,虽然行动起来很方便,但对街就是那家面馆,在那些潜在证人的眼前进进出出,稍有不慎,就会形成对自己极端不利的局面。况且家中藏尸的痕迹很难消除,一旦警方将他锁定为嫌疑人,闯进他的家中,基本上便宣告罪行的败露了。

穿梭于东西区的车辆在 11 点时就会被禁行,影潼被害还只是 10 点左右,正值往返的人流高峰。倘若真的不是将尸体藏在家里,既要避免被看到,又要掩盖刺鼻的血腥,同时,一系列行动还必须限制在十分钟内,这样的户外盲点,在这座城市里,根本就不存在。

可是,在看过影潼的日记,听过他所留下的录音之后,洛光的想法,已经产生了改变。

患有人格分裂的潮峋,谋害影潼的现场,正是这座他曾造访数次的教堂。如今这座建筑早已是一片废墟,就连白天也无人靠近,到了晚间,更是大家口中所传的鬼蜮横行之地。

潮峋将这里选作藏尸的理想地,不是知道这里藏有暗门,就是想要进行一场豪赌。

倘若潮峋在 10 点就对影潼下手,即便将藏尸的时间包含在内,他仍然有可能及时返回面馆。

唯一可能会出现的纰漏,是他是否真的会将尸体完全裹好。

在外面待了很长时间才重返教堂,裹尸布里的血液,真的一点都不会渗出到地上吗?

潮峋行动越快,对自己的不在场证明就越有利,可在同时,仓促的他,真的会耗费时间考虑这些旁枝末节吗?

一心想要寻出蛛丝马迹,洛光来到了这座教堂。

可是,在夜幕之下,哪怕些许的光亮,他也未能看到。

洛光叹息,走到了神龛面前,倚坐了下去。

鲁米诺试剂的反应非常灵敏,即便只是少量血迹,也能洞若观火般清晰显现。此刻,没有什么比严谨的科学佐证更能摧毁他的自信。

而就在此时,在他碰到神龛底座的那一刻,里面突然发出了空洞的响声。

洛光试探着,用食指叩了叩底座,那确实是能够活动的摆设,全力将其推开后,出现在眼前的,是一小片洛光未曾想到过的开阔地。

洛光胸口起伏不停,喘息也变得剧烈起来,他指尖微颤,将手中的试剂,便尽数泼洒了出去。

焦土化作光海。刹那之间,蓝斑覆地。

浪潮翻滚,天色暗淡。

星星点点的海水随着海风飘扬过岸,拍打在熏衣的肌肤上,透着凉意。

熏衣她不会结束自己的生命,她绝对,不会再去想着轻生。

几乎是抱着祈祷般的决心,潮峋沿着海岸,不停歇地奔跑了起来。

但现实却以直接的方式,摧毁了他心中最后残余的侥幸。

巨大的礁石上,那个曾经在沙滩前负手散步的女孩站在那里,正呆呆地望

218

着海平线。

今晚的涨潮来得有些早，那块礁石已被淹没得只剩一角。一旦坠海，海水想要淹没熏衣的头顶，实在太容易不过。

潮屿俯下身，屏住呼吸，慢慢地靠了过去。不料这时，脚下碰到的鹅卵石发出了响声。

月色凄凉，身着黑白礼服的女孩回眸相望，月光下的面庞，苍白如纸。

"熏衣……"潮屿伸出了手，"熏衣，回来吧……"

回来吧……隐藏在涛浪中的心声也好，埋葬在海风里的语声也好，潮屿很清楚，此时的熏衣，是无论如何也是接收不到的。

礁石上的女孩望向他，笑了。

对不起。

隐约间，那张开的口型，诉出如此的诀别。

"不要啊啊啊！！！"

潮屿猛然冲了过去，却很快就摔倒在了地上。他的脚踝扭伤了，指甲开裂了，潮屿像不知痛觉为何物的猛禽，四肢并用地疾奔了过去。

一望无际的鹅卵石滩地，让两人的距离显得如此遥不可及。

就在下一个抬眼间，他看到熏衣张开双臂，扑向了凶险浪潮的怀抱。

自从父母命丧于车祸之后，他便对大海产生了极大的恐惧。每次看到它的深不见底，他便会想起载着父母、自己和妹妹的轿车是如何被甩出崖道，海水是如何封死四周的车门，困在其中的妹妹与他，又是如何在绝望中祈祷着能有人来救他们的。

所以，当熏衣在海边对他说出那些话的时候，他的心里才会感到巨大的痛苦。对他而言，辽阔的大海并非意味着宽容，而只是单纯的死亡。

冰冷的海水包裹眼球，流进鼻腔。身体，已经跃入了海中。

不再思考，不再害怕，潮屿勉强打开模糊视线，却完全看不到熏衣的身影，他这才想起，原来自己，是不习水性的。

真是奇怪啊……在他的印象当中，自己，明明是可以游泳的。

"哥哥……"

听到水中传来了雕荷的声音，潮峋不禁微微一怔。

窒息的极限已经达到，他开始拼命地向上游去，无奈越是用力，身体越像一块石尊般向下沉去。

你的心……空了……

呼唤如泣如诉，宛若深海悲歌。

濒死的窒息感伴随着海水接连灌入了呼吸道与肺泡，感到完全不能呼吸，潮峋的意识，终是逐渐远去。

抓到了。

那个所谓的真凶，终于让他抓到了。

洛光走出教堂，右手攥成了拳头。

唯独还剩下的未明之处，是潮峋究竟如何将影潼的尸体运到了东区的废弃工厂。诚如前述，东区与西区的交界处在十一点就会实行车辆禁行，而在那时才刚刚与他分开的潮峋，完全没有机会利用车辆完成载运。就连自行车也不能横跨交界处，想要背着一个人徒步行走 30 公里，实非人力所能及。

倘若这点得不到解释，嫌犯的思路与手法就仍然无法得到解释。案件的最后一块拼图，就还没有被他寻到。

想到这里，前方突然闪烁起了刺眼的车灯，洛光不由举起手背遮挡了双眼。视线不经意间扫过腕上的手表，时针，指向了十一点十分。

不受禁行令的影响，硕大的垃圾车跨过交界在不远处停下，一股恶臭立刻扑鼻而来。

洛光急忙退避三舍，皱起了眉头。

这里是两个城区的交界，一些零碎的垃圾大多都会堆积在这里并由垃圾车将其拖走，拉往东区的填埋场。只是天气慢慢变冷了，气味不如以前刺鼻了，洛光差点就忘记了这点。

幸好，他还没有完全忘记。

所有的线索，顿时如火花般在头脑中汇集。朝着下车的工作人员，洛光微笑着，走了过去。

剧烈的咳嗽将潮屿催醒，又咸又苦的液体从口鼻中汩汩流出，躺在海岸，潮屿勉强撑起身体，看到自己已经被人围了起来。

"你没事吧？"

走过来的房东一脸关切。

是她叫来的人吗？耳道里似乎还有积水，潮屿又来回晃了晃脑袋。

"既然自己不会游泳，就别贸然跳下去啊。"说话那人浑身湿透，一脸苦笑地摇了摇头。

"熏衣呢？"

几人对望了一眼，没有说话。

无须再问第二遍，潮屿望向了天空。

"你们走吧……我没事了。"

其他人很知趣地纷纷离开，最后走的，是那个房东。

她语气沉重，像是思索着怎样讲话才更妥当，她递过来了一封信件。

"这是……她留给你的东西。"

"将垃圾运到东区填埋场的时间吗？大约是一个小时吧？"工作人员瞥了他一眼，"为什么问这个？"

"前些天，有一具尸体在东区的废弃工厂被发现，您知道那个地方吗？"

"知道是知道……"前言不搭后语的问题接连出口，对方显然有些摸不着头脑。

"那座工厂距离填埋场很远吗？"

"不远，那里本来就是因为要被划进填埋场才被迫迁走的。"

"方便带我去看看？"

"啊？那怎么行，我……"

看到洛光从口袋里掏出了钞票，对方不说话了。

十分钟后，当垃圾全都被装入车内，洛光已经坐在了副驾驶的座位上。

"当天晚上在装填垃圾的时候，您有没有注意过什么奇怪的袋子？"

"奇怪的袋子吗？"工作人员沉吟了几秒，"要说的话，好像确实是有……"

"什么样的？"

"差不多是三个吧，被绳子绑在了一起，大概是粗麻布的材质，但通体都是血红色，当时深更半夜，我着实是被吓了一跳。后来发现，那些布袋色调均匀，不过是染上了色而已。"

原来如此。如果是普通颜色的麻袋，一旦渗出血迹就太明显了。从一开始就将麻袋染成了混淆视听的红色，这样即使真的会有血渗出，也不会有人发现。

"垃圾已经处理了吗？"

"我们负责的那个垃圾场里，生活垃圾的量不算太大，基本上一周才烧一次，今天已经是周日，过了两点便开始烧了。"

"像那种绑在一起的麻袋，被扔进填埋场还有可能找得到吗？"

"老实说，光凭肉眼看可能性很小，毕竟垃圾已经堆了一周了，尤其前些日子的，都被压在了下面。"

"那要是想找该怎么办呢？"

"你要是有时间，就和我们一起等到两点。为了能烧净，烧垃圾前我们常常会把垃圾从底下翻起来，然后分成几堆便于烧净。毕竟是红色嘛，也很扎眼，到时你或许就能看见了。"

"那座垃圾填埋场，平常时间其他人也都可以随意接近？"

"啊，不要说随意接近，就是直接跳下去也没人会管，不过，又有谁会去那种地方呢？"

深夜两点，垃圾开始焚烧。

望着浓烟伴随着火苗从废弃品中徐徐升起，一直仔细盯着全过程的洛光，并没有发现红色的麻袋。

看来已经被取走了。

当火势蔓延，宛若一条盘在地面之上的巨大火蛇燃起时，洛光，终于明白了这点。

潮峋哥，当你看到这封信的时候，我已经离你很远。与这个世界以这种方式告别,终究算不得体面,而临走前唯一的遗憾,就是还没有和你说声再见。

请原谅我吧,因为我自从懂事起,便从未得到他人的温暖。周围的环境没有教会我什么是快乐,什么是幸福。然而,愈是想要与人亲近,愈是想要亲手勾勒它们的形状,就愈是屡受打击。无论被伤得多深,无论经历何等绝望,虽然也曾茫然,虽然也曾彷徨,但很快我就能重新振作起来,然后再接再厉。从未有人向我承诺继续努力就一定会看到转机,目睹了太多现实的残酷,我差不多也该明白,有的人,恐怕从出生起,就已经成了这个世界的弃儿。支撑我坚持下去的不是理想,不是勇气,而只是长此以往的惯性。既然如此,这样的执着,究竟算是可笑还是可悲呢?就当我自己都搞不明白的时候,我遇到了你。

潮崎哥,在与你相处这段时光里,我不仅寻回了渴盼已久的情感,还学到了许多事情。所谓快乐,是我与你共同度过的每一秒,所谓幸福,是我抱着憧憬与希冀前去迎接未来。

也许对于其他人来说,我实在是有些多愁善感了吧?这些事情,并不值得这么感恩戴德吧?但,从来不知温暖为何物,我像是第一次看到火光的猿人,为了强留这份美好,哪怕卑鄙,哪怕恶劣,我也可以尝试一切能够想到的方法。

想要保住快乐与幸福的心,最终酝酿出了妒忌与怨恨的毒。命运对我并不算刻薄,恶有恶报是每个人在心怀不轨前都应清楚的常识。倘若在人生道路上偏离得太远,所谓可供修正的轨迹,于我而言便失去了。

彻底崩溃的人生,就只好毁掉从头再来。也许有人会说,啊,你还年轻,人生什么的,谈起来还太早了吧?是啊,确实是太早了,早到了在长跑中,裁判还没开始喊准备,我的灵魂却已经烂到了骨子里。

就算抱着脱胎换骨的决心,眼下,我同样也会有小小的担心,担心如果来生没有碰到潮崎哥会怎么办。

下辈子的事,就留给下辈子的自己去担忧吧。

我只希望,如果真有来生,能够让潮崎哥见到一个正常的自己,一个早已懂得温暖为何物的自己。无知如婴儿,就算不理解眼前的一切,也会紧紧拽着自己认为珍贵的东西不放。

偶尔,我想要变得不再这么笨拙,偶尔,我也想要像个正常人般,从与潮崎哥邂逅开始的那一刻，就不会走在歪曲的道路上。

与你同住的女孩

熏衣

折好的信纸，放在了钢琴架上。

弗里德里克·肖邦，Op.09.2，行板，12/8 拍，降 E 大调夜曲。

熟悉的回旋曲式回归到十指指尖，忽高忽低的琴声宛若走在钢丝上的杂技演员，每行进一步，都有可能坠落下去。

起初的音色十分稳定，像机械一般缜密，像钢铁一般冷酷。与优雅无关，这样的演奏风格，与其说是在演奏艺术，不如说，只是在完成流水线上的工作。当然，哪怕是流水线，如此无懈可击的工程，放到钢琴比赛中，也是可以取得高分的竞技型演奏。而到了中段，装饰音率先突变，在简明轻快的节拍中，右手的华彩反而更加阴柔，宛若女中声的吟唱，诉说着未名的凄苦。

末段将至，音色经历了第三次变异。琴声僵硬，节奏混乱。与前面相比，此处的演奏简直可以用乱七八糟来形容。就算是初学者，照着谱子中规中矩地弹奏也不会差到这种程度。

如果只是躲在幕后，大家都看不到钢琴前面坐着的演奏者，他们简直就要以为这首曲目是由三名弹奏者轮换演奏的。

但实际上，却是四个人。

一个人当中的，四个人。

曲目行将收尾，音色迎来了最后的翻转。

庄严，肃穆，却又露出一丝讥讽与戏谑，宛若单色穹顶下的破碎彩窗，纯白神龛前的黑色十字，两种旋律的矛盾结合体刚刚崭露头角，就在安静的尾声中销声匿迹了。

两人的手指同时离开键盘，身旁与他合奏的教父，从座位上站起。

"最不该死去的人，死去了。"教父说道。

潮峋垂下了眼睑。

"你要找的东西，找到了？"

潮崎不置可否，望向了黑白分明的琴键。

——你的心，空了。

三年前，妹妹曾对他说出了这样的话。

于是，在那一刻，他被困住了。

想要确认活着的实感，就应该去呼吸，去进食，去喜爱，去憎恨。明明只要按着这样简单的准则活下去就好，心空了这种含糊其辞的说法，潮崎完全无法理解其中的意味。

因此，同样是在那一刻，他愤怒了。

被这么一句话搅得心神不宁，如果自己没有这么愚蠢，抑或没有这么执着，就都不会活在如今的狼狈之中。一名刚刚入学婴幼班的孩童，如果被强求作答卷面上的难题，即便连题目的意思都无法理解，他也会在满是空白的答题纸上留下歪歪扭扭的笔迹。

而这种听来甚至有些可爱的笨拙，却正是我们日常所犯下的愚蠢。

信息的匮乏造成了认知的不足，认知的不足限制了问题解决的途径。潮崎并不明白，他之所以会对妹妹的话陷入迷茫，是因为他的心从一开始就空空如也。通过目睹他人在绝望边缘挣扎，通过亲手操纵他人生死的快感，虽然行动的方式有些病态，但这却是他唯一可以真切感受到自身还活在这个世界里的方法。

倘若杀人于他而言是延续生命的必须手段，那么，这就该如进食般理所应当，也该如进食般从容不迫。自己会选择来到这座城市，是因为他早就清楚，这里的东区人，和屠宰场里的牲畜并没有什么两样。

不用承担任何法律责任，在免费的乐园里游荡本该是一场充满乐趣的行程才是。但第一次尝试，他就失误了。

黑色的雨衣披在身上，工具在手，装备齐全，当夜想要寻求猎杀目标的他，正是循着废弃大厦的呻吟声，才一路走来的。

究竟是要亲手了结一条人命，还是两条人命呢？就在潮崎还思考着这些问题的时候，眼前所剩下的，就只有一条赤裸的女尸了。她精致的面庞因窒息而扭曲，如今已经不忍直视，但身体的曲线相当优美，看得出来，受害者是一名妓女。

扼住她的脖子,眼睁睁地观看着生命体征从她的身上一点点地消逝,那种感觉,一定非常不错。

而那种感觉,已经被从他手里剥夺了。捷足先登的某个人,一边向他夸耀着煮熟的天鹅,一边大快朵颐地将它吃光,只抛给了他一堆骨架。

有人向他发出了挑战。

尽管事实并非如此,在他眼中,他觉得自己受到了羞辱。于是,对着那具尸体,他发动了如泄愤般的蹂躏,他是如此忘我,以至于当时还有其他人在场,他也未能注意。

这个妓女,本来是他的。

从失望到委屈,从委屈到愤怒,潮崎已经决定,要在下一个替代品身上好好填补心中失去猎物的空虚感。

"每次都会对死者的身体做些过分的事,你的杀伐相当具有特点。"教父说道,"外界称呼你为裁匠,东区人的终结者,引领西区净化主义的先驱,对自己的成就,你是怎么看的?"

"我不是什么终结者,所谓先驱这些名号,都是媒体一厢情愿为我戴上的高帽。我甚至连裁匠都不是,"潮崎笑了笑,"第一个受害者的死和我一点关系都没有,而且谁也没有和他们保证,我只会对东区人下手。"

"但是你承认了它,并且欣然接受了它。在之后的案件中,你也保持了媒体赋予你的作案风格。"

"我看中的不是称号,而是称号带来的好处。其实我也没想到,它会为我带来这么大的便利。"

不,教父想着,恰恰是因为你想到了,才会利用它为你的计划完成最后一步。

"那孩子,你打算怎么办?"教父问。

"暂时将他封存起来吧。"潮崎的语调冰冷,"感情丰富的人容易脆弱,他是很珍贵的样本,最近经历了这么多事,是时候该歇一歇了。"

教父理解似的点了点头。

"关于雕荷的事,你还不打算告诉他?"

"没有那个必要。他还未满一岁,大人犯下的罪孽,就该由大人自己承担。"

"说得这么大义凛然,其实你只是想披着那副纯洁的外壳,继续混迹于正常人的社会之中吧?"

"如果'大家'都能够安全地存活下去,哪怕嫁接彼此的桥梁是谎言与欺骗,也没有什么不好。之前一直委托你保护着他,让他停留在这座城市,真是辛苦你了。"

"不可能永远瞒得下去,那孩子最近的梦境有变化,已经开始越来越接近真相了。既然你这么想塑造一个友善的屏障保护所有人,就好好想想,接下来该怎么让他远离雕荷吧。"说着,教父转身走向了门外。

"我以为,"在他身后,潮崤开了口,"避免那孩子与雕荷见面,是出于我们的共同利益。但你好像对我所做的事情有些不满?"

"对那个叫作花拾的女孩,你没有必要做到那种程度。"

"这世上并没有完全无害的欺诈,除非是致命的谎言,否则我不会采取动作。只要'大家'都能够安全地活下去就好,这是我的初衷,也是我的理想。我尽可能地不想去伤害那孩子身边的人,是因为我并不想看到他那经不起一点波澜的世界宣告破灭。对那个女孩,我曾经有所警告,那天她看到了床上的布偶,最终却还是选择了这条道路。如果她没有僭越我最后的底线,没有为那孩子与雕荷的相见设下契机,本来,我是想要与她和睦相处下去的。"

和睦相处吗?

你只不过是发现手里的虫子会咬人,就急着捏死罢了,何必,还说得这么伪善。

"我明白了。"教父拧开门把手,外面的灯光倾泻进来。他知道,自身的使命,已经完成了,"接下来的事,就交给你了。"

"慢着。"潮崤开口,教父止步。

"怎么?"

"今后很长一段时间,都不会再见了吧?"

"啊,不会再见了。"

"那么,关于那件事,你不妨说说自己的看法吧。"

"什么事？"

教父转身，发现潮峋那张本应冷硬如雕塑的脸庞向他凝望过来，此刻挂满了悲泣。

"熏衣她，究竟为什么要结束自己的生命呢？"

像是看到了难以置信的事物般，见到此情此景的教父，瞳孔睁大，张开的嘴巴里，吐出了讶然的气息。

找到了。

在那一刻，教父明白，这个男孩在最初失去的东西，终于，被找到了。

深蓝的夜墨翻滚着吞噬星辰，苍月如玉，也无外只是在哀怨着寂寥伶仃。

走出门外的潮峋停下脚步，直面洛光。

"动过一次手还不甘心，你，就这么想要将我置于死地吗？"

此刻的他，是手中握有数条人命的杀人犯。洛光应该清楚自己没有丝毫胜算。

"你和花拾之间的事情，我已经听她的妹妹说过了。事态发展到这一步，不知你有没有想过一点，"慵懒地，潮峋的嘴边，歪起了哂笑，"要是早就把花拾的日记公之于世，就不会有这么多问题了。"

洛光盯着他，赤色的血线，开始沿着眼白蔓延。

他不想听。唯独眼前这个家伙对自己行为所作出的剖析，他一句都不想听！

"可是，究竟是为什么呢？为什么你不会去公开花拾的日记呢？"

"住口……"

"花拾已经死了，就算将她此前受到的凌虐全面公开，就算她的父亲会被愤怒的社会口诛笔伐，公布真相的你，也只会沦为可悲的笑柄。像'洛光可真是个倒霉鬼，和他在一起的那个女孩竟然是私生女，还受到亲生父亲虐待'这种恶言恶语，你是绝对无法承受的，不是吗？自己的虚荣胜过一切，不去揭发花拾父亲的罪行，你根本就不是为了她死后的清誉。所谓的纯情与笨拙，全是说给自己听的漂亮话。"

洛光两腿颤抖，眼眶发热，感到头脑一阵晕眩。

"不说话的意思，就是默认了吧？其实没有什么可感到羞耻的。驱使你到这里来找我的原因不是出于情感的怒意，而是理性伪造的杀意，因为，这就是你的生存之道啊。"

"我让你住口啊!!"洛光高声咆哮着，挥舞着刀刃冲向了潮峋。

脑子里想的尽是如何将利刃捅入对方的心房，洛光的视线里，别无他物。

这份诚挚的努力当然值得钦佩，但一头撞上去的鲁莽使他失去了成功的前提。猛冲的势头换来狼狈的收场，潮峋侧身伸腿，轻易就将他绊倒在地。

洛光脸部被刮伤，手中的刀子也被摔飞。即便是大人与小孩之间的戏耍，也不会如此滑稽。洛光像一个门外汉般被捉弄，羞耻的潮红，便沿着发烫的脖子爬了上来。

花拾没能得救也好，影潼与他反目也好，这些，都是他那廉价的虚荣心的报应。

亲眼看到花拾有异，亲耳听到她被人以污言秽语辱骂，一直没能看清事实不是因为自己鲁钝，而是因为本能的厌弃，驱赶着自己逃离真相。在看到照片的那一刻，他无法承认女孩是私生女的事实，也无法接受她那副已经破烂不堪的身躯，即便她是受害者，即使她是无辜的一方，但是已经烙印在身体上的污秽，是怎样也洗不掉的印记。

他，要弃她而去。

男孩将手中的照片放下，他的决心，也跟着尘埃落定。

身为自己母亲的那个女人非常狠毒，可同时，也非常了解自己。

无论女孩会在之后的见面中拿出怎样令人哀婉的日记，露出怎样惹人痛惜的表情，抑或做出怎样使人垂泪的哀求，结果，都已不可更改。所以那天，当少女前来找他时，钢铁般冰冷的话语，已经成了男孩在心里深藏却又不得不打出的底牌。只是意外发生得太快，因为过于了解眼前的男孩，感到自己遭到了背叛，心如死灰的女孩，选择先行结束自己的生命。

与这个世界告别，是因为已经没有再值得留恋的事物。

烈火般的晚霞映在眼中，少女心里所抱有的，大概，便是如此的伤怀。

双脚停在洛光的眼前，撇在一旁的雕刻刀被捡起，潮峋蹲下了腰。

"没想到你还会一直收藏着这个啊,不好意思,因为是我的东西,这个,就物归原主了。过会等你断了气,我就会将你杀死那名妓女的录像寄送给警方,明天一早,你是裁匠的消息就会刊载在报纸上。自己最害怕的事情用不着去亲眼见证,对你而言,也是一种幸运。"潮岣将雕刻刀抵在了洛光的喉咙上,"真是可惜,本来,我是不想杀你的。"

"哈……"听到潮岣说完最后一句话,洛光突然笑了出来,"哈哈哈哈哈……"

这样的笑声显得有些过于唐突,甚至有些令人感到毛骨悚然,潮岣不由皱起了眉头。

"有什么可笑的?"潮岣皱眉。

明明已经到了这种时候,竟然还要装模作样地说出自导自演的台词,就是这点,令他感到可笑。

"可惜?有什么值得可惜的?只有我的死才能成全你的布局,你的诡计,我已经全都识破了。"

听到这里,潮岣的眼角微微跳动了一下。

"之前我还在奇怪,为什么在杀害影潼的时候,你还要以裁匠的风格作案。明明只要伪装成无名之辈,让警方费尽心机地去调查就好,顶着连环杀人犯的名号,一边将屠刀指向西区人,一边将此前多次谋杀案的线索留给警方去按图索骥,这么做,对你又能有什么好处呢?"

潮岣手中的刀刃停留在了洛光的脖颈处,并没有动。

"因为你,根本就没想着去承担罪名。你手中握有我的杀人录像,把裁匠的恶名嫁祸给我,你想的是比起隐姓埋名地杀人等待警方破案,倒不如从一开始,就将他们引向歧途。"

"在此之前,你只需要再做一件事,就足够了。"

"我必须要在警方找到前被杀死。"洛光接着说道,"如此一来,当你把那些罪名扣在我的身上时,我就连申辩的机会都没有。"

潮岣眼中闪过惊讶,但很快,就被困惑掩盖。

"那我就搞不懂了。"他摇起了头,"既然你分析得头头是道,对我的想法如此明晰,那么就该好好活下去才是,今天晚上急着来送死,又是为什么呢?"潮峋咧开嘴,歪了歪脑袋,"我知道了,就算你识破了我的手段,也没有什么证据能够指明这些事情就是我亲手做,所以,你便只能亲自跑来复仇了吧?"

没错,即便发生了鲁米诺试剂的化学反应,也只能说明影潼曾被藏尸此处。即便那几个红色麻袋在垃圾堆中消失,也只能说明犯罪人利用了垃圾车的便利。如此的手法人人可以想到,也人人可以使用,其中,根本就没有可以标识潮峋才是作案人的痕迹。

潮峋的真实目的正在于此。而整场嫁祸的最终一步,也正在于此。

显而易见的线索和简单的作案手法,既然连洛光都能抽丝剥茧地加以明辨,假以时日,警方也会取得同样的进展。

越快越好,潮峋是这么期盼着的。

当警方取得如此进展的时候,也就是他们踏入陷阱的时候。

那天晚上,潮峋特地选在十一点左右将洛光单独叫到面馆里见面,是因为他曾估计,习惯走路的洛光,要赶来这里至少需要花费二十分钟。而在那二十分钟里,既没有人可以为洛光提供不在场证明,也足够让自己把杀人步骤彻底完成。

可疑时间段内的证词空白,以及亲手杀死第一名受害者的记录视频,可以说,在警方认定裁匠理应为此案件负责的时候,潮峋所需要的一切条件,就已经满足了。

无论花费多少心思,今晚注定已成死人的洛光,必然会好好履行好他所应尽的职责。

洛光看向潮峋,清楚他脸上露出的微笑,很快就会变得支离破碎。

"你以为从影潼那里取走了你那个宝贵的包裹,就可以消除罪证,高枕无忧了吗?"

今天他会找到这里来,并非是走投无路。这句话,如同切割那份余裕的刀子般,将潮峋拖入了恐慌之中。

"你……怎会知道那包裹?"

"看来,你当时实在是匆忙得很。明明盗取了影潼的钥匙,却没有再去翻找他的其他物件。"

过于聪明的人，因为相信任何人都对他无计可施，才会走向自负的败局。而此时洛光脸上的神彩，正是对潮峋的讥嘲。

"我并没有活下去的打算。"洛光说道，"你在教堂里自说自话的录音，还有影潼这段时间以来的日记，在来找你之前，我就已经寄送给警方了。"

潮峋嘴巴张开，瞳孔睁大，洛光口中所说的那些证物，根本，就不曾出现在潮峋的脑海之中。

"那是……什么东西？"

"你会知道的，"洛光顿了顿，"如果明天一早，你还想着看到裁匠的消息刊登在晨报头条上的话。"

横遭反击的狼狈，此刻，正清晰地映在了潮峋的眼中。

于是，他手中的刀，没有再多做犹豫。

气管被直接剖开，洛光看到自己的鲜血喷现在眼前，也看到粉红色的贴纸上面，染上了一层崭新的血污。

——今后，就请你背负着痛不欲生的负罪感，继续好好地活下去吧，洛光。

当他抱着赴死的决心过来找到潮峋时，那自以为伟大的献身，只不过是为自己这可耻的一生画上丑陋的句号罢了。

对此，洛光早就知道。只是，唯有这次，他不会再去找一些冠冕堂皇的借口寻求解脱。

背负着痛不欲生的负罪感活下去，是件很辛苦的事。

与眼前的这个男人同归于尽，于他而言，正是理想中的死得其所。

第六章　妄之恶

当啷!

汤匙应声落地。

"为什么……"我与眼光被吸引而来的母亲对视,手指则指向了另外一人。

"为什么这家伙会出现在这里!"我咆哮了起来,"我说过了吧,我说过的吧?!不能让这家伙和我同桌吃饭!"

"梧桐!你说话给我注意一点!"

妈妈出声喝止,无疑助燃了我的反抗情绪,

"滚!"我站起身,朝着雕荷吼道,"滚!滚!滚!"

"你还想任性到什么时候?!"父亲从厚重的眼镜片下面逼视着我,"一周以来雕荷都在自己的小屋进餐,人家都毫无怨言,你一个男子汉,怎么一点气度都没有!"

"气度吗?如果这就算作气度的话,那还真是不好意思。"我使劲揉搓着太阳穴,"对于你们,就算眼看菜里有虫子在爬,也是能够吃下去的吧。因为,这是你们所谓的气度就可以解决的问题啊!"

"住口!"妈妈再次将我打断。"你别做得太过分了!"

"看来无论如何,你们也是要让这怪物上饭桌了,对吧?"

"那是你的表姐!"爸爸将筷子拍在了桌面上,"不是怪物!"

表姐？别开玩笑了。

为了从死去的舅妈家里得到那点抚养费，就想要让我承认这个怪物的身份，根本就是天方夜谭。

苔目瞪口呆地望着我和父母唇枪舌剑，大概，是已经被突如其来的争吵吓傻了。

没有必要多费口舌，我愤然离席，在离开时，将雕荷的饭菜"不小心"碰到了地上，然后不顾父母的斥责，迅速扫了雕荷一眼。

那头怪物依旧是缩着两肩，战战兢兢地坐在那里，看起来整整比椅子小了一号。

弱者即正义。

然而我知道，与摆在台面上的脆弱姿态不同，那张沉在阴影中的脸上一定毫无表情。那个家伙的内心，也一定，正游刃有余地处理着状况。

所以，我才会心生厌恶。

一周前，妈妈回家时带来了一个素未谋面的亲戚

"这是雕荷，你的表姐。"

"哦。"

"你也听说了吧？你的表哥潮峋去外地上了大学，无暇顾及妹妹。所以，雕荷大概要在这里住一阵子，你们要好好相处。"

明明在舅妈活着的时候，留在乡下的妈妈因为心生嫉妒，恨不得天天都诅咒她去死。现在舅妈果真死了，她却又摆出一副假仁假义的姿态，把他们的孩子接了过来。父母他们，为了高额的抚养费，真是什么事都做得出来。妈妈之所以会提前嘱咐我们这些，不是因为将我当成一个平等的大人去看待，而是想要传递出"不要给我惹麻烦，全都按我说的去做"这种指令，想让我配合她演好这台戏。

和我们事先打好了招呼，不久后，妈妈便带着雕荷参观了家里，这座房子是父亲祖传下来的宅邸，如今的我们一贫如洗，这座老房子是我们唯一还能勉强撑起门面的遮羞布。木制的楼梯踩起来嘎吱直响，一些角落还因欠缺保养而发

霉。即便如此,想要出手的话还是能狠赚一笔的。

"这是传家的东西,必须要留下来!"父亲曾这样说道,"以后,你也不准卖!"

既然这么注意保留尊严的底线,就不要自己轻易打破啊。我苦闷地想着,迎面撞上了刚从房间里走出来的雕荷。

一脸无辜的怪物,好像要张口和我搭话了。

我把手插进了口袋。

"喂,这里不是你能呆待的地方。"我沉声恫吓着,"趁现在离开,还来得及。"

担心这样的口头警告不会起到多少作用,于是第一天,我就向母亲提出了不能与其同桌吃饭的要求,否则我便会绝食。

这招起初还算奏效,不过随着时间推移,我发现自己的威胁正在失去作用。父母觉得长此以往不太合适,我也确实有些底气不足,结果就是一周之后,他们邀请雕荷上了饭桌。

父母从来就没有考虑过孩子的感受,只是把全部精力都放在了量入为出和不劳而获上,所以才不经过孩子的允许,就擅自为家庭增添新成员。

每天的饭菜都草草了事,他们对我们的要求也低的可怜。

只要不添麻烦就好,对于这点,那个雕荷,要比我和我的妹妹都更加出色。

沉默是金,深明大义,再加上性格温顺,父母自然对其毫无不满。

苔比我还要小两岁,虽然也会对陌生人有所疏离,但那种态度,还是和我相差甚远。老实说,我并不感到畏惧,而只是觉得厌恶。我要与苔结盟,我要想方设法地把对方赶出去。可是苔并没有如我想象的那么容易被拉入伙,看到父母对我的行为横加指责,胆小怕事的她就更加不敢轻举妄动了。最近她变得越来越不愿意与家里人沟通,倒是和自己的那条狗更加亲密起来了。

那是几个月前,她不知从哪里捡回来的流浪狗。镇里没人养这种东西,大概是从城里溜出来的。妹妹非常耐心地给它洗了个澡,还梳理了它的毛发,尽管它变得干净了,我们仍然不清楚这只狗究竟属于什么品种。没有零用钱去买狗粮,妹妹就将自己的饭菜留给它一部分,平时回家,无论自己有多累,妹妹也都会带它到外面遛一圈,晚上有时还会抱着它一起睡觉,妹妹和它在一起时的笑容,远比和家人一起时要多得多。

父母看在眼里,感受到的是难得的轻松与如释重负,如果女儿能够乖乖地待在屋里,他们并不介意看护者是一条野犬。但我看在眼里,却觉得悲伤。如果这个家里能够给她足够的快乐,妹妹又怎么会只有在面对宠物的时候,才会露出笑容呢?

我想要努力地让妹妹开心,就算她与父母之间已经产生了隔阂,我不想看到她和我也形同陌路。

就在雕荷入住后不久,我看到这条狗的脖子上,套了一个项圈。

"这是什么?"

"项圈啊。"苔看了我一眼。

"我知道是项圈。"我皱眉,"哪来的?"

连像样的狗粮都买不起,苔又怎么可能会给狗买得起项圈?

"是雕荷给我买的,她说博美佩戴这种颜色的项圈比较好看。"

苔一边说,一边眼中露出笑意地蹲下身,轻轻摩挲着它的头。

"博美?你不是叫它铃铛吗?"

"博美是它的种类。"妹妹颇为无奈地皱起了眉头,"雕荷和我说,它是博美犬,是超小型的狐狸犬。跟你说了你也不懂。"

"什么啊?"无名的怒火从心头升起,我拔高了音调,"你不也是现学现卖?!"

苔白了我一眼,不再说话。

"你要出门?"

看着她披上外套,我立刻追上去问。

"嗯,我要和雕荷出去一趟。"

"和她?去哪?"

"哥哥你怎么管这么多?"

听到妹妹不耐烦的搪塞,我怔住。

是我管的多了吗?

不知不觉间,苔与那头怪物的关系开始亲近起来,虽然我也希望妹妹的脸上能够多有一些笑容,不过,倘若要以那个外来者为媒介,我宁可一切恢复原样。

是妒忌。没错,如果非要找个词去形容这份黑色的情绪,就是妒忌。

"你们要去哪?"我迈出一步,挡在了门口,"说清楚。"

"我已经和爸爸妈妈说过了,没必要还得和你请示了吧?"

我知道,可能是因为这些年来我的做法不得人心,妹妹并不怎么喜欢我这个哥哥。

即便如此,我也不能眼睁睁地看着她羊入虎口。

"不说清楚,我就不放你走。"

"哥哥!"脸上露出难以置信的表情,她瞪向了我,"你这个人,简直不可理……"

"我要和她去买针线。"

未等妹妹将话说完,从屋中闪出的另外一人,就将她打断。

对手,现形了。

"买针线?"把住门口的手,依旧没有放松,"买针线做什么?"

"织毛衣。"对方对答如流。

"啊? 给谁织啊?"

听我这么问,苔想回答,却又被阻止。

"天渐渐冷了,铃铛过冬不能没有衣服。"

"你让她自己说不行吗?!"我瞪向雕荷,咆哮了起来,"我问你了?!"

"事实就是这样!"苔拽住我的袖口,"哥哥你别吼啊!"

这样的画面是如此熟悉,以至于我以为时光回到了数年前。

那时的妹妹,在遇到陌生人时,就是这么拉着我的衣角寻求保护的。

从什么时候起,她寻求保护的对象换人了呢?

在让开道路的那一瞬间,我确实感到有什么东西,已经从我的眼前,消失了。

直到傍晚,两人才回到了家,父母将剩菜剩饭端上桌,我看到苔与雕荷面露愉快,窃窃私语。

吃饭的时候不许说话,这是父母自己立下的规矩,但如今看着秩序被打破,他们却无动于衷。

当然了,毕竟,不知从哪里捡来的狗也好,令人不快的外来者也好,只要能让苔老老实实地不惹麻烦,他们是不会在乎这些的。

"我说,"我将筷子并拢,捏在了指尖中央,"你们今天是去哪儿了?中午就出了门,现在才回来?"

"不是说去买针线了?带回来的东西哥哥你也看到了吧?"

"家里就有那些东西,还要特地出去买吗?再说,村子总共就这么大,去一趟杂货店能花多长时间?"

苔悄悄望了一眼父母,看到两人还在闷头吃饭,她急忙向我使了个眼色。

哈……我差点笑出声来。

现在知道慌张了?之前理直气壮的模样,又跑到哪里去了?

没有犹豫,我将接下来的话一股脑儿地说出了口。

"我看到那针线上的包装了,你们是去城里了吧?这么远的路,你们是怎么去的?"我瞟向了雕荷,"就不怕路上出什么问题?"

被点明了回答问题,对方也没法装作若无其事了。雕荷放下手中的筷子,与我目光相对。

"我们是搭顺风车去的。村口的老伯正好要拿鱼去城里卖,也是他将我们送回来的。"

我稍微侧开目光,却发现父母的的神态和之前没有什么两样。他们就如同皮影戏里的人偶般,一勺接着一勺,始终都维持着将饭送入口中的动作。

计划失败了。

我咬了咬牙,握紧了手中的筷子。

最终,我还是低估了父母对妹妹漠不关心的程度。

不过,既然你们没有打算插手的意思……狭隘自私的罪名,就由我来背。强而有力的恶行,就由我来做。

无论如何,我都不会允许那个怪物继续靠近苔了。

抬起头,我看到一张小小的饭桌上,已被隔离成了三个世界。

"生日礼物?!"苔打量着我,眼神中充满不信任。

"怎么？就算我这个哥哥再怎么差劲，也从来没有忘记过给你买生日礼物吧？"

"话是这么说，可你以前也没问过我想要什么啊，都是直接买过来送给我的。"苔嘟囔着，多半像是抱怨，"而且买来的尽是些恶作剧的东西，我一点都不喜欢。"

"这次是来真的啦！"

妹妹没说话，只是依旧满腹疑窦地盯着我看。

"我突然想通了一个道理，既然怎样都要花钱，为什么还非要让你不开心呢？"

"听你这么说，我就更觉得可疑了。"

"废话少说，"我从口袋里掏出钞票，拍在了桌上，"钱就这么多，你看着办。"

"这……"妹妹呆呆地看着桌面上的钱，"这钱是哪里来的？"

"一年前我就开始攒了，别声张，这是我跟爸爸去城里卖东西时揩下的油水。"

"明白了。"妹妹点了点头，"这么多钱，买两罐狗粮应该没问题了。"

"狗粮?！你让我去城里给你买的生日礼物，是狗粮?！"

"怎么啦？"苔面露愠色，似乎是对我的反应又感到不满了。

"好，我知道了。"

摆了摆手，我尽量避免争端。毕竟我的目的，还没有达到。

"对了。"我将钱收回口袋，"需不需要给雕荷买点什么？"

"哈？"苔歪了歪头，"哥哥你是不是今天精神不正常了？"

"怎么这么说啊？"我蹙了蹙眉。

"我还以为你不怎么喜欢雕荷。"

"是不怎么喜欢。所以我才想着改善关系。"

"为什么？"

"因为我的妹妹似乎不这么想啊，看到你们关系这么亲密，我这个做哥哥的，有时也会感到尴尬啊。"

"你还真是良心发现……我看，你就给她买一板电池回来吧。"

"电池？家里没有吗？"

"家里的不行，电池型号不对，雕荷有个 CD 机，你得照着那个型号去买。"

讲到这里，妹妹，总算是着了我的道了。

"那你和我说得具体点儿啊。"

"嗯，我再帮你问问。反正，雕荷一直很珍惜从家里带过来的那张 CD，几乎每个晚上都在听，里面似乎是钢琴曲。"

"是吗？"我嘴上应付着，"品味还真是高雅，和我们这些普通人就是不一样。"

"哥哥你语气又不对了啊，"苔警告道，"那张 CD 里似乎只是有一首曲目，雕荷说，一听到那首钢琴曲，就能想到自己的哥哥。"

"是吗？"

"对啊，你答应的事，可别忘了啊。"

"不会的，"我笑着，拍了拍苔的头，"我绝对，不会忘。"

我叫雕荷。听哥哥说，当我从妈妈肚子里出来的时候，脸上一点表情都没有。

在一家大型公司担任文职工作的父亲，正处于事业上的上升期，于是照顾我的重担，几乎就全部落在了妈妈和哥哥的身上。甚至到了我成长到足以记事的时候，父亲的身影，对我来说依旧是遥远而模糊的。

父亲寡言寡语，双眼中，时时刻刻都透露着很难说是善意的目光，即便对自己的孩子也是如此。所以渐渐地，我开始害怕我的父亲，只愿和妈妈与哥哥待在一起。

妈妈对我们非常温柔，像是天边的云，海角的风，让人感到亲切。身为钢琴教师的她，当时最爱弹奏的曲目，便是肖邦的降 E 大调夜曲。我躺在钢琴的下面，听着优美的旋律，常常能安然入睡。哥哥笑着说，这是妈妈胎教的成果。不需要像别的母亲那样给自己的孩子播放碟片，妈妈自己就可以为肚子里的女儿弹奏出潇洒完美的音乐，将每一次节奏的变动，都深深印入了女儿的脑海里。

耳边有妈妈的琴声，身边有哥哥的陪伴，虽然父亲总是不怎么露面，从小镇里走出来的我们,在城里最多也只能算作是普通人家,我却从未对自己的生活感到不满意,也没有去奢求什么。

但,或许正是这满足的姿态,才招来了命运的妒忌。

本来沉默寡言的父亲,突然间性情大变。不仅对妈妈颐指气使,对于少不更事的我们,更是耐心全无。

我和哥哥都不知道原因何在,因此被欺压的时候,也只能扬起困惑的脸庞,对着妈妈露出求助的目光。可她背过身去,选择了屈从。两人之间的矛盾在暗处不断加深,妈妈既要在外赚钱还要照顾孩子,回来也不得安宁,被父亲呼来喝去,她的付出,是我们想都不曾想到的忍辱负重。

即便如此,父亲,终于还是和妈妈爆发了战争。

那天,不仅是口角,爸爸还打了妈妈。

不应该只说是"打",那样的架势,应该说是"殴打"才对。

哥哥大喊着冲向了父亲,当然,毫无悬念地,哥哥瘦小的身躯便被一脚踹开,如同一块破布般被甩在了墙上。

妈妈满脸是血,从地上爬起来后,没有理会倒在一旁的哥哥,而是直接进了屋,将门狠狠地关住。从那以后,那扇门,便没有再对我们敞开过。

渐渐地,我们明白了问题的根源,是家庭地位的失衡。

经济不景气,许多行业都面临更大的压力。作为钢琴教师,妈妈开设的课程一年下来参报人数都停留在个位数上。不久后,随着她所在的音乐学校倒闭,妈妈成了一名真正意义上的家庭主妇。

而连续躲过了两轮裁员计划,本该为此感到庆幸的爸爸,却因为薪水减半,一点也高兴不起来。共同收入有所下滑是必然的,这时候,夫妻两人就更应该彼此鼓励,然后同心协力地度过困难才是。可是,在那种整个社会都弥漫着悲观气息的特殊时期,很少有人能够真正做到这点。

两人之间的争吵,我们听得多了,见得多了,反而就没有想去深究的欲望了。因为光是保护自己,我们,就已经竭尽全力了。

一连好几个晚上,我伴着泪水入睡,却又在噩梦中惊醒。

哥哥看了实在不忍,便偷偷地将自己尘封已久的小电子琴从壁橱里拿出来,苦练了起来。

和我不一样,和妈妈也不一样,他其实一点都不喜欢钢琴。哥哥自幼就迷恋的爱好,是雕刻。虽然都是通过双手创造事物,通过作品表达情感,哥哥选择的方式,与我们并不相同。

为了我,他毅然决然地放弃了自己的爱好,辛辛苦苦地拾起了乐章,一心想着的,只是能够让我安然入眠。

"睡吧,雕荷。"他的指尖在键盘上笨拙地敲击着,"只要睡过去,一切就都能忘记了。"

一开始,哥哥的琴声实在算不上优美,虽然也和妈妈学了些皮毛,习惯了妈妈音色的我,很难对哥哥的演奏产生共鸣。

不过,哥哥他真的很努力,电子琴不在手边,他就随处找个平面熟悉键位,只要回到家,他便冲进房间,在电子琴前反复推敲着旋律与节奏。已经熟悉了雕刻刀的双手,如果被逼迫着与柔和的琴键触碰,是一个步履维艰的过程。

时间一长,哥哥的指尖经常会不自觉地发生痉挛,肩膀与脖子也酸痛不已。

他的压力太大了,心里的枷锁加重了身体的负担,我不止一次地想要让他停手,他却只是笑着,抚了抚我的头。

"雕荷只要乖乖地等着我给你的惊喜就好。"

这样的一句话,让我在感到鼻子发酸的同时,没有办法再将劝阻的话继续说下去。

几个月后,哥哥再次带着电子琴走进了我的房间,我听到的,是和妈妈截然不同,却宛若另外一种天籁的音色。

月光映出了哥哥认真的侧脸与分明的轮廓。

此刻涌上我心间的,不仅仅是感动,还有慑服。

原来,肖邦的降 E 大调夜曲,竟然可以被注入这种颜色的情感。

原来,喜欢雕刻的哥哥,早就已经继承了妈妈的天赋。

原来,一直在身边陪伴自己的哥哥,竟然可以这么帅气。

"哟,雕荷,你是在找什么吗?"

我从二楼的卧室走了出来,脸上挂着的,是志得意满的笑容。

这家伙竟然也能够露出这样的眼神,我还是第一次看到。

看来,早先摆出的一副宠辱不惊的样子,也并非金刚不坏之身。

一股成就感油然而生,我的声音也跟着大了起来。

"是这个吧?"我将 CD 套在了食指上,悠然自得地旋转着。

"梧桐……"

"保养得相当不错啊,这张 CD。"

雕荷绝望的表情,很好很好,今天,我算是见识到了不同于往日的雕荷。

"看得出来,它对你十分的宝贵呢,也对,毕竟,你是很怀念你那个哥哥的,不是吗?"

梧桐的话刚刚说完,本来想要上楼的雕荷,就突然僵在了那里。

"是……苔告诉你的?"

"当然喽,这样的机密情报不是只有你们两个人才知道吗?她是亲口告诉了我。"边说,我边俯视着楼下那头表情楚楚可怜的怪物,"事到如今,你总该明白了吧?她——也——讨——厌——你,懂了吗?"

雕荷的头依旧低垂,双肩开始颤抖起来。

"听到了吗?"我高声说道,"要记得好好感谢我哦,让你终于明白了你在这个家中的立场。"

"你想……"雕荷的喘息变得越来越重了,"你想怎么做……"

"你从这个家里离开!滚出去!"

"那样做的话,你就会将 CD 还给我?"

"还有……"

想起这些天以来的不快,我决定再加上一个条件。

"你这么想要它,总得表现出诚恳的态度吧?"我笑道,"你就跪在那里,好好求求我怎么样?"

"那样做的话,你就会将 CD 还给我?"

相同的问题,一字不差地又被问了一遍,我不耐烦了起来。

"啊,一定会还!"

"好……"

雕荷后退两步下了楼梯,跪在了地板上,然后仰首问我:"这样可以吗？"

"你求人是不说话的吗？"

"求求你,求求你,求求你,求求你,求求你……"

"吵死了,吵死了！"我拍了拍扶手。

这也是求人的态度？像个机器人一样重复,根本是在敷衍了事！

我,改变主意了。

将 CD 举过头顶,"啪嚓"一声将其折成两半,然后踩在脚底下使劲地碾压过后,我将无数银光闪闪的碎屑踢了下去。

于是,在跪着的雕荷面前,一道光幕便倾泻了下来。

就这样感到痛苦吧！然后,带着这种无法承受的痛苦,给我好好怀着敬畏之心,滚出这个家！

雕荷的颤抖加剧了,我不由得皱起了眉头。只见这家伙从口袋里掏出了一个药罐,却没握好,一不小心,整个药罐和里面洒出的白色颗粒沿着楼梯掉落了下去。

我突然想起妈妈说的话:现在雕荷精神还不稳定,精神医生叮嘱了,不要做出任何刺激性的行为。

糟了。意识到自己可能闯祸了,我正打算下楼梯,却看到那家伙从地面上捡起了镇定片,吞咽了进去。

时间停滞,可能是十秒钟,也可能是十分钟。

颤抖的幅度越来越大,颤抖的程度迎来顶峰,紧接着,那诡异的战栗,倏然停止。

自己的脚迟迟不敢迈下楼梯,是因为我看到了那张一直低沉的脸庞终于扬了起来,那张挂着两道泪痕露出一缕惨笑的脸庞,终于扬了起来。

当晚的饭桌上,雕荷一直没出现。

"苔,你去叫一下。"妈妈将椅子拉到了桌前。

妹妹点了点头,即刻上了楼。

没过多长时间，"噔噔噔"的脚步声从楼梯上传来，苔几乎是跑着向我冲了过来。

啪！

脸上挨了结结实实的一记耳光，直至火辣与疼痛蔓延到耳根，我才清楚是怎么回事。

"是你做的吧……"苔颤声说着，随后死死地盯着我，用我从未听过的语调尖声说道，"人渣！"

在那一刻，爸爸妈妈一定都傻眼了。

苔从生下来到现在还没骂过人，更别提动手了。

然而，对着这样的妹妹，对着泪水不断从双眼涌出的妹妹，我没有资格发怒。

不用想也知道妹妹看到了什么。

雕荷她现在，一定正努力地黏合着那无数的 CD 碎片吧。

当时的快感其实没过多长时间就消退了，我也觉得自己这次有点过分。

被愧疚缠身，直至深夜我还睡不着觉，出去上厕所时，楼下的沙沙声和昏黄光亮引起了我的注意，撑着惺忪睡眼，我往楼梯下面看去，发现有人正拿着手电筒，趴在地板上找着什么。

是雕荷。

是因为在黏合 CD 的时候，发现还有残缺的部分，所以在继续找吗？

可是我在上楼的时候曾经观察过那里，已经不存在肉眼可见的碎粒了。

那么，现在要找的，是比指甲盖还要薄的残渣吗？

这种以真实形态印刻在我眼中的"恒心"，令我感到毛骨悚然。

雕荷一定疯了。我心中想。

虽然让这家伙心理扭曲的人肯定不是我，不过，迫使其切换到这一形态的，却别无他人。

从那以后，每到夜里，我便时常听到有人在一楼走来走去，有时还觉得有人从门中的钥匙孔里向我的屋里窥探。因为是老宅，钥匙孔的大小和人眼差不了多少，想通过这个钥匙孔对里面的人进行监视也并非不可能。

起初我以为是我做贼心虚，可到后来，我在白天的时候，也从那个钥匙孔里真切地看到了一颗黑白分明的眼珠。

当时我吓傻了，事后要求爸爸换个门锁，却被当作是无理取闹。

"行啦，别没事找事，你怎么现在这么惹人烦？"

没错，那个身为父亲的男人，就是这么安抚儿子的惊慌的。

雕荷根本没有想走的意思，与一个我得罪如此之深的人住在同一个屋檐下，光是想想，就觉得毛骨悚然。

必须要尽快将她赶出去。我已经察觉到有什么恶毒的东西正在家中悄然酝酿，为此，哪怕是不择手段，我也不能再让这个人在继续久待了。

一天，我从学校偷偷溜回了家里，家中空无一人，我将那只博美犬牵了出来，一直领到了村外荒无人烟的地方，找到了一个山洞将它藏了进去。

果不其然，回家后的苔因为找不到那条狗而急出了眼泪，父母根本不管这档子事，在确认家里没有被盗的痕迹后，便对那只狗不闻不问。

早料到爸爸妈妈会是这种态度，无可奈何的妹妹，才会跑过来求助于我。

"想知道吗？"

"哥哥，你……知道？"

"嗯，当然咯。"我摆出一副穷凶极恶的面孔，"因为就是我做的嘛。不过你可别声张，否则就永远见不到那只狗啦。"

"哥哥……哥哥……"苔泣不成声，"你为什么……为什么要这么做？你把它怎么了？"

看到她的样子，我一阵心痛。但现在不是心软的时候。

"谁叫你和雕荷这么好啊？我在旁边看了可是很不满呢，当初跟你提出结盟时，你那副拒绝的样子我可记得一清二楚哦。现在后悔了吧？"

"哥哥……"苔抹着眼泪哭诉道，"你……好卑鄙……"

"你都会用这么高级的词汇啦，但是，这就是兵不厌诈哦，你要继续好好学习才行呢。"

"你想……怎么样……"

"现在和我一起去和爸妈说，不想让雕荷再住在这里。雕荷的罪行我都已经编好了。"说着,我拿出一个纸条,"红色笔画的是你要说的,其他的不用管,我自会告诉他们。"

"这……是……欺骗……"

"不是已经说了这叫兵不厌诈吗?战争这种东西,本来就是不讲道义的啊。"

"什么……战争……我……听不懂……"

"你不需要听懂,你只需要知道,现在不按我说的做,那只可爱的博美就永远回不来了哦。"

这时,我突然注意到一个问题,刚才因为过于关注苔的反应,而忽略了。

"喂,"我抓住苔的肩膀,"雕荷呢?你们不是每天都一起回来的吗?"

"我……我不知道……"

妹妹还在抽泣着。

不好的预感涌上心头,我一把抓住了她的肩膀。

"别说谎!"我摇了摇妹妹,"雕荷在哪?"

"我真的……没说谎……"苔痛苦地回答道,"哥哥……别抓我……痛……"

"啊!"我急忙放开了手,"对不起。"

顾不得这么多了。我拉起妹妹的手。

"现在就跟我去和爸妈说吧。"

她摇了摇头。

我怔住,这真是意想不到的反应。

"你不想救那只狗了?"

"铃铛也很重要,但,你让我陷害雕荷,我做不来。"

"喂……那个雕荷,已经比你的狗都重要了吗?"

"根本就不是谁重要不重要的问题!"妹妹甩开了我的手,"哥哥你现在是在做坏事,我不想和你同流合污!"

"同流合污……"我笑道,"既然你这么高尚,那条狗死了也无所谓了吧?"

"哥哥,你……"苔对着我,瞪大了眼睛。

恐吓起了作用,我心中的羞愧之情则愈演愈烈。

那条博美当然不会死。

只是，不希望她能将这种威胁看穿的我，发现妹妹真的会完全相信这样的谎言，心里也会同样感到难受。

"我回来了。"

讨厌而熟悉的声音传了过来。

我扭头。

"雕荷！"苔像见到救世主般呼喊着跑向屋外，我跟着追了出去，却当场木立。

雕荷的手里抱着的那只狗，正是妹妹的那只博美。

只是，还有些不同。

那只狗的左腿像是受伤了，被衣服碎布包裹着，暗红色的血液不断地从那里面渗出来。右眼似乎也受到了撞击，有点睁不开了。

苔伤心欲绝地从雕荷手里接过那只狗，不断渗出眼泪的双眸，如仇人般盯着我。

我可不记得，自己什么时候有伤害过它。

父母闻声走了过来。

"找到了？"妈妈略带讶然地问道，"怎么受伤了？"

"都是梧桐。"鲜见的，苔直呼了我的名字。"他藏起了铃铛，逼我向爸爸妈妈说雕荷的坏话，好让你们赶她走，那些谎话就在他裤兜里的纸条上！他还把铃铛弄伤了！！！"

"我没有！"我大声否认。

这样的底气，如今，只能用来否认妹妹的最后一句话。

"它的右腿似乎被锐器刺伤了，一直流血，有可能已经骨折了，我只是帮它固定了一下。"雕荷轻轻安抚着那条无精打采的狗，"眼睛的问题我还不清楚，最好明天带给城里的兽医看看。"

听到这里，苔的眼泪终于止不住地掉落了下来。

"你是在哪里找到它的？"苔问道。

"它一直就在这附近晃悠，却迟迟不敢进来。我看到它浑身是伤，就把它带进来了。"

"开什么玩笑……真是满口胡言! 我用麻绳把它绑得紧紧的,就是为了防止它走丢! 你是想说,它是自己挣脱了麻绳跑出来的吗? "

话一出口,我才意识到事情不对。一句嘶喊,引来了全家人的侧目。

"梧桐是个大混蛋!!! "

苔声嘶力竭地喊了一声,抱着那只狗跑上了二楼,砰的一声关上了门。

我觉得天旋地转,呆呆地站在那里,承受着三个人指责的目光。但其中一人的目光,令我不寒而栗。那里面隐含的不是苛责,而是嘲讽,与得逞之后的幸灾乐祸。

我错了……我一直以为,雕荷还算是喜欢那只狗的。

"你们的父亲,是被魔鬼附身了。"

当爸爸不在的时候,妈妈是这么解释给我们听的。

妈妈总是这样,虽然会弹钢琴,给人的感觉也很知性,私底下却一直很迷信。对于不能解释的东西,就想着用牛鬼蛇神敷衍过去。

自然,我和哥哥是不信这一套的。

"不如我们找个机会离开这里吧。"

站在理性的立场上,哥哥提出了建议。

或许是钢琴曲的魅力吧,自从他上次为我弹奏了那首降 E 后,哥哥的身影,在我心中就变得高大了起来。

比起很多人,我觉得自己还是很幸福的。

至少,在这个家里,我还能够有所依靠。

"不行。"妈妈摇头。

"为什么?"哥哥追问,"爸爸在这个家里,已经和暴君没什么两样。就算不能反抗,连逃跑都不行吗? "

"事情哪有你想的这么简单?! "

妈妈将哥哥的话头打断。

"我问你,离开了这里,我们去哪儿? 现在,基本上就是你爸爸在独自支撑起这个家,存款也都写在了他的名下,你们想让我就凭着这点微薄收入,一边租着

249

房子,一边养活你们吗？"

"既然这里的生活这么艰难,我们回去不行吗？妈妈不是在老家还有一个妹妹吗？"

"就是因为这样,才不能回去！"妈妈将手拍在了钢琴键盘上,低沉而杂乱的和音响起,我捂住了耳朵,"好不容易才从那个穷乡僻壤里走出来,当初我的妹妹就心怀嫉妒,如今灰头土脸地回去,不知道她要怎么幸灾乐祸！"

"什么意思……"哥哥皱起了眉头,"我不明白,妈妈你和姨妈在通电话的时候不是一脸笑容吗？"

"不一脸笑容怎么能行?!我现在可是住在了城里,天天哭丧着脸,不就是等着被看笑话吗?和你们说这些,你们根本不懂。总之,我们哪里也去不了,别想着回去了！"

"那就这样了?"哥哥质问道,"就只能这样了？"

"潮峥,我们现在是在城里,这么多好的方面你都没看到,偏要在意其他的小事吗?有些不痛快的,忍忍就过去了。学学你的妹妹,雕荷她年纪还比你小,就懂得这些道理,你为什么就不懂得忍耐呢?"一如既往地,妈妈别过了脸,"成长,有时是需要承担痛苦的。"

听不懂。我一点都不理解,妈妈这种虚荣心的根基,究竟是什么。

"真是狗屁不通。"将门关上后,哥哥愤然说道。

"雕荷,我们得尽早为自己打算了,不然非得死在她的手里。"

"死在……妈妈的手里？"

我本来还以为哥哥只是夸张了事情的严重性,可是我看到他从口袋里掏出了一个小玻璃瓶,里面装着的,是纯白的粉末。

"这个,是我在妈妈的卧室里找到的。"

如果没有哥哥的解释,直到那时,我仍然还不知道那是什么东西。

"砒霜?!妈妈要拿这个……"我颤抖着,"做什么？"

"砒霜嘛……"哥哥竟然笑了,"不是自杀,就是杀人咯。"

"不可能……"我大喊道,"妈妈怎么可能做出这种事?!"

"生活没有指望,她大概是想亲手葬送这个家庭了,我偷偷打开了她的电脑,翻阅了上网记录,那上面最多的,就是关于砒霜购买与食物投毒的内容。"

"我不相信……"我抱着头,"我不相信……"

"你想要欺骗自己,就算是真的到了自己被毒死的那一刻,也可以和自己说那是事故。但是妈妈至今还没有动作,可能也是没有下定主意吧,"说着,哥哥拉住我的手,在我的手心里放入了一盒银针,"有备无患。"

将盒子紧紧握在了手中,我感到了安心。

我们还都只是孩子,究竟能想出什么样的办法应付这种情况,我也不知道。不过,只要跟着哥哥走,按他说的去做,就一定没错了吧?

渐渐地,就连妈妈也不怎么回到这个家里了。

每天早上出门前她会应付着把午饭和晚饭都弄好,一般都是由哥哥来进行加热,我来负责洗碗。银针的价格不贵,每次吃饭前,我们都会抽出一根验一验,起初还会不适应,后来习惯了,也就当成固定程序了。

如此持续了很长一段时间,我们全靠着冰箱里的剩菜剩饭果腹。父母很少同时出现在一个屋子里,他们之间的交流越来越少,早出晚归的次数也越来越频繁,这座房屋的实际主人,倒更像是我和哥哥。

"我们一起走吧,雕荷。"那天,哥哥将碟子从微波炉里取出,说道,"妈妈不愿意离开,我们总不能坐以待毙。这样如履薄冰的日子,我也已经受够了。"

自那天哥哥和妈妈交谈过后,我便一直刻意闪躲着的话题,就被哥哥这样正面提了出来。

想要从家里逃跑,从此彻底离开这座地狱。如此的想法,曾不止一次地出现在我的脑海里。妈妈的脾气也在变得愈加暴戾和古怪,我对这个家,就连最后一丝的挂念都已不复存在。

这样的想法无可厚非。我们还是小孩,既然没有解决问题的能力,就只能想着怎样从受害者的立场中脱离出来。

和哥哥两个人远走天涯,找到属于我们的地方,然后彼此依靠着。

而这样的梦想总被现实击垮,是由于财力的匮乏。

身无分文的我们,到了外面就连活下去,都成了问题。

"放心吧,雕荷,我有办法。"听罢我的担忧,哥哥安慰道,"我知道父亲有藏私钱的地方,数目应该不少。"

"哥哥你……"听到了他的计划,我捂住了嘴,"要偷爸爸的钱?!"

"嗯,是啊。"露出笑容的哥哥,像是根本不觉得有何值得惊讶之处,"要是能成功,就太好了。"

自从那场风波过后,苔对我的印象一落千丈。

见面连个招呼也不打,即便是同桌吃饭也不抬头看我一眼,只与雕荷在那边聊得火热。倘若我想强行掺和进去,苔就干脆不再说话,用冷漠的态度逼得我也无话可说。

父母一如既往的麻木不仁,我们兄妹关系如此恶劣,虽说大部分是我咎由自取,但缓和兄妹间的紧张关系,不也是身为父母的责任吗?

我在外面交往的人,就连所谓的朋友,也不能产生心底里亲近的感觉。只有亲人能给我踏实的感觉,若是连这最后的根据地都消失不见,那无法弥补的空虚,一定会跟着我走完余生。

所以我下定决心,悄悄赶进城里,将自己剩下的所有积蓄买了一袋最好的狗粮,放在了妹妹的门前。

当天晚上,苔就敲了敲我的门。

"这是……你给铃铛买的?"她手里提着那袋狗粮。

"嗯……"我别过视线,不敢和苔对视。

"唉……"苔深深地叹了一口气,"我原谅哥哥了。"

"真的?"喜形于色,我抬头问道。

心中的石头落地,近些天来紧绷的神经总算松弛了下来。

"不过,"苔说,"以后不要再想赶走雕荷了,我是不会帮助哥哥的。而且,即使我帮助你,父母也不会同意,这一点你也是知道的吧? 在我看来,哥哥是在做无谓的挣扎。"

无谓的挣扎啊……我曾以为,想要去除移栽过来的植物,只要将其连根拔起就好。但现在看来,想要拔掉它,却要和整座田园的土壤作对。

是我的动作太慢,还是它根茎发展得太快呢?

"还有，"苔继续道，"下不为例，如果哥哥再伤害铃铛，我就真的再也不原谅你了。"

听到这话，我心如刀绞。

"你们和好了？"

在饭桌上看到苔与我难得说话，毫无关心子女的诚意，妈妈抬了抬眼皮。

"嗯，"苔很认真地回答道，"要感谢雕荷呢。"

吃下去的食物，差点卡住了我的喉咙。

又是雕荷？和雕荷有什么关系？

"雕荷在旁边一直劝我不要闹得这么僵，毕竟大家都是一家人。"

一家人？从这口气看来，难道雕荷把自己也算在这"一家人"里面了？

听见苔的话之后，母亲笑逐颜开。

为又找到了一次能够讨好雕荷的机会，笑逐颜开。

"雕荷真是懂事呢，老公，我说什么来着？是咱们家的黏合剂没有错吧？"

"啊，是啊。"爸爸也放下了正在看的报纸，"雕荷真是了不起呢，简直没法想象，要是这孩子不在，我们现在的日子该怎么过。"

现在的日子该怎么过？

真是讽刺，比起什么无聊的家庭关系，真正触动你们的就是那笔钱吧！

"梧桐，你就不能懂点事？现成的榜样就在身边，想要变成一个好孩子也并不困难吧。"

又来了！又来了！又来了！

如果不是为了修复和妹妹的关系，我大概当场就会把饭碗打翻吧！

为了让苔能够重新接纳我，我开始善待那只博美。我不再称呼其为"那只狗"，而是"铃铛"。偶尔也会喂喂狗粮，带它下楼转一转，心情好的话还会给它改善一下伙食。苔与我关系融洽，与铃铛的接触时间越长也就并不再对它如此排斥，对雕荷的敌意，我感觉也减轻了不少。

可是，这样的和平再可贵，也不过是我奴颜婢膝换来的假象。

从心底里，我一直没有放下这层敌意。

而对方,似乎也是这么想的。

在学校里,我一直暗恋一个女生。

迟疑了许久,在采取行动之前,我决定还是先去问问妹妹的意见。

听罢我的事后,她的态度,简直比我还要激动。

"你总在后面跟着她,算是怎么回事?有勇气就去和她当面对话,就算被拒绝也不后悔吧?"

听了妹妹的建议,一直只会尾随那个女生的我,第一次,走到了她的面前。

结果,是怎么样的呢?

我的表白词不达意,逻辑混乱。就连我自己,都觉得自己差劲透了。

可是,那个女生还是回应了我。

她嗫嚅着说出了一句"请让我考虑一下"后,便转身离开了。

"哥哥你实在是太笨了。"

当我事后将经过转述给妹妹的时候,苔给出了这么一句评价。

"不是你和我说要主动一点的吗?"我不满地反击道。

"可是我也和你说过,不要冲上去送死了吧?"苔愤愤地回敬。

懒洋洋地卧在她怀里的铃铛受到惊吓般地突然抬起头,苔温柔地安抚着才使它又镇静了下来。

"你气势汹汹地和人说了一句我特别喜欢你,是个正常的女孩子都会被吓跑的。"

"是这样吗?要是我大概会开心得要命吧。"

"因为你是男生啊,神经大条的男生。"

"你看这事能成吗?"

"不知道。"

"不知道?你不是挺懂的吗?"我边说边伸手想去摸铃铛的脑袋。

"啪"的一声,妹妹挡开了我的手掌。

"怎么啦?"

"不要随便碰它啦。"

"你又是哪根神经搭错了，之前不是还让我带它下楼遛圈来着了吗？"

"因为看到现在的哥哥觉得不爽，所以不想让你碰了。"苔嘟起嘴来。

虽然她确实比以前更懂得体贴哥哥了，不过情绪化这个毛病，倒是一点都没有改。

转天回到学校，我表白的尴尬事件，已经传遍全班。

"可以嘛，你这家伙！背着我们天天去地铁站，原来是有这么一手。"

一个个损友围了过来，拍着我的肩膀。

"你们是……怎么知道的？"

"你还以为藏得挺好呀？自从你不愿意和我们一同回家，我们便觉得古怪，准备跟踪你来着。昨天看到你把事情闹得这么大，我还以为你不想再瞒下去了呢。"

我的大脑顿时一片空白。

这可不是可以随便拿来娱乐的笑料，他们自以为是我的朋友，就能随便开玩笑了吗？

我可从没允许他们这么干！

面带不快，我推开了那家伙。

"别再提这事。"

火热的空气骤然降温，他们尴尬地静了下来。

"什么嘛，真是无聊。"

有人嘟囔了一句，其他人面露不快，却也没再多说什么。

接下来的几天，我始终不敢和那个女孩见面。我当时还没想到如果被拒绝，自己应该怎么办。

然而苔每天都在催促我，最终，禁不住她的怂恿，我再次找到了那个女孩。

她与此前判若两人，对方的答复，异常冷漠。

"对不起，我对你不感兴趣。"

她甚至连看都没看我一眼，说完，便离开了。

我愣愣地站在那里，目送她消失在视野的尽头。等到回过神的时候，才发现太阳已经下山。拖着麻痹的双腿，我狼狈不堪地回到了家。

咚咚咚！

我敲响了门。

苔急匆匆地迎了上来。

"你这是怎么了？"大概是自己的表情已经面如死灰，苔吓了一跳。

听了我的叙述，她就更疑惑了。

"不正常啊，"苔说着，"就算不喜欢哥哥，也没必要这么做呀。你该不会是做了什么让她讨厌的事了吧？"

"你不是知道吗？"我从牙缝里挤出了几个字，"这几天，我连见都没见过她！"

"是呢……"苔沉吟着。

"完了？"我问道，"这就结束了？"

"现在这种情况……我也没有什么好办法了……"

"你以前有什么好办法吗？"被横遭羞辱的愤怒，终于在此时，爆发了出来。

"什么？"妹妹惊讶地看着我，似乎没想到我会在这时发难。

"催着我去见她，现在看我出丑，你满意了?！"

"哥哥，你怎么这么说话？我只是……"

"你只是什么？"我将手拍在了门框上，"我知道了，我知道是怎么回事了……"

我眼眶发热，开始口不择言。

"根本就不是我的问题！我什么都没做，那个女生怎么可能讨厌我！是不是那个雕荷搞的鬼？啊？我问你！"

"哥哥你疯了？这和雕荷有什么关系？你不要自己的事情处理不好，就去怪别人好吗？"

"住口！"我大喊着，"一定是你们串通起来了，雕荷暗中捣鬼，然后你让我去出丑，最后两个人一起在暗处看我的笑话。"

妹妹摇了摇头，眼中透露出来的，是轻蔑。

"别用这种眼神看我！"我叫着，"明明是你们的错，还在这里演什么戏?！"

就在这时，那条博美摇着尾巴，从屋里走了出来。

"滚开……"

我低吼道。

"铃铛,过来!"

妹妹低声发出了命令。

可是那条狗一点也听不懂我们在说什么，虽然大概能够感觉到我在生气，但我怒火中烧的程度,以及我接下来准备干什么,它都一无所知。

"滚开……"

它开始用头反复摩挲着我的裤脚。

"铃铛!"

妹妹弯下腰,作势将它拉回来,我却正好看到了它身上的项圈。

又换了一个新的。

真是了不起啊,那个草鸡变凤凰的暴发户。

因为从城里来,所以就了不起了吗?

不,是因为父母死绝了吧? 是因为有大笔遗产可以挥霍吧?!

"梧桐,你想干什么?"

突然间,楼梯下面传来了某个令人恶心的声音。

雕荷站在下面,神情戒备。

"离铃铛……"第一次,那家伙敢于这样命令我,"远一点。"

怒火,一下子被点燃了。

"你在这里演什么戏? 当初是谁害它残疾的?!"

"离它远一点。"

不行了,我情绪失控了。眼前的这个人,实在是太会装模作样了!

"啊,是吗? 如果我不离它远一点,又会怎么样呢?"

"不要让你的妹妹从心底里厌恶你。"

我终于怒不可遏。

"你有什么资格!"我伸出脚,猛然踢向了身边的狗,"在这里对我指手画脚!"

那是毫无保留的一踢。

257

于是铃铛哀号一声,沿着楼梯滚了下去,一直摔到了一楼,摔到了雕荷的脚边。

我也不知道当时的自己在想什么,只觉得,把眼前的这只博美破坏掉,就能享受到报复的快感。

——如果再伤害铃铛,我就真的再也不原谅哥哥了。

很快冷静下来的我,立刻便为自己的愚蠢感到了可悲,为自己的行为感到了耻辱。

只是,还有什么挽回的余地呢?

我打破了与苔订下的最不可以打破的约定,是我自己,把自己逼到了绝路上。

这次事故,就算是被称之为我与往日那日常生活的分水岭,也不为过。

妹妹与我断绝关系,怎样的办法都不再好用,长此以往,绝望甚至让我的性格都发生了改变。

心灵受到打击,又无人可以苛责,我开始变得孤僻,冷漠且自我厌恶。

等我清醒过来的时候,才意识到,原来那些我不屑的狐朋狗友们,也不屑于和我打交道了。

以前,我们放学后还会经常在一起玩,但现在他们也不会叫上我,只是自顾自地聚在了一起,

这样的变化让我感到无所适从,我一点都不觉得上次和他们产生正面冲突会导致这种局面。无论闹了多大的不愉快,只要下次记得给他们买些零食,一切就会恢复原样。

作为酒肉朋友,这不正是他们的便利之处吗?

那么,要去问问他们吗?问问他们为什么突然间懂得了何为尊严,为什么会对这些小便宜弃之不顾吗?

不,我才不会去主动找他们。

随他们喜欢吧,我根本不在乎。

直至有一天,我看到了那群乌合之众,在我们家的门口出现。

被那些人的簇拥着，围在中心的人，是雕荷。

没有一次，他们在和我玩的时候，曾送我到家门口。

他们欢快地为雕荷送行，直至屋子的门被关上，他们才扭过头来，发现了我。

他们的第一反应，当然是怔住。

"你们……为什么……会在一起玩……"

"哈？"他们皱起了眉头，似乎无法理解我说的话。

"你们！"我冲过去，一把拽起了其中一个人的衣领，歇斯底里地号叫着，"为什么！！！会和那家伙在一起！！！！"

"喂，梧桐，冷静点！"其他人把我们拽开。

那人怔怔地望着我，大概从来都没有看过我这副失控的模样吧。

"喂喂，你怎么了？你们不是亲戚吗？"另一个人说道。

他们不明白。

这群不长脑子的低等生物，根本什么都不明白。

"你当时去追女生的时候，不也把我们抛下不管了嘛，现在愤愤不平个什么劲呀。再说，我们一起出去玩已经不是一次两次了哦，当然，你是不知道的。"

"蠢货！"我双眼充血地瞪着他们，"你们知道你们在和谁玩吗？！"

"你不要太过分了！"不知是哪个人插嘴道，"和你在一起玩根本没什么乐趣，钱不多，还为人小气，一个不高兴就不给我们买吃的，我们实在受够了。"

"你说什么……"

"就是啊。"不止一个人帮腔道，"只是我们平时都不说罢了。家境寒酸就不要再挥霍父母辛辛苦苦赚来的钱了，少爷！"

"相比之下，你的亲戚可是又大方，又风趣，又善解人意呀，简直无法想象你们之间有血缘关系嘛。"

走狗……我心里骂着。你们这群见利忘义的走狗！

"亏人家还拜托我们你帮助你告白的事情，身为弟弟，你至少也要感恩戴德一下吧？"

此话一出，其他人立刻瞪了那人一眼，他立刻就闭嘴了。

"什么？"我抬起头，"你说什么？"

"梧桐……"有人走了过来，"你听我说……"

我一把推开他，同时自己往后退了一步。

"你不是说，那件事是你们跟踪我才发现的吗？"

他们面面相觑，无言以对。

最终，其中一人叹了口气。

"我们也是被告诉之后才知道的，"他坦白道，"我们没有恶意，都是出于好心，想帮帮你而已。"

帮帮我？

"哈哈……"我笑着后退了两步，"哈哈哈……"

好心?!

"你是怎么了？"他们诧异起来，却没人敢再靠近我。

"哈哈哈哈哈哈哈哈哈哈哈哈!!!!!! "

我疯狂地笑着，喉骨咯咯地颤抖，理智什么的早已被羞耻、愤怒、憎恨与哀伤吞噬殆尽。

终于，所有的东西，宝贵的，不宝贵的，已经拥有的，渴望拥有的，都被那个人剥夺得一干二净。

"算啦，我们走吧，"其中一人说道，"莫名其妙，这样的家伙，活该没女朋……"

他的话并没有说完，是因为我狠狠的一拳，直接陷进了说话者的脸里。

一对一。

一对三。

一对五。

人数不停地在往里加，不知从哪里就会踹来一脚，打来一拳，

就在我与眼前对手奋力周旋的时候，不知谁在身后抄起了自己的不锈钢水瓶，朝着我的脑袋，猛然砸了下去。

在剧痛中醒来，我睁开双眼，发现自己的右手已经被绑上了石膏，于是，便

只得伸出左手,下意识地摸了摸包扎头部的绷带。

身边的苔看到我醒了,未等我和她说句话,就头也不回地跑了出去。

我苦笑。

苔,你就真的这么讨厌哥哥吗?

先进来的人,是父亲。

"怎么回事?"他面色铁青。

"没事。"

和眼前的这个男人,我一句话都不想说。

"都伤成这个样子了,怎么会没事?"跟进来的妈妈搭腔道,"要不是雕荷恰好在家,都不知道你要在外面昏迷多久!"

"哦……"我抬眼,于是看到了苔,以及站在门口的另外一个人,"真是谢谢你啊。"

"你这孩子,真不知道是怎么搞的。"父亲皱眉,"雕荷救了你一命你知不知道?!"

"想要救,早就救了……"我起身喊道,"你们去问问,那个站在门口的家伙是不是早就已经回到家,然后在窗口看着我丑态出尽,才假惺惺地出手援助的!"

耳鸣泛起,头疼欲裂,我不禁重新卧在了床上。

"算了,走吧。"妈妈拉了拉父亲的胳膊,"这孩子不知好歹,没救了。"

这是一个亲生母亲应该说的话吗?

为了一个外人,她就可以这么说自己的孩子吗?

苔跟着父母一同出去了,唯独剩下雕荷,还没有走。

"你想干什么?"

"打架可不行啊,梧桐。"

完全不顾我露骨的嫌恶之情。面目可憎的人一步一步走了过来。

正是因为看出我现在没有驱赶别人的力量,雕荷才会这么肆无忌惮地欺身向前,直至坐在了我的床头旁边。

"虽说男生都憧憬着成为男子汉,但是靠拳头解决问题并不是什么成熟的做法哦。"

当我第一次听到这句话的时候,还没有想到,以后它会如同循环的单曲般,不断重复着诅咒。

打架可不行啊,梧桐。虽说男生都憧憬着成为男子汉,但是靠拳头解决问题并不是什么成熟的做法哦。

打架可不行啊,梧桐。虽说男生都憧憬着成为男子汉,但是靠拳头解决问题并不是什么成熟的做法哦。

打架可不行啊,梧桐。虽说男生都憧憬着成为男子汉,但是靠拳头解决问题并不是什么成熟的做法哦。

每一个清晨,卧在床上休息的我,都会被这句话叫醒。

每一个夜晚,我也会随着这句话,进入噩梦。

"不要再重复了!"我人喊,"你不要再说了!"

那像是机器发生的声音,那是雕荷与我的父母说话时,与苔说话时,都绝对不会使用的声音。

"不要嫌你的表姐烦",妈妈说道,"人家也是关心你才会说这么多的。"

那根本不是什么关心!为什么在你们的眼里总是看不到呢?!

和苦口婆心的嘱咐完全是两码事,这头怪物已经暴露了本性。

如此重复地说出一句话,只是想摧毁我的神经!

一直以来,作为一个男生,我认为自己就算做事不讨人喜欢,起码也和软弱无关。可是半个月后,当我解开绷带,伤势愈合,不得不承认自己已经被这一句毫无意义却不停重复的话,折磨得面容枯槁。

我趴在阳台上,正在呼吸着新鲜的空气,那个罪魁祸首则在这时走了进来。

没有敲门,甚至没有打招呼,和度过的这十四天一样,这里,被当成了可以随意出入的游乐场。

可是今天,不一样了。

我握紧了拳头。

"出去。"

身体已经差不多完全恢复,我本想声色俱厉地勒令,可是声音却不受控制,颤抖得活像婴儿啼哭。

"为什么？"

雕荷面带微笑地走了进来，对我的警告置若罔闻。

要喊苔吗？

不，没那个必要。

如果连我都胆怯了，那就意味着，雕荷已经彻底统治这个家庭了。

"我只是看到梧桐没有人关心，担心你寂寞才过来找你而已呀，何必害怕呢？"

嘴上说着善意的话，脸上却充斥着恶意。我觉得，能够展现出这副姿态的生物，一定只是个披着人类皮囊的异形罢了。

"与其对我这么热情，不如还是多担心担心你自己吧，"我反唇相讥，"你所谓的那个哥哥，可曾给你写过信吗？你自己写的信，又可曾寄出去过吗？你说我没有人关心，好歹，我的家庭还是完整的。"

抽搐的眼角，颤抖的嘴唇，无名的压迫感从雕荷的身上涌出，然后席卷而来。

没错，如此的感觉，似曾相识。

那次折断 CD 的时候，也是这种。

"啊，说到没人关心……"扭过头，雕荷将视线锁定在了猎物身上，绽放出了笑靥，"即便你这次伤得不轻，你的父母也没怎么在意过吧？"

我愣了愣。

短暂的沉默过后，我开怀大笑。

"什么呀，还以为你有什么更厉害的招数，原来就是说这个？看来你还是不太了解我们家庭，我的父母啊，就是那副样子，要是有一天他们突然对我嘘寒问暖，我倒会因为觉得可疑而不适应了。"

"你以为，在这里装作不在乎，就真的什么都没发生过吗？"

"啊？"

"因为手臂绑上了石膏，连筷子都提不起来，因为脑袋受到了重创，头晕发作起来，连一口饭都吃不下去，有时，耳朵里甚至还会流出鲜血，我这个外来人都看在眼里,你的父母,包括你最心爱的妹妹,却根本置之不理。你还在这里和我说你们是一家人？哎,要是所谓的一家人,就是这样,我倒还真是希望他们都死了算了。"雕荷顿了顿,"当然,他们也未尝不是这么想的。"

"什么……"

"所以啊,我已经说了,傻笑这招对我可没什么用,被我一口咬住的话,我是无论如何都不会松口的。你刚才的脸色,可是相当有趣呢。虽说和家人相处得不怎么愉快,可是独自一个人待在屋里的时候,心情就会变得很糟,尤其是在晚上的时候,你还会失眠。前天夜里,我记得你好像是哭了吧？那样子,可实在让人心疼。"

"你……究竟是……"

"怎么知道的？"雕荷笑着代我说了出来,然后指了指自己的眼睛,"这点,你不是很清楚吗？"

冷汗爬出毛孔,黏住了衣服。

是那个钥匙孔。没错,就是那个眼球大小的钥匙孔。

"啊,对了,忘记告诉你一件事,最近你爸爸妈妈看起来,可是有点貌合神离啊……"雕荷顿了顿,"他们,是打算离异吗？"

"你给我住口！"我怒喊道,"我们家的事情,用不着你来说！"

突然感到喉咙灼痛难忍,就连呼出来的气息都挟着怒火。

完了……这段时间我一直告诉自己不要去想的事情,就这样被轻易说了出来。

为了保护自己所做出的全部努力,根本一文不值。

刚刚前进几步的我,没有站稳,直接跌坐在了床上。

"要得出这样的结论并不难哦,一般情况下父母打算离异都会拼命地争抢孩子,苔现在可是一个大忙人。不过,你好像是被冷落了吧？因为梧桐是个不听话的孩子,你爸爸妈妈都不想要你呢。"

"你有什么根据这么说？！不要以为你很明白我们家里的状况！"

"眼中只有钱的贫穷父母,少不更事的天真妹妹,还有狭隘卑鄙的愚蠢哥哥,我一点都不觉,这样的家庭关系有什么复杂的。"雕荷耸了耸肩,"你爸爸手上戴的假表,是连我这种阅历浅显的人都能识破的赝品。你妈妈身上的饰品就更是惨不忍睹了,身穿粗制滥造的破烂货,还要明目张胆地在外面游行,想必会引来众多嘲笑。指望伪制品为自己充门面,到底是有多无能和自卑?最让人看不过去眼的,是他们以这么低端的手法谋取金钱,竟然还要为自己正名,美化自己的丑陋之举。这些,不正是你内心的想法吗?"

——于你们而言,就算眼看菜里有虫子在爬,也是能够吃下去的吧。因为,这是气度就可以解决的问题啊!

"我说,家里贫穷的话就去外面拼命工作,看重面子的话就靠自己努力争取,眼前这副惺惺作态的虚假高贵,只是扮演跳梁小丑,只会招致更多的讥讽和鄙夷。虚荣浮夸,浅薄无知,正是因为你也看穿了家里丑陋的一面,所以才看不起自己的出身吧。跟着父亲进城做买卖,总是趁他不注意就揩油,为的就是每次和朋友在一起时,不会因囊中羞涩而尴尬。对此,我很理解,可是,就算那些朋友表面不说什么,只要有一天你不再提供好处,他们就会无情地把你抛弃。"

——和你在一起玩根本没什么乐趣,又没有什么钱,就知道混吃混喝,还为人小气,大家的忍耐也是有限度的。

——家境寒酸就不要再挥霍父母辛辛苦苦赚来的钱了,少爷!

"你也是知道这一点的,你也是知道,和那群家伙是无法建立深厚情谊的。所以,你只把真正的爱献给家人,或者说,献给你值得奉献的家人。不过你的行为和你的初衷背道而驰,虽说你一直想要驱逐的人是我,可是受到伤害最深的却是妹妹,这让你十分苦恼。"

——根本就不是谁重要不重要的问题!哥哥你现在是在做坏事,我不想和你同流合污。

——以后不要再想赶走雕荷了,我是不会帮助哥哥的。

——哥哥你疯了?这和雕荷有什么关系?你不要自己的事情处理不好,就去怪别人好吗?

"家里的日子并不好过,你父母现在被贫困的生活压得喘不过气,自然就会想着减轻负担。事到如今,你可不要拿'无辜'当挡箭牌,因为一直挡在他们生财之路上的人,不正是你吗?"

——行啦,别没事找事,你怎么现在这么惹人烦?

——这孩子不知好歹,没救了。

不要这么说啊……我抱着头,心中发出哀求,不要这么说啊……身为一家人的我们,为什么要被你这样说啊……

"他们是如此的自私,如此的以自我为中心,以至于他们从来都没有把你看作是他们在世上的延续——事实上,他们认为自己的延续就是自己。从这点来看,我还是对你深表同情的,如果,你出生在不同的环境下,应该也不会面临这么悲惨的境地,养成这么恶劣的性格吧?"

"你刚才和我说到关怀,不知道你清不清楚,就算在这穷乡僻壤里联络不便,但我们相互之间,依旧存留着温情与牵挂。当哥哥把我送到这里的时候,他可是因此而流下了眼泪,那么,谁又曾为你而流下眼泪呢?你说的没错,我失去了完整的家庭,但我却拥有你这个所谓完整家庭中恰恰匮乏的亲情,关于这些,你其实一清二楚,于是,从一开始你便对我满怀恶意,你便对我感到愤怒与嫉妒。你以为,掰碎一张CD,说两句风凉话,就能让我像你一样垂影自怜了吗?说到底,我只不过是在下雨天看到了一只瘸着腿走路的浑身浇湿的野狗,心生怜悯而蹲下身子摸了摸它的头罢了。如果这样就会让它以为我们之间可以平起平坐,可以互相舔舐伤口,它就未免太自以为是了。"

"够了吧……"我瞪着雕荷,"你说够了吧!"

我决定了。

以牙还牙,就算妈妈警告我无论如何都不能当着雕荷面拆穿谎言,就算妈妈告诉我后果是何等的不堪设想,我也要把这家伙的幻想全部击碎,我也要让这家伙能够清楚地认识到自己是一头怪物!

当我将妈妈让我隐藏的真相说出来时,对方一定会崩溃。

对此,我有这个自信。

"对了,她拒绝你的时候,感觉可好?"

就当我准备开口的时候,雕荷这么说道。

"什么?"

"那天你被残忍拒绝的时候,我可是一直跟在你的后面目睹了全过程呢。我只不过是实话实说,把你是如何虐待妹妹的宠物的向她转述了一遍,她就彻底对你产生了厌恶,亲情没有指望了,没想到,就连你的恋情,也是这么不堪一击啊。"

——那个……请让我考虑一下

——对不起,我对你不感兴趣。

我感到脑袋里,最后一根理性的弦,绷断了。

我如同一具木乃伊般,晃晃悠悠地站起身来。

已经遍体鳞伤的动物,如果致命的伤口又被撕咬着而流出更多的鲜血,比起掩护着自身的软肋一再退缩,倒不如拖着这副破烂不堪的身躯,和对方同归于尽。

我鼻翼翕张,嘴唇颤抖,双手猛然出击,紧紧勒住了对方的脖子。

已经没有必要再说什么了。

我现在,只想让这个人死!

使用暴力的快感,以及通过使用暴力所取得的成就感,瞬间便涌遍全身。

手上的力气渐渐加大,然而这时,雕荷反而安心地舒了口气,要说有什么痛苦的迹象,也只是脸色在慢慢变青而已。

雕荷平静地望着我,毫无对死亡的畏惧之心,没错,从那张脸上的表情看去,就好像我才是那个受害者一样。

这不正常,这不正常。

我在心中叨念着,突然间,那个家伙笑了出来。

当然,因为气管被扼住,那并不是普通的笑声,而是像车胎撒了气般的声音从喉咙里漏出。

我松开双手,像是被火烫了般跳开老远,死死绞合着十指,惊恐地瞪大了双眼。

"怎么回事……"我问道,"你是怎么回事?!"

黑色,红色,白色,那眼神,根本,就不像是人类拥有的目光。那如同造物主般的冷眼睥睨,令我感到,自己不过是挣扎求生的一只蜉蝣。

"什么怎么回事,还能是怎么回事。"雕荷轻轻地揉了揉脖子,用解答数学题般理性的口气说道,"你刚才试图杀了我,但是中途却因为胆怯而放弃。"就是这么回事。

"你的眼神是怎么回事?!"

我声嘶力竭的号叫,恐惧之情深藏在我的喉结之下。

"我说啊,你在害怕什么?"雕荷梳理起了自己的衣领。

"啊?"我侧着头,脸部的每一寸皮肤都在不安定地抽搐着。

"刚才再加把劲,不就好了?"

"你疯了吗?"

听到这话,雕荷皱起眉头,本来还在努力调整着自己失声的喉咙,却不禁再次笑了出来。

"这可真是……不得了的事呢,"那家伙站起身来,一边四下观望,一边心不在焉地说着,"杀人未遂么……从轻判决的话,应该也有十年左右吧。"

摆在桌上的玻璃水杯,猛然被扫到了地上摔得粉碎。接着,茶壶,台灯,和桌面上一切的东西,纷纷都被眼前的这个人扫落而下。

"梧桐?!"听到我屋里的噪声,下面传来了妈妈的喊声。

"等等,你想干什么……"

我产生了不祥的预感。

雕荷头也不回地直接撞到了门上。"咚"的一声,不容忽视的闷响传到了外面。

"到底怎么了?"妈妈大叫,我听到走廊里响起了脚步声。

就像是着了魔般,眼前的这个人瞪着我,突然举起双手紧紧掐住了自己的喉咙。

雕荷的眼睛凸出来了,青筋爆出来了,舌头伸出来了。

那是远比我还要致命的力道,那是远比我还要果决的杀意。

看着这家伙毫不留情地对自己下手,我张大的嘴,活像条缺了氧的鱼,发出了不连续的"啊啊"声。

"停手……"我大叫着赶了过去,"停手啊!"

就在这时,门开了。

父母和苔闯进了视线，而我知道，映入他们眼帘的，是慌慌张张的我，和脖颈上留下紫黑色指印，一边艰难喘息，一边无助地望向他们的雕荷。

在大脑一片空白之中，我看到了猩红的半月形嘴角，在恶魔的脸上撕开，

——打架可不行啊，梧桐。虽说男生都憧憬着成为男子汉，但是靠拳头解决问题并不是什么成熟的做法哦。

此刻，我终于明白，这句话既不是警告，也不是威胁，而是真切的预言。

我的人生，在经历蜕变之后，如今，只剩下了空壳。

你们猜，现在不被允许上桌吃饭的家伙，换成了谁呢？

"这是……谁？"

哥哥挡在了我的面前，妈妈的身边，是一身教父打扮的人。

不，应该说，他确实是一名教父吧。

那个人笑吟吟地弯下身子，想要抚摸我的脸庞，却被哥哥一掌打开。

"别碰她！"

哥哥喊道。

哥哥他，是看得出来我感到害怕的。这个教父让我感到很不舒服，虽说神职人员的身上，总应披着一身圣洁的光芒才对，但是在他的身上，我什么都没有看到。

"潮峋你干什么？"妈妈皱眉，"对长辈尊重一点！"

"神父到我们家里来干什么？"

"我之前和你说过了吧？爸爸被魔鬼附身了，必须要请人来净化才行。"

"根本就不是那样！"哥哥烦躁地将她打断，"妈妈你为什么总是这样？一碰到棘手的事，就求神拜佛，就是因为你这么迷信，才会求助于这些异端邪教，把家里搞得一团糟！有时间做这些，不如想办法把我们带走啊！"

"潮峋……"妈妈有些窘迫地看了教父一眼，教父的面容非常平和。

"请你也稍微，为我和妹妹考虑一下吧！"紧紧盯着妈妈，哥哥继续说道，"身为一个大人，却以这种方式解决问题，妈妈你，就不感到羞耻吗？"

教父并没有说什么，可是"啪"的一声耳光响起，哥哥被妈妈结结实实地扇

了一巴掌。

"够了！"她的身躯，似乎一下子高大了好几倍，"都给我回屋去！滚回去！"

哥哥到底知不知道，他这样说，是一定会导致这种结果的呢？我不知道哥哥的心里在想什么，但我本能地感觉到，哥哥的行动，正在一步步变得激烈，甚至变得有些……铤而走险。

"雕荷。"那天，哥哥溜进了我的小屋，招呼着我过来。

"怎么？"我揉着惺忪睡眼，从床上爬起。

"父亲藏钱的地方，我找到了。"

找到了？！

我难以相信，他竟然真的会把当时的想法付诸实践。

"金额很大，有好几十摞。"哥哥对着我悄声说道，"原来我就好奇，以他和妈妈现在的这种关系来看，想要独掌财权，根本就没有必要这样遮遮掩掩的，怎么还会专门找个藏匿的地方。"

"难道说……"我瞪大了眼睛。

"嗯。"他点了点头，"我估计，这些钱大概都是见不得光的。可能是利用职务之便得来的，也可能是挪用了公款。我注意了一下，有几摞钞票的下面，已经有些潮了，看来一时片刻，他也是不敢拿出来用的。"

"原来如此……"

语气沉稳，突然像是明白了一切。然而这样的一声肯定，却并非从我口中说出。

爸爸推开门，走了进来。

"本来我还奇怪，钱款的摆放位置怎么不对了……"他俯视着哥哥，嘴角微微翘起，"没想到，是自家的老鼠啊。"

我已经吓得说不出话来，但哥哥，却以不输于父亲的冷峻目光与他对视。

"你这么怕偷，就该把自己的奶酪看牢一点。"

"或者是把老鼠清理干净。"

他走过来了。庞大的身躯，伴随着遮天蔽日的阴影，走过来了。

"爸爸，等一下……"我站起身来，刚准备说话，就被一个耳光打倒在地。

"这里没你的事,"爸爸对躺在地上的我说道,"你的哥哥,真是给你做了个好榜样。"

我很清楚,无论哥哥有多么坚强,如果两人不处在同一个量级,就没有任何胜算,哥哥并不是没有还击,可是父亲就像在踩死一只蚂蚁一样踩躏着自己的儿子。

自始至终父亲都没再说话,这样反而更加可怕,他像个机器般纯粹执行着口令,哥哥明明已经耳鼻出血,意识不清,刚刚结束的拳打脚踢却还只是暖场。

看了看四周,父亲将我桌上的小台灯连同电线拔了起来。

双腿一直颤抖不停的我,终于在这时奋不顾身地扑了上去,抱住了爸爸的身体。

"哥哥快跑!快跑啊!"

尖叫将昏迷的哥哥唤醒,看到他还能自己爬起来,我顿时松了口气。

太好了……哥哥赶快就这样逃出去吧!

"雕荷……"手里依旧举着台灯的父亲,低头望向了我。

那目光没有冷酷,也没有杀气,只有空洞。

"你就这么想代替你哥哥去死吗?"

死?原来,爸爸是想杀死哥哥吗?

那么,现在的我,是不是真的,要被杀死了呢?

砰。轻微的一声钝响,父亲的身体颤了颤。

哥哥那绵软无力的拳头,第一次,实实在在地打到了父亲的身上。

"放……开……她……"

只是说出这三个字,血液就从他嘴里涌了出来。

"哦……"父亲对着哥哥的头颅,高高举起了玻璃罩的台灯,"当然没有问题。"

铃铛死了。

它躺在我们家的门口,浑身是血,内脏从肚子流了出来。

苔抱着铃铛的尸体哭了一夜,直到眼泪哭干,她抱着它出了院子,大概是想找个地方埋了它吧。

父母和雕荷都拦不住她，也不忍心拦她。

过了很长一段时间才从外面回来的苔，宛若从血池中刚刚沐浴回来一般，眼神暗淡无光，整个人的生气仿佛也跟着铃铛葬在坟墓中了。

看到她的那副样子，我感到无比痛心。可从转天早上起，我却突然发现，自己房间里的血腥味越来越浓。

怎么回事呢？我皱着眉，循着刺鼻的味道望向自己的床下时，里面不知何时，多了一堆狗毛和一把沾血的刀子。

我知道是谁干的，不过现在说什么都没用，他们看到的话，一定会不由分说地认为，我就是那个杀了铃铛的人吧。不想节外生枝，我偷偷摸摸地把这些东西带出门，刚想要找个地方掩埋，雕荷和苔就在楼上看到了这一幕。

"不是我，"我倒退着，刀子当啷一声坠落，狗毛撒了一地。

"不是我，不是我，不是我！！！"

苔垂着头，一言不发地踩着嘎吱嘎吱响的楼梯走了过来。

"狗真的不是我杀的啊，苔，你相信我啊！"

苔默默地踏出脚步，根本没有想听进去的意思。直到走到我面前，她才缓缓扬起了面孔，对我微笑着说道：

"哥哥，你说过，我的生日礼物想要什么都行的吧？"她对着我说道，"那么可不可以，请你去死呢？"

在那一刻，我清楚地看到，我们兄妹之间的联系，已经彻底断了。

事已至此，家中所有人都以为是我杀死了铃铛。唯有我才知道，凶手究竟是谁，妹妹口中不可原谅的人，只有一个。

我特意赶到城里，搜罗到了自己需要的工具。

直流电击棒不仅可以在短时间释放出的近万伏电压，使人迅速眩晕乃至麻痹，而且还能确保不会使人致死。

这简直和我的初衷不谋而合。

我不会去杀任何人，掂量着武器的重量，我看着墙上钟表的指针，指向了子夜一点，我想要的，只是报复。

按下开关,爆裂的火花和刺耳的响声使我安心,于是,我蹑手蹑脚地走进了她的房间。先把那个家伙叫醒,使其认清现状然后拼命求饶,最后,再给出致命一击。

无法克制自己的笑容,我如同马戏团的小丑般兴高采烈地走了进去。

由于眼睛已经适应黑暗,我第一件要做的事就是仔细观察她的住处。

床,书桌和衣柜。

完全没有活着的气息,无论布局还是饰物,都和入住之前没什么两样。

简陋,枯燥。看来,这里从来没有被居住者真正地当作一个家去布置。

呵呵呵……我的心情变得好了起来,今天的惩罚说不定会提前结束哦。

这样想着的我, 正准备往前再踏一步——从窗帘缝隙透过来的凄冷惨白,招惹了我的余光。

那道身影,就那样站在了窗边。

"你终于来了啊,梧桐。"

我看不清那人的容貌,只能从露出的森森白齿与鲜艳的红唇辨别出,那是我见过最不能称之为笑容的笑容。

心脏停跳了几秒,身边的空气则化为万千毒针,以极其精细的手法插入了我的毛孔中。

雕荷手里拿着的,是银光闪闪的刀具。

"我每天,都在这里等待呢。"优雅的银光在雕荷手中闪现,"然后每天,都失望地对自己说,唉,今天,梧桐又没有来啊。"

"为什么还不严肃起来呢,梧桐。"雕荷站起身,"想要来一起玩的话,你手里的那东西可是不行的哦。"

和我不同,那家伙,是真的准备杀了我。

"啊……啊……啊……"

倒退没有几步,我便再也控制不住自己的恐惧,丢下了电击棒,疯狂地转身跑了出去。

关门,上锁,蜷起身子,我整个人都藏在了被子中。

后背和额头不断冒出的冷汗封闭在狭小的潮湿空间内, 我感到呼吸困难,却丝毫不敢钻出来透气。

咔！

门锁发出了不祥的哀鸣。

咔咔！

门锁开始剧烈地晃动起来。

咔咔咔咔咔！

它晃个不停，晃个不停！

咔嚓……

门被缓缓打开，什么东西，正从容不迫地逼向了我。

"你该不会是以为，藏在这里，就算作弃权了吧，梧桐？"仅仅隔着一层棉絮，我感到自己被抚摸着，"既然按下这场游戏开始键的人是你，那么，什么时候喊停，总该由我来说。"

"感到压力大的时候，就要找些消遣，你放心，我既不会伤害你，也不会恐吓你，我是来给你送礼物的。"对方不急不慢地说道，"这是一场持久战，不能找到排解的渠道，可是会很累的。"

耳畔的轻声低语终于消失，我掀开被子，看到了自己的床台上，摆放着一只布偶。

哥哥因头部受到撞击引起了颅内出血，由断裂肋骨插进肺叶所引起了呼吸困难，当哥哥从病床上醒来时，第一句和我说的话，却是"雕荷，你没事吧"。

我没事。

因为代我承受那足以泯灭人性的暴行之身，是哥哥的血肉之躯。

哥哥，我们一起走吧。

如果说以前都是哥哥主动提出这样的想法，所有的事情也都是哥哥一个人在努力，那么，第一次，我亲口道出了自己的决心。

我搀扶着哥哥回到家，随后，便将父亲买给我的所有布娃娃全都扔到了楼下的垃圾堆。

虚无的礼物，承载着的并非是父爱。以往种种敷衍的表现，终于随着他那丑陌行径的爆发,成了不堪回首的过去。我不想再见到任何他送给我的东西,不想再让那个男人的痕迹出现在我的房间,乃至生命里。

那夜,坐在房间冰冷的地板上,我整整哭了一宿。

直至哭得没有了力气,直至哭得昏睡过去,转天,当我醒来,走出房间的时候,发现门口整整齐齐地摆放着原先我扔掉的那些布偶。

本应出现在上面的污迹被尽可能地洗净,我捧起一个布偶,毛茸茸的表面上,散发着洗涤剂的味道。我跑向哥哥的房间,等不及敲门,便闯了进去。

"啊,你醒了?"

不知为何,看到他那温柔的笑脸,刚才还盘旋在脑子里的话,怎么也说不出来了。

"还喜欢吗?"看见我抱着的布偶,他望向了我。

"为……什么?"

"嗯?"

"明明……我都已经扔掉了,哥哥为什么还要……"

"这些是你非常喜欢的东西吧?"哥哥不解地皱起了眉头,"雕荷,你把它们都扔掉,不觉得可惜吗?"

没错。

这些布偶,很多都是我曾经要放在枕边才能安然入睡的伙伴。

"我感到恶心。"

"什么?"一时间,哥哥没能反应过来。

"这些都是那个男人买给我的东西,我一个,都不想要。"

"雕荷……"

捂住耳朵,我只顾埋头大喊。

"我一个!都不想要!"

我歇斯底里的抗拒,压抑了整个房间的躁动。

哥哥没有再多说什么,只是沉默地走了过来,将我揽进了怀中。

只是这样就好。

只是这样,就已经足够了。

哥哥完全不需要做其他的事，只要能够守在我的身旁，给予我力所能及的温暖，就已经足够了。

但，在如此祈祷的同时，我也很清楚，那个为了我而放弃雕刻转学钢琴的哥哥，那个为了我而忍受殴打的哥哥，不可能做到这种程度就放弃。

因为我说了不要，那些布偶，便如倏然跃起却注定破碎的气泡般，永久地消失了。要说一点都不惋惜，那是骗人的。怀着如此复杂的情绪犹豫过的我，却从未对自己的决定感到过后悔。

直至，我看到了哥哥满手的伤痕。

一道一道，像是花丛中的剧毒荆棘，错综复杂的细长红痕，遍布了哥哥的十指指尖。

于是，我紧紧抓住了他的手掌。

"怎么回事？"我望向了他，"哥哥，这是怎么回事？！"

"没什么……"他若无其事地，温和地将手抽了出来，"我想要给雕荷一个惊喜。"

又是惊喜。就算不知道那惊喜究竟是什么，但我能预感，哥哥不断以更高代价去换来的所谓惊喜，终有一天，一定会超出我心中所能承受的极限。

"我不明白……"泪水，从我的眼中流淌了下来，"哥哥你真的什么都不用再做了！"

因为，已经付出太多的你，如果为了我而再度伤害自己，就会将我变成不可饶恕的罪人。

"没事的，雕荷。"哥哥轻轻拍了拍我的脑袋，"快好了，很快，就要完成了。"

哥哥对我的爱，是质朴的，是不包藏任何私心的。

但，或许正是因为这份纯粹，某些时候，他的努力，才会以如此光怪陆离的形式体现在我的眼前。

一周以后，当我再度打开屋门时，差点还以为数天前的景象，又鲜活地回放在了眼前。

布偶的数量一个没少，甚至连顺序都不曾改变，一如响应召集的士兵，它们再度整整齐齐地回到了这里。而唯一的差别，也是绝对不能视而不见的差别，是它们的身体,发生了某种异变。

兔子布偶的耳朵被剪下来握在了熊猫布偶的手里,熊猫布偶的眼睛缝在了小松鼠的眼睛下侧,有的布偶的脑袋,被移植到了另外一个布偶的身上,还有许多布偶的双腿都赫然不见,目光移向队伍的尾端,就会发现有无数双各种各样的腿部构成的圆环。

像是某种饱含敌意与恶趣味的玩笑,反胃感在瞳孔确认事物的同时,就条件反射地袭上了心头。如果不是想到这可能便是哥哥为我做出的礼物,我几乎就要当场呕吐出来。

"啊,你醒了?"

与此前完全相同的一句问候,从我的前方传来。

抬起头,我就看到了那个像是以为我真的会因高兴而雀跃欢呼,于是一脸期待的哥哥。

"哥哥……"

一股莫名的情感,堵塞了鼻腔,压在了舌底,然后硬生生地支撑起了自己的嘴唇和牙齿,让我一句话,都没有办法说出。

"雕荷,这样,就不再是爸爸给你的礼物了吧?"哥哥笑着说道,"这是哥哥一针一线,为你重新定制的布偶哦。"

简简单单的一句话,道出了他做出这种事情的动机,也道出了他对我当时惋惜之情的洞察。

自然,我当时并没有意识到,哥哥他,恐怕在那时,哪里就已经坏掉了。

门被推开,沿着微开的缝隙,饭菜被推了进来。

这次把菜端上来的人,是谁呢?

不耐烦的态度,甚至连身子都不愿露出来,应该,不会是苔吧?

算了,无论是谁都好,本来,就不重要。

简单往嘴里送了两口饭菜,我顺着门缝往下望去,看到四个人都在下面吃饭,我安心地转过身,从床下掏出一个纸箱子。

里面,是一个布娃娃和一把货真价实的钢刀。

尽管以前看到过针扎布偶的巫术，但我始终认为，那不过是自欺欺人的把戏而已。

没有人会因此真正受伤，也没有人将此种诅咒当作谋害对方的实际手段。

直至自己被逼到没有退路，不得不寻找发泄心中郁结的出口时，我才终于明白，这种怪力乱神时代留下的遗产之所以能够传承，是因为它能够让施咒者的内心得以满足。

将刀刃插进布偶的脸里和脖子里，砍断它的四肢，捅烂它的肚子。

只要将它想象成雕荷，我便自觉如上帝般将对方的生命牢牢握在了自己手中。

这是弱者对现实无能为力才会产生的无奈，但是，即便是弱者，也要想方设法地活下去，也希望能够找到属于自己的愉悦。

不知从何时起，这样的恶趣味，已经成了我生活中的一部分。任何可以带来愉悦的事物，都能够如毒品般使人上瘾。

学校里已经没有人再理会我。平常我一个人坐在角落里发呆，便幻想着今天又可以实施怎样的酷刑，敷衍了事地应付完课程，我会忍不住飞奔回家，然后将记在纸上的想法付诸实践。如此一来，精神压力很快就能消除，不至于让我彻底崩溃。

虽说我也知道，这种行为的本身，说不定便意味着自己，已经崩溃了。

活在这个世上的真实感，只能通过这唯一的方式获取。饭前如果不举行这个仪式就觉得什么都难以下咽，睡前如果不举行这个仪式就连合眼都很困难。

所以啊，我倒开始感谢起他们让我在自己的房间里独自用餐了。

因为"杀死雕荷"这件事，正是绝对私密，只能是我一人独处才能做的事啊！

不到一周的时间，雕荷送给我的那个布偶就坏掉了。可是很快，当我早上醒来时，枕边就又被放上了一个全新的布偶。

是那个人送来的吧？

如果能从钥匙孔中偷窥，还能无视门锁地闯进屋里，那么，只是在我的床头搁下一个布偶，对她来说，大抵是完全不费力气的。

雕荷总共送给了我四个布偶，没有一个是完好无损的。

怎么说呢？

这些布偶彼此之间的零件都被拆卸下来，然后又胡乱组装了上去，像是只有在黑暗童话里才会出场的奇形怪状的人偶，那副粗制滥造、拼拼凑凑的外形，甚至让人有些作呕。

不过，这并不影响我的使用。被培养起来的恶趣味，只要得到足以成长的土壤，就会发育成可怕的心理疾病。

第一个布偶的眼皮用铁丝绑在了眼眶上，腹部则被干脆的一刀横向切开。

第二个布偶的胸部至腹部留下了纵向切割的痕迹，此外，眼球也被抠了下来放入了它的手心。

第三个布偶尸首分家。

而第四个布偶，在被切成了碎片后，又粗糙地缝合在了一起。

明明总有另外一个自己冷眼睥睨着我亲手做出的卑劣罪行，可寄生在灵魂深处的快感，驱使我对一切都开始不管不顾。

毫无节制地做着蠢事，败露，便只是迟早的问题。

我在行为上愈加孤立，言语也跟着变得不正常起来，就连一向冷淡的父母，也对我怀疑了起来。

意识到势头不对的我，早就将钢刀和那些布偶扔掉了。

毁尸灭迹的话，你们就什么都查不出来了吧？我倒是期盼着你们赶快搜查我的房间，然后露出扑空的绝望眼神。

那么，那种绝望的眼神，在妈妈进屋找到我后，是否真的出现了呢？

她的脸庞隐藏在阴影中，所以我看不清楚。

不过，我觉得好像没有。

因为妈妈的手里，握着我曾丢弃的布偶。

"不可能……"我喃喃自语着，"不可能！"

"最近，雕荷的布偶一直失窃，如果只是一个还好，但四个都不见了，梧桐你，做得实在是太过火了。"

雕荷的布偶……一直失窃？

奇怪了……我确认着妈妈说出的话。那些布偶，不是专门拿来给我使用的吗？

"本来，我是不想进你屋去找的，因为我知道，只要真的进来，就一定会发现雕荷丢了的东西。"妈妈面无表情地陈述着，"亏你还小心翼翼地收在了床下的纸箱子里啊，梧桐！"

我清清楚楚地记得自己把布偶全都扔掉了，怎么可能还在我的床底下？！

我明明是丢掉了啊！

"你病了。"妈妈俯视着我，漆黑的人形将我完全笼罩在她的阴影之中，"你这孩子，病了。"

那眼神里没有一丝对孩子的慈爱和关切，只是，纯粹的，如同看到废弃物一样的，蔑视与唾弃。

或许我的脑袋已经有些不大对劲了，但在处理那些布偶的时候，我绝对是清醒的。

我反复确认了它们已经被丢弃，不可能出问题。

几天以来的心惊胆战严重影响到了我的身体，睡眠不足累积下来的不适感终于发作，晚上，神经衰弱的我开始发起了高烧。

我浑身乏力，连视线都很模糊，失去了走动的力气，我索性倒在了床上。

就在这时，手里捧着饭菜的雕荷，推门走了进来。

"梧桐，吃饭吧。"

这场景，让我想起了监狱管理员给死刑犯送餐的画面。

"你这是怎么了？发烧了？"

冰凉的手背，贴在我的滚烫的额头上。

我挣扎着想逃离，身体却不听使唤。

我想要将她骂走，牙齿却一直打战。

"哦，对对，梧桐没有这个，是吃不下饭的吧？"

说着，她从背后拿出了一个崭新的布偶。

看到它，我立刻蹿起来想要抢夺。

对方早有预料，身子一让，我连带饭菜一同扑在了地板上。

"啊，弄脏了……"

雕荷皱着眉揩下溅在裙角的油腻。

"不过,你真是有精神啊,这样我就放心了,游戏才刚刚开始,独角戏可是很无聊的哦。"

视线里的布偶晃来晃去,我就像只看见香肠的狗一样被来回戏弄。

居高临下的挑逗也总有玩腻的时候,不一会儿,布偶就被塞进了我的手里。

"喜欢的事情,就由着性子做嘛,娃娃不够用,就和姐姐说嘛,"施舍者满意地望着我,"何必这么害羞呢?"

"不过,现在你也知道了吧?"雕荷蹲了下来,"想要隐藏罪行,是行不通的。"

在父亲外出的时候,教父来这里探访已经不是一次两次的事。现在,就连基本的寒暄都跳过,无须和我们这些小孩打招呼,迎在门口的妈妈,便会带着教父走进她的卧室。

屋里,传来了妈妈的呻吟声。

听到这样的叫声,起初,我以为她是病了。

但看到哥哥脸色不对,我不由打消了这样的念头。

明明此前两个人在屋子里时,一直都是静悄悄的。第一次听到这种奇怪的声音,确实有些不太寻常。

"妈妈?"试探着,我在外面敲了敲门。

结果里面的呻吟声,像是按下停止键的录音带般,顿时就停止了。

面色铁青的哥哥将门一把推开,那张本来只有爸爸妈妈才能躺着的床上,如今出现了另外一个男人。

黑色的长衫与银白色的十字架混在一起,被凌乱地丢在了地上。

在我眼中,眼前这个几乎赤裸的男人,或许,才正是妈妈一直寻找的救赎。

自从那件事发生以来,很长一段时间,教父都没再来过我们家。

而哥哥在露出那副可怕的表情之后,就连对我的态度也冷漠了起来。

两人的交谈变得越来越少,关心的话语停留于表面,就连平时吃饭,也干脆不怎么动筷子便离席,将我一个人扔在了厨房里。

在这个家里,爸爸妈妈都已经脱离了正常人的轨迹,如果哥哥也要步此后尘,那这里,实在已经没有可以容纳我的空间。

目睹妈妈和教父之间做出那种苟且之事,哥哥会受到打击是必然的。但,已然经历家中种种不幸的我们,早就应该对此无动于衷了吧?!

本来以为症结出现在这里的我,直到问出口的时候,才知道自己的判断出现了失误。

"为什么要把那些布偶藏起来?"

解答我困惑的,是哥哥的反诘。

"为什么要把它们锁在衣柜里?!"

哥哥很擅长潜入别人的房间。

我早该想到,能够发现母亲的砒霜,能够发现父亲的巨款,他有这个能力发现我所做的事情。

辛辛苦苦为我做出来的礼物并没有被好好珍视,哥哥生气是可以理解的。然而,即便他心血耗竭,脑汁绞尽,这样的诚意,还是令我感到难以接受。每次看到这些奇形怪状的布偶,哪怕是在白天,我也会觉得阴暗,哪怕是在夏日,我也会感到心冷。

哥哥亲手制造的痕迹,确实贴在了这些布偶的上面。但除此以外,再无一样,是我所熟悉的东西。

"你欺骗了我。"哥哥的气息变得非常凌乱,像是在刻意隐忍着泣血的伤痛,"你和我说每天都抱着它们睡觉,结果就是像垃圾一样把它们堆在了角落,连看都不看一眼,是吗?"

"哥哥……对不起……"

"为什么?"他伸手紧紧抓住了我的肩膀,"是不满意吗?当时你接受它们的时候,不是满心欢喜的吗?!"

当初因为不想让哥哥伤心而做出的虚假举动,如今,终于收到了恶果。

哥哥的误解和由此得来的结论,根本令我无从辩驳。

"对不起。"

再一次地,我不带丝毫推诿,诚挚地低头认错。

我每一口吐出的气息都牵扯着痉挛的心脏,除了祈祷哥哥能够早些冷静下来,我只有默默地闭上双眼。

叮咚!

突然间,门铃声响起。

父母也好,外人也好,以前在与哥哥独处时,从不希望外人打扰的我,简直像听到了化解困局的福音。

叮咚!叮咚!

门铃继续响着。

我望向哥哥,看他并没有起身开门的意思,自己只好匆匆忙忙地跑了过去。

这样急促地按着门铃,多半是妈妈回来了。我刚刚打开屋门,就看到了完全出乎意料的访客。

是那名教父。

"是雕荷啊。"他笑着,望向了我,"妈妈在家吗?"

我好不容易从心底里涌出的以为得救了的情绪,立刻就消退了下去。

"不在。"

冷冰冰地回复一声,我将门合上。

"等一下。"

他伸出的脚卡住了门,我看到了与其身份并不相符的白色皮靴。

"妈妈不在,爸爸也不在吗?"

他一边说,一边将门拉开,整个人走了进来。

"爸爸……在。"我往后倒退了两步。

"哈哈,是吗?"教父将门合上,"那么,他在哪呢?"

没有用。对方知道我是在撒谎。

"这么看起来,就只有你一个人在家啊?"

"哥哥是在的。"盯着他,我否定了教父的猜测,"他就在屋里。"

"啊,是,是……"

像是没有办法似的,教父轻浮地举起双手做出投降的姿势,无奈地咧了咧嘴角。

这副痞气的做派,和以往他在妈妈面前对待我们的态度,简直判若两人。

283

"雕荷,叔叔最近一直没来,是因为和你的妈妈发生了一些不愉快的事。这次,我是来找她谈事情的。"

他像是走进自己的家,一屁股坐在了沙发上。

"她不在。"

我坚定,冰冷,重复了自己的话。

"哎呀,"教父挠了挠头,"何苦对我露出这么大的敌意呢?难不成,是你的妈妈和你说了些什么吗?话说回来,你生气的样子,和你的妈妈还真是一模一样啊。"

一脸轻浮的表情,眼前这个男人说着前后毫无关联的话。比起和他在这里浪费时间,我宁可回到屋中面对愤怒的哥哥。

说起来,这个人都已经走进大厅了,屋里的哥哥,怎么还一点反应都没有呢?

看哥哥始终都没有出现,我当下决定不再理会教父,于是起身上楼,走进屋中才发现,不知何时,哥哥已经不见了。

"这么急着进屋啊……"身后响起了教父的话声,"看来你的妈妈,真是教了你不少东西呢。"

"出去!"

肆无忌惮的羞辱,引来了我的惊声尖叫。

大概,正是这样的一种过激反应,才催化了他的行动吧。

那个人将自己的黑袍脱掉,一把将我拽了过去。

"哥哥!哥哥!"我大喊着,"救我!救我啊啊啊啊!"

教父伸手将我的嘴牢牢捂住,比起担心那个男孩,他倒是害怕我的喊叫会引来街坊四邻。

"哦,原来你的哥哥是真在这里?"嘴上戏耍般地调侃着,教父手上的力气一点也没松懈,"不过,就凭那个男孩,又能救得了你吗?"

话音未落,教父的另一只手,已经牢牢锁住了我的喉咙。

我无法呼吸了。大脑一旦缺氧,反抗,就变得软弱无力了。

"我说,你们的妈妈,也太绝情了吧?当时因为心里寂寞才找到了我,结果,就因为被你们发现了那天的事情,便和我断绝了关系,再不和我联系。我对她来说,到底算是什么啊？嗯?!"

教父的咒骂传到耳中,只是一片混乱的杂音。

我心中所想的,只有一个念头。

哥哥,救救我……

"明明是她先要求的,是她先要求的!"

教父咆哮着,手中的力气,反而变得更大了。

他并不想和妈妈谈事情。

在气管快要被捏碎的时候,我明白了,这个人,只是单纯地想要来报复而已。

自称教父也好,驱魔也好,全都是妈妈与他私通的幌子。如今,事情败露在孩子们的眼前,想要与此人断绝关系的妈妈,终于得罪了这个从一开始就人面兽心的恶徒。

只是……这些和我,又有什么关系呢?

想要彻底地报复某个人,使其生活在痛不欲生的悔恨中,最好的办法,便是杀死这个人的孩子。这样丧心病狂却相当实际的方法,偏偏在我们的家中,并不适用。曾经看到为她挺身而出的哥哥被父亲殴打也无动于衷的妈妈,是不可能会对孩子有眷恋之情的。而反过来,其实妈妈与谁结仇,作为女儿的我,也毫不关心。

明明是这样的一种关系,明明拥有可以将自己置身事外的余裕,为什么,还非要承受这些不必要的灾难呢?!

在挣扎中,怨恨终究变得愈加薄弱,取而代之的,则只有乞求。

不是乞求命运的宽恕,也不是乞求这个人能够松开手,而是乞求,哥哥他,能够赶过来救我。

咔嚓。

相机的声音,在教父的身后响起。

他回头,指尖的力气稍有松懈,解脱的我立刻捂着脖子剧烈咳嗽起来。

紧接着,我们两人,都愣在了那里。

因为站在门口处的哥哥,正一语不发地继续按下了快门。

"把那玩意……放下……"

教父颤抖着勒令道。

咔嚓。

又是一张照片,从相机的肚子里吐了出来。

"把那玩意……给我放下!!!"

就算已经兽性爆发,他也知道,哥哥此时手里握着的东西,是足以将其投入监牢的有力证据。教父不再注意我,发现哥哥闪身跑到了楼下,立刻追了上去。

就在他跨出门不足片刻,外面突然传来什么东西滑倒,然后不停撞击着楼梯翻滚下去的声音。

诅咒,惨叫,骨头碎裂。

听到一连串的声响终于回归静寂,我才走到了门外。

我发现教父已经躺在了楼梯下面。

身体软趴趴地伏在地板上,脑袋也往奇怪的方向扭转,多半是颈骨已经折断了。

他是死了吗?

看着那张满是鲜血的脸庞,以及像是凝视着什么的失神双眸,那时还年幼的我,并不知道如果人类以这种姿势一动不动时,就是已经丧命了。

不知是从哪里来的胆量,甚至不知道自己想要干什么,被眼前的惨状呼唤着,我往前迈了一步。

这时,旁边突然伸出的一只手将我拦了下来。

脚心没有着地,我看到在距离自己脚掌不到半寸的那片地方,涂抹了一层厚厚的色拉油。我心中顿时泛起恶寒,是因为我很清楚,那种日常看来再平常不过的东西,对于穿着皮鞋,在楼梯上行走的人,正是最容易制造意外死亡的利器。

确定我安然无恙地站在地上,哥哥一语不发地走下了楼,用手中的抹布擦净了教父鞋底的痕迹。他视我若无物,前前后后地清理着犯罪现场,未曾有和我说话的打算。

我想要伸手,叫住他,然后问:"哥哥,是你杀了他吗?为什么要杀了他?"

可是,想象中的话语如黏液般吸附在喉咙的两侧,怎么也吐不出来。

因为面对着这个陌生的人,面对着这个杀人后还能轻松自如地收拾残局的人,就连"哥哥"这两个字,我都叫不出口。

啪!

头顶上的灯突然熄灭,我皱眉,拧了拧台灯,却一样没有亮。

是跳闸了吗?

过了很长一段时间,黑暗的屋子里始终都没有声音,外面,也静得可怕。

真是奇怪……我伏在门上,侧耳倾听。

妹妹和雕荷不知道去哪里也就罢了,家里断电了,爸爸妈妈他们都没有什么反应吗?

不行,楼下还是没动静。

我推开门,沿着漆黑的道路,走下楼梯,敲了敲浴室的门。

没有回应。

我只得朝着厨房的方向继续往前走。

"爸爸?"

明明家里停电也不是一次两次,唯有这次,我却感到心里发毛。

"你在不在?"

每次迈出的脚步,都像是踩到自己的心脏,我努力调整着呼吸,走到了厨房里面。

"你在不在?"

我重复了一句问话,然后眼前的事实告诉我,他在。

不会认错的背影跪在了清洗盆上,暗红色涓流从他的后背淌出,在地板上积成了水洼。

"骗人……的吧……"倒退一步,我跌倒在地,"这是……骗人……的吧?"

这个人,是我的爸爸吗?

眼前的场景不能与脑中的逻辑相对应,我的认知发生了滑稽的偏差。

大概，是从哪里来的水管工吧……

因为不小心，伸头进去维修的时候，被不知什么东西从后面贯穿了心脏。

哈哈……别傻了，梧桐。

这样的猜测，一点都不可信。

这样的笑话，一点都不好笑。

所以，爸爸，请你站起来吧。

我颤抖着，走近他的身侧，推了推他僵化的肩膀。

站起来吧！

就算斥责我，对我说"别没事找事，你怎么现在这么惹人烦"也没关系！对了，就是教训我也是可以的，打我吧，请你打我吧！

我抬起了父亲的手，他的身体便失去了平衡，彻底倒在了地上。

在那一刻，我明白了。

爸爸他，再也站不起来了。

恐惧也好，悲伤也罢，突然感觉可以言明的情绪距离自己很远，感觉眼眶灼烧，我抱着脑袋，跪在地上，口中发出"啊啊"的嘶吼声，泪水从眼底深处淌出来，转瞬爬满了脸颊。

妈妈……

残存的理性强行将我拽起，然后拉扯着我奔赴下一个地点。

"妈妈！妈妈！"

大喊着掉头跑到浴室，我一把推开了门。

一股焦臭的气息顿时迎面扑来。

熟悉的脸庞，陌生的裸体，相互混合的两者，以气绝的姿态，呈现在我的眼前。

别这样啊，求求你，求求你们，别这样啊……

突然间无法分清现实和虚幻，我跪在了地上。

被杀了……爸爸妈妈全都被杀了！

是雕荷干的！

绝对是那个怪物干的！！！

我双眼一片赤红,飞奔着跑回厨房,从灶台旁边挑了一柄还算合手的菜刀。

杀了这个怪物,我一定要杀了这个怪物!

没有任何迟疑,单纯地遵循着野兽般的直觉,我冲到了外面。

"哥哥!哥哥!"

听到苔的喊叫,我那颗本已冰冷的心,又回流了一丝希冀。

苔还活着!妹妹她还活着!

我顺着声音望去,笔直投射到眼里的景象,凝固了我的血液。

二楼的走廊上,雕荷拽着苔的两条小腿,将她整个人都倒悬着,对准了一楼的地板。苔的哭诉有气无力,楼下的我,却只能绝望地与她相视流泪,谁也无法改变现状。

"求求你……求求你……这是我们之间的恩怨吧……请你放过她……"

虽说二楼算不上太高,但是头朝下坠落,妹妹的颈椎,是一定会折断的。

"我会放过她的,既然她对你这么重要,我又怎么忍心伤害她呢?"雕荷嫣然一笑,"不过,只是说求求你怎么行呢?要更有诚意才可以吧?"

我呆呆地望着上面,不知做什么才好。

"我说,现在可没有给你发呆的时间哦。"雕荷的手稍微一松,伴随着苔的一声惨叫,本来还抓着妹妹脚踝的双手,现在,就只堪堪捏住的脚心。

"不要啊啊啊啊啊啊啊!!!!!"我咆哮着站起身来。

"跪下!"雕荷厉声说道,"我放手了!"

我立刻照做地跪在了地上。

"让我拽着她,还挺费劲的……"对方喘了口气,"先说一句,我的力气可是有限的,再拖下去我也不知道会发生些什么哦。"

"到底应该……怎么做……"

"这种问题要自己去想吧,征求我的意见还算是有诚意吗?"

雕荷松开了一只手,苔惊恐地发出了嘶喊。

"哥哥救我!救我啊啊!"

咚!我将头磕在了地上。

"哦,磕头吗?当时让我做的也是这个,你还真是没有什么创意啊。既然你这么喜欢磕头，那，就磕到流出血来为止吧。"

"什么！"

"努力哟，梧桐，如果在我力气用尽前还没有把血磕出来的话，待我放了手，就是磕出脑浆，也是于事无补了吧。"

畜生！畜生啊啊啊啊！

我在心中咒骂着，同时不停地将自己的头往地板上撞去。

苔尖声叫着。

对不起，妹妹，这是我唯一能够救你的办法了。

咚！咚！咚！咚！咚！咚！咚！咚！咚！咚！咚！咚！

痛！好痛！

还没有流出血来吗？可恶啊！

心中的焦急，促使着我加速自残，终于，在磕了数十次后，额角总算淌出了鲜血。

成功了……吗……

我恍惚地站起身来。

"恭喜你，顺利闯关。那么，现在就过来领取奖品吧。"

雕荷和颜悦色地对我说道。

我扶着楼梯，刚想要走上去，脚底一滑，就摔倒在了阶梯上。

头部剧痛带来的麻痹感令我不能动弹，耳中只有苔凄厉的哀鸣声。

"快点上来呀，梧桐，我可快要撑不住了啊。"

听了这话，我立刻像狗一样四肢并用，连滚带爬地登了上去。

"现在就还给你，在这之前，要说些什么呢？"

"谢谢你！"我说着，"谢谢你，谢谢你，谢谢你，谢谢你，谢谢你，谢谢你……"

"乖孩子，乖孩子。"雕荷满意地笑了笑，随后为难起来，"但，这样真的好吗？"她说道，"我啊，可是刚刚杀死了你的父母哦。"

我无言以对，不敢抬头。深恐此时我露出充斥鲜血的仇恨双眸，会使其做出对苔不利的事情。

"梧桐，我想做个试验，如果现在我松手的话，你还能够一下子跑到下面接住吗？"

"你说过的……"我颤抖地说道，"你说过的……会放过苔……你说过的……"

"别急嘛，开个玩笑而已。"

我不再多说，只是低着头。

"哎，梧桐，虽然自刚才你就一直道歉，但，你真的知道自己错在哪里了吗？"

"我……不该陷害你，不该用电棒袭击你……我……"

"你在说什么呀。"雕荷不快地皱起双眉，"既然游戏已经开始，用什么手段都无关紧要吧？你认知自身错误的觉悟就只有这种程度吗？"

"对……对不起……"

"看，就是现在这样，你只不过是由于现在处于劣势而不得不说'对不起'罢了，就好像是我在逼你说一样。"

不行了……既然要对话，我总得回答问题才行，可如今，我觉得自己说什么都是错。

"你不觉得这场景有些熟悉吗？当时我的肖邦 CD，就是在这里被你踩得粉碎的哟。"

深眠的负罪感被唤醒，心中涌起了什么肮脏的东西，进一步压低了我的头颅。

"你真正的错误啊……"

我抬头，注意到了她眼神中的异变。

"是按下了游戏的开始键啊。"

不要……

她的手指越来越松。

不要……求求你……

越来越松……

不要啊啊啊啊啊啊啊啊啊啊啊啊啊啊啊啊！！！！！！！！！！！！！

一声沉闷的声音在地板上响起，雕荷的手中，空空如也。

啊啊啊啊啊啊啊啊啊啊啊啊啊啊啊啊啊啊啊啊！！！！！！！！！！！！！！

鲜血染红视线，我如同野兽一般用尽全身力气扑了过去。

看到我的动作，对方早有预料，一个闪身便躲进了屋里。我连头带身地磕在了紧闭的门板上，无论怎么捶打都无法撞开，我开始疯狂地挥舞起手中的菜刀砍向门板。于是令人毛骨悚然的噪声，便从粗糙的木质门上响了起来。

咔！滋滋滋滋滋滋……

咔！滋滋滋滋滋滋……

咔！滋滋滋滋滋滋……

我要杀了你！

我要将你碎尸万段！

可这些都无济于事，怎样都打不开门，早已失去理智的我，疯狂地抓起了头发。

大家都活不成的话，就死在一起吧！

我跑下楼，越过苔的尸体，进入厨房找到了火柴。将它们一根根地点燃，我将火柴投在了雕荷房间的门口。

烟熏火燎的味道很快就散发了出来，我握紧菜刀，做好准备，只要门一开，不用多说，格杀勿论。

火势开始蔓延，浓烟也越来越厚了，鼻涕眼泪都呛了出来，我抹了抹眼睛，感到火辣辣的疼，望向手背，也已经沾了一层浓厚的灰。

是时候了。

如果不想被熏死在里面，是时候该出来了！

而就在这时，楼下的大门被强行撞开，我看到一队火警冲了进来。

银针。

黑色的银针。

在自己的早餐面前，我们的手中，紧捏着与死亡只有一线之隔的罪证。

我们的父母决定离婚。

教父的死最终被确认为意外死亡。亲眼看见横躺在自家地板上的尸体与前来取证的警察，得知教父存在的父亲，对妈妈进行了没有人性的虐打。但是，第一次,妈妈进行了反击。两人大打出手,将家中毁得一片狼藉。或许是随着极力隐藏的秘密公之于众,妈妈最后的一丝希望,也跟着消失了吧。不仅放弃了家产的分割权,妈妈甚至和我们坦言,准备接受哥哥的建议,带着我们回到老家的小镇上去。

"把要带走的东西都整理好,明天我会和你们的父亲正式办理离婚手续。"昨晚,妈妈将我和哥哥从屋里叫了出来,"你们也跟着我们去。手续办完,我便带着你们直接走,不再回到这个家里。"

看得出来,妈妈她,确实已经做好了放弃一切的准备。

"我不相信!"即便银针上的黑如墨一般纯粹,我还是拼命地摇着头,对摆在眼前的现实视而不见,"妈妈昨天还说要带着我们一起离开这里,怎么可能今天就……"

"你还不清楚?"哥哥的冷笑,残酷地打碎了我的幻想,"妈妈她说了这么多,今天早上又看着父亲一口一口地将那碗粥喝掉,她根本就只是想让我们一家人都死!"

低头,沉默。

我知道哥哥说得并没有错。

收拾行李也好,不再回到这个家也好,妈妈昨晚说得再好听,今天,我们也不得不先坐上由喝下毒药的父亲驾驶的汽车。

半晌过后,我迅速挪动了步子。

"你要干什么?"哥哥面色有异,立刻抓住了我的胳膊。

"我要去问她,我不相信!"

"你疯了?!"哥哥对我怒目圆睁,"父亲才刚刚吃下早餐,你这么做,是想让他知道实情吗?!"

"就是因为这样,如果立刻就采取急救措施,一定还来得及!爸爸他绝对会解决这件事的!"

"别傻了!好好为你自己想一想吧!雕荷!"

就算是妹妹,天真过了头,也会招致哥哥的反感。此时我在哥哥脸上看到的,正是凌驾于关心之上的某种其他情绪。

"你现在要去求助的那个人,可是前不久还打算杀死我的那个家伙!如果爸爸真发现了这件事,必然会殃及池鱼,到时,我们就真的死无葬身之地了!"他望向我,"雕荷,你该不会是现在还想救你的那个妈妈吧?她可是刚刚在我们的食物里投了毒!"

"我知道……"我低下了头,"若是撒个谎,借机留在家里呢?"

"在这种时候,你打算撒什么样的谎才能蒙混过关呢?且不说妈妈会怎么想,无论我们说什么,那个男人都是不会相信的。"

"那么,就只能跟着他们坐上车了吗?"

"应该就是这样了。"哥哥说道。

果然,就算是聪明如哥哥,如今也没有更好的办法了啊。

"不过,既然我们还没有吃这早餐,就还有机会。我刚才已经查过了,去往离婚公证处的路上,会经过一条沿海公路。想要死里逃生,待到那个男人死去,让高速行驶的失控车辆坠进海里,是我们唯一的出路。"

知道妈妈投毒的阴谋,也知道注定将至的凶险,我们却既不敢将此告诉爸爸,也不可能越过守在大厅的母亲夺门而逃。明明看穿了他人的底牌也毫无意义,是因为我们手中可打的牌,实在少得可怜。只能将希望寄托在置之死地而后生的赌博当中,身为孩子的软弱无力,在此时,终于以极端残忍的方式体现了出来。

"可是我不会游泳啊……"

就在我这么说的时候,翻箱倒柜的哥哥从抽屉里拿出来了一根跳绳。

"尼龙材质的,轻易不会断。到时你把手缠在我的手上,我带着你往上游。"

"哥哥……"我说道,"其实我们的生机……很小对吧?"

"总比毫无可能要强得多。"哥哥拍了拍我的头,那副为了让妹妹心安而强装出的笑容,只会让我感到心痛,"妈妈现在在厨房,你把她叫出来说两句话,我要到里面去找榔头。"

哥哥的安排滴水不漏。下沉在水中的汽车,如果没有可以砸碎玻璃向外逃生的工具,困在里面的人一定会在氧气越来越少的铁皮罐里窒息而亡。

他能够想到所有的危险,也能够给出最安全的答案。

他是可以依赖的。就像以前一样，我只要继续相信着他对我的疼爱，然后全都按照他说的去做就好了。是吗？

哥哥用眼色给我发了信号，我走进厨房，来到了妈妈的身边。趁着我们两人说话，从后面潜进去的哥哥成功取到了逃生工具。

吃罢早餐，妈妈先行钻进了车内，父亲随后便催促着我和哥哥上了车。

象牙球已经放在了轮盘面上，赌注的图案只有两个。一边是占据绝大比例的黑色死亡，一边是几乎微不可见的白色希望。想要在这场轮盘赌中获胜，唯有与身为掌盘人的死神正面博弈，才有可能获取生机。

将安全带系紧，我在脑中反复温习着哥哥讲过的逃生常识，心里想着的，尽是不要为他增添麻烦。

沿途的海景一望无际，壮阔瑰丽。但看得久了，便会觉得无聊。心里想着那里很可能会成为自己的葬身之处，我就感到不寒而栗。

比起父母两人的相对无言，坐在后面的哥哥与我，则紧紧握住了彼此的手。

哥哥向我露出了微笑，我知道，他是在给我力量、信心和勇气。

可是，为何我从这只冰凉的手上，无法感受到温暖呢？

身体首先发生反应的，是妈妈。

坐在驾驶位上的爸爸起初没有在意，还以为她是昏睡了过去，想要将她推醒。

然而很快，他自己也察觉到了异样。

先是喉咙发干，说不出话，接着，大量的血液混合着胆汁从他的嘴里吐出，我和哥哥不禁掐住了鼻子，而父亲再也无法驾驭的轿车，顿时便背离了右侧的湛蓝海岸，转而笔直冲向左侧一片黝黑的岩面。

糟了！

我当时想，被逼着走上绝路，现在，就连失控的方向都与我们所期待的截然相反，大概，上天是真的想要我们一家人都命丧此地。

而就在此时，哥哥解开了安全带，猛然扑向前去，反向打满了方向盘。

这举动，甚至让我忘记，连油门和刹车都分不清的他根本就不会开车。但，正是随着哥哥急中生智的一举，我们本来难以为继的生机，又被强行扭转到了既定的线路上面。

　　轮胎打滑的刺耳声钻进脑颅,我捂住耳朵,父亲呕吐物的恶臭立刻便涌入鼻腔。眼前的视野透过挡风玻璃不停地疾速切换,被紧紧绑在后座的我,甚至感到了安全带勒紧身体的痛楚。

　　终于,随着一声钝响,我们跌入了海中。

　　一切,都平静了。

　　死去的爸爸妈妈东倒西歪地横在了前面,巨大的反作用力将哥哥推到我的身边,水位线正在逐渐吞没车顶。

　　哥哥喘息剧烈,胸口起伏不停,他的额头上,不停地渗出黄豆大小的汗水。

　　我们已经得救了。

　　看到哥哥如释重负地叹息一声,我知道,我们的计划,已经成功了。

　　可是哥哥的脸上没有一丝成就带来的喜悦,甚至都没有一丝劫后余生的欣喜。

　　他只是拉着我的手,和我说,雕荷,抓紧我,我带你离开。

　　大的,小的,密集而快速的,零散而迟缓的。

　　眼中所见,无尽的气泡,透明如浴光琉璃般,正沿着氤氲的轨迹疾速向上漂移。

　　海水已将我们的轿车彻底淹没。

　　我抬头望去,穿过水面折射进来的阳光,温和若雨后虹彩的光晕,照进了车厢,映在了哥哥的脸上。

　　他低着头,再度确认着尼龙绳的韧度。

　　——因为要靠它拽紧妹妹脱离海面,所以,不牢靠是不行的。

　　哥哥那张认真的脸庞上,写满了如此的思量。

　　"可以了。"更像是在和自己说话,他点了点头,随后,便打算将绳子系在我的腕子上。

　　年幼的时候,女孩子多半都会对自己的兄长抱有蛮不讲理的幻想。骑士也好,王子也罢,迟早,她们都会发现自己的一厢情愿与现实存在着不可弥合的鸿沟。经历的现实越多,对价值观的修正就会越趋于精确。不再抱有幻想,不再盲目憧憬，是女生自身走向成熟的必经之路。

尽管对此道理深信不疑，但如此反转的心路历程，我却从未经历过。

因为哥哥他，一直便是我的王子，我的骑士。

"哥哥你……"按下他的手，我微微抬起脸，却没有与他对视，"究竟是从什么时候起，就开始策划这场事故了呢？"

灯光阴暗，空气潮湿，房间狭小。

我的眼前，坐着两个警员。

"怎么样，冷静下来了吗？"黑面警员点上了第三根烟，以看待尸体的目光注视着我。

"为什么不说话？"他皱着眉头追问道。

"别这样嘛，你把孩子吓到了，还怎么问话。"笑面警员往后一仰，伸了个懒腰，"而且，他刚才不是已经说了嘛，真正的凶手另有其人，他是清清白白的受害者哦。"

"你不信？"我抬头盯着他问道。

"不不，"笑面警员连忙摆手，"我这个人有点奇怪，说什么都是一副想笑的样子，可不是不拿你的话当真，别见怪。"

"如果不是受到胁迫，我会把自己的头磕成这个样子？"

"你的头是如何流血的，我们现在并不清楚。"笑面警员始终是一副奸笑的嘴脸，"不过，在你妈妈的浴缸里，我们发现了电击棍，在你爸爸的尸体上，我们发现了一柄刀具。"说着，他将两样套在塑料袋里的作案工具摆在了桌上，"这上面只有你一个人的指纹，你打算怎么解释？"

"不是我杀的……"竭力理清着思绪，我却说不出有理有据的驳语。

"和我无关！我怎么会杀我的亲生父母?!"我号叫着，"是那个人偷的！是那个家伙偷了我的东西杀了他们！"

"那上面，"黑面警员冷冷地打断了我，将白面警员的话重复了一遍，"只有你一个人的指纹。"

"那就是戴着手套作案的！"

"你还真是死咬着别人不放哪。"白面警员笑道,"亏人家还在隔壁的屋子里为你求情呢。"

"求情?"

突然间,我不明白这个词的意思。

为什么要求情?难道是已经认定了吗?认定我就是凶手了?

"也就是说,"黑面警员总结道,"你提出了一种假设,别人是戴着手套使用了你的工具杀死了你的妹妹和父母,并成功达到了陷害你的目的,是吗?"

"就是这个意思!"我拼命地点头。

"那么,可不可以给我们解释一下,之前在你手上的电击棍和刀具都是用来做什么的呢?又是如何落在他人手上的呢?"

我张着嘴,留给我编造借口的时间几乎为零,想要不招致怀疑,便只能实话实说。

"刀具是我用来刺布偶的,丢到垃圾处理厂后,却不知怎么回事又出现在了这里……电击棍……是我本来想……袭击的,结果没有成功……落在了那家伙的屋里……"

"等等……"似乎捕捉到了非常有趣的线索,白面警员说道,"为什么要刺布偶呢?"

为什么要刺布偶呢?发泄心中的怒火,施加巫毒的诅咒。时至今日我才突然发现,这些原本曾在我脑中闪现过的念头,竟然全都站不住脚。

莫名产生的憎恨驱使着我去做这种奇怪的举动,但这种所谓的憎恨,其原因是什么呢?这种冲动的根本出发点,又在哪里呢?

发现陌生且非人的怪物与自己住在同一屋檐下,由于心生厌恶便嫌恶地挥手驱赶,就算说是人类排异的本能也不为过。但是,能够做出这种足以称之为挑衅举动的前提,是拥有那份自身能够完全凌驾于那头怪物的绝对信心。

原来曾经的我,就是这么看待那个人的吗?

——说到底,我只不过是在下雨天看到了一只瘸着腿走路的浑身浇湿的野狗,心生怜悯而蹲下身子摸了摸它的头罢了。如果这样就会让它以为我们之间可以平起平坐,可以互相舔舐伤口,它就未免太自以为是了。

是啊……原来自己，是太自以为是了啊……

看到我迟迟说不出话来，笑面警官又追问道。

"不愿意说，那没关系。请问，用电击棒袭击的事又是怎么回事？我说，你是男孩子吧？"他提了提塑料袋，"没有成功也就罢了，把凶器还丢在了那里，是不是太不像话了？"

警员惨白的面庞逼近过来，宛若蝮蛇吐出的芯子，他伸出长舌舔了舔鲜艳的红色嘴唇。

"我……"

"哎……"笑面警员自顾自地说了下去，"你难道还没发现，自己正在自寻死路吗？如果你刚才是在和我们开玩笑，尽管我们会非常恼火，但是也不会太当回事。但，如果你刚才说的都是真话，怎么看，都是你可疑，不是吗？"

"不是的，不是这样的！你们完全误会了！"

"我们从邻居那里听说，你妹妹最喜欢的那条狗是被你杀死的吧？血淋淋的尸体放在门口，路过的人都看到了。而且，你的同学还告诉我们你曾经动过杀人的念头，那孩子脖子上的青紫色伤痕我们也看见了，即便如此，你也一口咬定自己是无辜的吗？"

我突然感觉，全世界都在和我作对。

"真的……"我抱着头，"不是我杀的啊……"

"可别把我们当猴耍啊，混账！"

笑面警员一拳砸到了我的脸颊上，我直接从椅子上飞了出去。

痛觉毫无预兆地涌上鼻腔，我还没意识到发生了什么，一滴滴血从我的鼻子里滴下，弄脏了前襟。

"你冷静点。"黑面警员口头勒令道。

"啊啊，不好意思。"他从口袋里掏出一块方巾，擦拭着手上的血迹。"我又犯老毛病了。"

黑面警员略微叹了口气，对我说道，"那么，能够认清现实了吗？"

"别看我们这样，"笑面警员插话道，"其实，我们也是很忙的，不要彼此耽误时间。你现在怎么挣扎，都是死路一条。早点坦白对大家都是好事。"

"我,没有杀人。"

"你这家伙!"白面警员一个箭步冲上前来,猛然抬脚踢在了我的左脑上。

视线伴随着"嗡"的一声耳鸣陡然模糊,我的脑袋磕在了墙壁上,再也站不起来了。

"喂,怎么用脚了?"黑面警员说道。

"弄脏手是一件麻烦事啊,"他说,"虽然脏了鞋子也很让人心烦。"

说着,他取下了别在腰间的警棍。

"注意点,别让他丧了命。"

"放心,"白面警员将警棍在手中拍了拍,"我有分寸。"

在接下来的几天中,剥去问讯的伪装,严刑拷打几乎每天都会发生在我的身上。我不敢面对镜子,知道自己已经不成人形,我心里很清楚,直到我说出他们一心认定为"真相"的谎言之前,这样的折磨会一直持续下去。

尽管如此,我还没打算屈服。

"你知道吗?我们这里算不上什么大地方,上面要求的破案率,要比大城市高得多。如果这种案子还要这么费劲,你自己一直不主动招供,我们会很难办。"

笑面警员用脚踢了踢趴在地上满脸鲜血的我,我无动于衷。

这样的僵持,一直持续到我听说了这个消息。

"对了,今天有人要来看你,还特地带了礼物,想不想见见?"

根本没有征求我意见的意思,只是带着静观好戏的残忍与冷酷,白面警员一边笑,一边摘下染红的手套走了出去。

不一会儿,随着黑面警员也走出房间,外面进来了一个熟悉的身影。

"好过分啊,他们……"

对方出现在眼前,心疼地抚摸着我鼻青脸肿的面庞。

"就算杀死了自己的亲人,也没必要受到这样残忍的对待吧。判死刑的话就请赶紧执行,让犯人就这样活受罪真是太残忍了。"

假意埋怨着,对面的那个人,再度望向了我。

面貌,笑容,都没有变。唯独改变的,是那深沉嘶哑的原音。

与这半年以来都甜得发腻的嗓音截然不同,此时,此地,这个名为雕荷的男孩,终于在我面前,露出了他的本来面目。

"看来……"模糊不清的声音从我嘴里漏了出来,"你总算是露出了原形了啊……"

"这么说,可不太对啊。"男孩摇了摇头,"既然场上的角色需要轮换,那么,就总有人要懂得退居幕后才行。这段时间里,我从来就没有真正隐藏过自己,这点,你是再清楚不过了吧?"

"你是想说……"听到他的这番言论,我自己都忍不住笑了,于是漏风的嘴角便抖了起来,"这半年以来,你都是在退居幕后,看着你的另一个人格好好表演吗?"

"嗯,没错。"男孩肯定了我的推测,"梧桐,你表现得很好。整个家里就只有你一个人察觉到了我的危险,也只有你一个人采取了行动。"

被恨之入骨的仇敌这样肯定,于我而言,只是一种莫大的耻辱与讽刺。

"如果你不是错估了自身能力,向我发起这么极端的挑战,应该是不会落到这种下场的。互不相犯是我的准则,基本上,我还是想要和别人和善相处的。"

"呸!"

我朝着他的脸,吐出了口水。

没错,眼下手脚被拷住,全身动弹不得的我,所能做到的,就只有这种程度。

他不温不火地,拭去了脸上的痕迹。

"梧桐,你的人生,差不多就到此为止了吧?被父母讨厌,被恋人鄙夷,被妹妹憎恨,被朋友抛弃。就算侥幸遇到了非常出色的律师,使你免于死刑,我实在不知道,你还有什么活下去的意义。"像是真的对此很伤脑筋似的,男孩摇了摇头。

"啊,没错。"甚至超出自己的预料,我异常冷静地点了点头,"我的人生,确实是已经完了。不过……"怀着最后一丝报复的快意,我说道,"同样失去全部家人的你,和我相比,又有什么活下去的特别意义呢?你的妹妹已经死了。无论再构建多少虚伪的世界,创造多少不实的人格,雕荷,都永远都不可能再回到你的身边了。"

"我明白……"他仰头,喟然,反应相当平淡,"梧桐,你知道心空了,是什么意思吗？"

"什么？"

他的这句问话,让我感到我们两人,或许根本就不在同一个频道上。

"因为心空了,所以要先去确认活着的实感。至于活下去的意义是什么,对我来说,还是很遥远的问题。"说到这里,他顿了一顿,"你手中的那些布偶,我都留着了。老实说,你对待它们的方式相当具有启发性,以后,我会用作参考的。"

"你会下地狱的。"

"我以为,"男孩笑道,"我已经在了。"

说着,他将最后一个布偶,放到了我的面前。

"什么？梧桐自杀了？怎么搞的？"黑面警官皱了皱眉。

"今天早上去牢房的时候,看到他跪在床边,进去时才发现,喉骨已经彻底碎裂。从喉咙上的瘀痕就能看出,是一头,不……"说到这里,笑面警官笑着顿了一顿,"应该说,是一脖子往床沿撞上去的结果。"

"但是自杀……怎么想都觉得说不过去啊,在之前的审问过程中,那小子的求生欲望不是很强的吗？我记得,他好像还乞求着不要判他死刑啊。"

"是因为和潮峋见过一面的关系吧？"白面警官沉思着,"好像在那之后,他就老实了不少。"

"确实是这样,潮峋在临走前送给他的布偶,好像有点问题。"

"什么意思？"

"我观察过那个布偶,好像就是脖子那里断掉了。牢房里那么简陋,单凭梧桐自己,恐怕是还想不到可以通过这种办法结束自己的生命吧。"黑面警官的食指敲了敲桌面。

关于那个寄宿在梧桐家中的男孩,在这两天里,警方也从梧桐的嘴里、包括档案的调查中已经获取了不少的信息。

那个男孩的本名叫作潮峋,曾经,他还有一个叫作雕荷的妹妹。不过,因为一次意外事故,一家四口坠入海中后,就只有潮峋活了下来。似乎是脑部受到了冲击,痛失家人后,他的精神也变得不大正常了。

　　起初是失语症,经过一段时间后,尽管能够开口说话了,却由于行为上的异常,他最终被确诊为人格分裂,认为自己是妹妹雕荷。其时家中已经没有什么现金财产,作为唯一的继承人,潮峋将转移至其名下的房产变卖后,仍然获得了非常可观的资金。为了获取高额的抚养费,远在乡下的姨妈,便毅然决然地接受了潮峋想要暂住于此的请求。

　　心理医生嘱咐过他们,事故才发生不久,患者仍旧不能依靠自己认清现实,在乡下没有心理医生的看护,他们不宜擅自和他讲明实情,否则很有可能对其造成过度刺激,发生严重后果,所以一家人,在父母的主导下,便竭力围绕着他建立起了这个谎言。

　　然而,比起所患的精神病症,最引起警方注意的,却是潮峋一家在发生事故后的法医鉴定。检查的结果非常明了,虽然潮峋的父母死于砒霜中毒,但是他的妹妹,却是被勒死的。根据鉴定,造成死亡的凶器,就是尼龙绳一类的工具。

　　如此的背景确实会为这个案件留下疑点,只是,眼下证据确凿,已经被认作凶手的梧桐,几乎没有翻案的可能。

　　"嘿……"

　　"你笑什么?"

　　"没什么,我只不过是在想,如果杀死自己妹妹的真是那个潮峋,而这场事件,也同样是由他亲手所做且将我们蒙在鼓里的话,该说他是善于逃脱制裁的惯犯呢,还是精于计量的恶魔呢?总觉得事实倘若这样,还真是有些可怕。"

　　"那个孩子是个危险分子,他的眼神不正常,从第一次看到他的时候,我就已经知道了。"黑面警官说道。

　　"为什么这么讲?"

　　"有的家伙,在杀害某些人的时候,并不想承认自己做出了这样的事。于是,为了营造出让自己内心能够接受的假象,为了假装他们还活在这个世上,在内心里,他们就会制造出新的人格。"

　　"莫非,在凶手的眼中,那些被害者的生命,就可以这样以他创造的人格延续下去了吗?"白面警官笑着问道。

"确实如此。能够创造多重人格的人,就能够创造属于自己的世界。那个世界中会有家长,会有统治者,可是他们平常并不会经常露面,只有在孩子们受到威胁时,才会采取行动。这种可以对自己进行有意识分割还能确保机体有条不紊地运行的家伙,大概还能披着正常人的外衣混迹于社会好一阵子。还记得我们上任局长说过什么吗?有些人,之所以能够活得更长,走得更远,只不过是因为他们在自己那条路上无法再回头而已。"

"那么,"白面警官说道,"你也是这么想的吗?"

"我吗?"第一次,黑面警官竟然笑了出来,呆板如雕像的五官,瞬间就挤在了一起,"我说,这是一派胡言。"

哥哥你,究竟是从什么时候起,就开始策划这场事件了呢?

当少女对他这么说的时候,少年露出的表情,是意想不到的木然。

"我不知道你在说什么。"

于是,女孩叹息。没有绝望,没有悲伤,只有温暖的谅解与和婉的包容。

砒霜并不是妈妈的,她也从来就没有过想要毒害家里任何人的想法,从一开始,那就是专属于少年的毒药。

一直以来,对哥哥,少女的心中都抱有无条件的信任。即便砒霜是妈妈卧室里的东西,少年他也实在没有必要冒着被发现的风险而专门偷出来给她看。这种逼着妹妹不得不相信这件事的举动,只会令她觉得更不自然。

只是看到砒霜还不够,为了让妹妹心生恐惧,故布疑阵的哥哥还特地买了银针提醒她天天试毒。天天活在寝食难安的恐惧之中,少女迟早会屈从于少年的意志,被迫站在他的一边。当然了,其实少年自己很清楚,这些菜,根本就是没有毒的。

父母的离异是成熟的时机,少年决定采取行动。让妹妹看到食物里被下了毒后,少年立刻就告诉了少女接下来的安排和相关的逃生知识,尼龙绳也好,榔头也好,对于可能用到的工具,他也是马上就知道放置的地点。

过于睿智的反应,无法骗过少女的眼睛。少年确实是很聪明,但,正因为聪明得有些过头,反而低估了自己的妹妹。

"妈妈她，是绝对不会在爸爸之前死去的。既然对父亲怀有那样刻骨铭心的仇恨，如果她真像哥哥你说的那样查阅了很多砒霜的使用方法和药剂用量，就一定会亲眼看着他死在前面。唯有这点，妈妈她，绝对不会出现失误。"

"雕荷，你说了这么多，"少年笑着摇了摇头，"如果我真的想要害死爸爸妈妈，早就可以下毒了，何必要设计这么危险的计划呢？"

"因为哥哥在等待的，不正是这一天吗？"少女的回答，令哥哥怔住。

"不将自己和妹妹置于险地，不把我们放在被害者的无辜立场上，你觉得自己就洗不清干系。作为事故中的幸存者，只有当你的妹妹完全相信于你，将你之前所编造的一切故事都当作真相去说，警方才会把这场事故完完全全地当作一场自杀事故去看待，不是吗？"

少年，沉默了。

"当你去拿榔头的时候，将妈妈叫出来的我，只和她说了一句话，那就是'妈妈，我不想死'。你知道她的反应是什么吗？"少女望向了少年的眼睛，"她愣了愣，然后笑着摸了摸我的头，和我说，'别傻了'。作为一个女儿，我，只是单纯地相信着，当女儿和她说出'我不想死'，还能露出那种微笑的妈妈，是绝对不会亲手杀死自己女儿的。"

少年安静地坐在了少女身侧，没有反驳，也没有恼怒，只是平静地深吸了一口气。

少女是理解少年的。

之所以会策划这样的行动，是因为他的心，大概死得比她还要早。

就算父母早已忘记，就连少年自己也可能并不自知，但少女明白，当少年为了阻止父亲殴打妈妈却被踢向一边，而妈妈又视若无物，冷漠地甩头关门的那一刻，他，就已经对这个家失去希望了吧？

除了妹妹，这个家里，并没有任何值得守护的人。

少年的冰冷决心，自始至终，都只被她一人察觉。所以，即便少年犯下了许多的恶，她也能够谅解，她也能够包容。

如果自己一早就被视作可以抛弃的家人，如果自己一早就被剔出逃离的计划，那么从一开始，少年就不用这么麻烦，这些多余的事，也一件都没有必要去做。

"因为杀害一个人,比欺骗一个人,要简单得多。"

少女轻轻抬起少年的面庞,然后,慢慢地吻了过去。

她闭上眼睛,听到了车板在水压下发出变形的声音,听到了水泡在四周破裂的声音,也听到了少年发出喘息的声音。

"我们,"她微笑着,温柔地抚摸着他的面颊,"是共犯。"

阴霾未散,与印象中的湛蓝与清澈不同,这座城市的海,宛若一潭死水般深灰。

潮峋赤着脚迈入波澜不惊的海水之中,刺骨的凉意便从足底渗入,顺着蜿蜒的经络攀缘直上,漫入血液。涟漪泛起,缥缈的圆环由近及远地扩散,潮峋极目远眺,在痕迹消失的地方,看到了似曾相识的幻景。

困在车中的时间已经太长,意识到再不出去就晚了,他抓住了妹妹的手腕。

与潮峋的仓皇相比,雕荷恬静淡然,恍若身处另外一个世界。

她的手,在那一刻,突然从潮峋的手中抽了出来。

"哥哥,"她望向了他,眼中没有丝毫迷惘,"请你自己走吧。"

汽车还在不断下沉,他睁大了眼睛,瞪向了雕荷。

妹妹说出的话完全超越了潮峋的预期,也超越了他所能理解的极限。

如果全部的付出最终只是换来妹妹放弃生存的决定,如果拼尽全力所勾勒的未来非要以如此荒谬的画面收尾,那么,于他而言,这是不可承受的惩罚。

"跟我走!"

没有时间再苦口相劝,甚至没有时间再去听妹妹为刚才的话多作解释,急迫的情绪化作强硬的行动,他一把拽起了雕荷的手。

"出去之后,我要做的第一件事便是报案,如果我这么说,哥哥你,还会救我出去吗?"

紧握的手,不易察觉地僵了一僵。

然后,潮峋便缓缓地转过了头。

"什么?"

就在刚才，少女说出的匪夷所思的话语实在太多。比起怀疑少女说出这些话的动机，他首先想到的，是自己产生了某种错觉。

理性输给了感性，他情愿将此当作是雕荷的胡言乱语，也不想承认，这是妹妹对他下达的最后通牒。

"你之前不是还说……"他艰难地吐出了几个字，"我们是共犯吗？"

"我们是共犯。所以，杀害父母的负担，我会和哥哥你一起承担。如此说来，"妹妹脸上甚至闪现出一丝羞涩，她更正了自己的发言，"不是去报案，而是去自首才对。"

尽管神色轻松，与雕荷相处十余年的经验告诉潮峋，妹妹不是在开玩笑。

自己的妹妹，会去举报他？

电光火石间，这个念头闪过心间，突然，他便对自己这些年来所形成的诸多观念，都产生了疑问。

他不是她的骑士吗？！他不是她的王子吗？！

不，或许，他的妹妹从来都没有这么想过。

她眼神里的仰慕只是一时的错觉，一些模糊不清的表达，也始终并不明确，妹妹随时可以抽身而退。比起将别人幻想成为自己的骑士，将自己幻想成为别人的骑士，更加令人感到愚蠢与悲哀。

"为什么？"他颤声问着，"为什么？！"

"倘若抛弃了人性的自持，单凭高等的智慧像野兽一样活着，以为这是世上最愉快的事。"说到这里，雕荷望向了他，"哥哥你的心，空了。"

心，空了？

会有困惑，会有惊愕，是因为他不知道妹妹所说的话有何具体意味，一股前所未见的情绪如涨潮般渐渐溢出了原本空空如也的容器。而与此同时，还有一些东西，一些他曾经坚守的东西，瓦解了。

是吗……潮峋自我怀疑着，嘴角，不自然地翘起了乖戾的弧度。

原来我，根本，就没有心啊……

当他清醒过来时，发现手中的尼龙绳，已经紧紧地勒住了妹妹的脖颈。

白皙如雪的脖颈泛起紫红色的印迹。

与其说她没有做出丝毫的反抗,倒不如说,雕荷所期待的,正是这样的结局。

她的心中,甚至感到了一丝满足。

在这世上,没有哪个公主愿意亲眼看着自己的骑士离自己远去,以这样的方式宣告两人誓约的终结,未尝,不是一桩美事。

然而,还有一件非常重要的事,不说出来,是不行的。

在潮峋的记忆中,眼底已经有些泛紫的雕荷,在生命终结的前一刻,说出了这样的话语。

"哥哥送给我的那些布偶……其实,是相当喜欢的。"

……

寒意薄了,云海开了。

尢数道光椋沿着斜塔的轨迹从云端透射而出,一如天宫挥洒的神枪,纷纷坠没于前方未明的海岸线中。

紧接着,就像是惊醒了埋藏在深海中的什么东西似的,半身都已浸入水中的潮峋面前,铺天盖地的海浪,来了。

（全文完）